क्यों पापा क्यों?

क्यों पापा क्यों?

चित्रा मांगलिक कुमार

प्रभात प्रकाशन

प्रकाशक • **प्रभात प्रकाशन प्रा. लि.**
4/19 आसफ अली रोड,
नई दिल्ली-110002

संस्करण • प्रथम, 2020
मूल्य • चार सौ रुपए
मुद्रक • आर-टेक ऑफसेट प्रिंटर्स, दिल्ली

KYON PAPA KYON?
Stories by Smt. Chitra Manglik Kumar ₹ 400.00
Published by Prabhat Prakashan Pvt. Ltd, 4/19 Asaf Ali Road, New Delhi-2
e-mail: prabhatbooks@gmail.com ISBN 978-93-89982-45-9

अम्मा-पिताजी को,
जिन्होंने यह अनमोल जीवन दिया
और इस जीवन को
सँवारा, निखारा, सँजोया

शब्दों में मन की बातें

बचपन की बहुत सुंदर यादें हैं। आम लोगों से भिन्न बचपन रहा। पीपरी/ रेणुकूट के जंगलों में, प्रकृति के बीच बहती शीतल निर्मल रेणुका नदी के समीप, जंगली हिंसक पशुओं की मौजूदगी के साथ, निडर निःसंकोच खेलते-दौड़ते, तितलियों और फूलों को निहारते, नीले नभ और उज्ज्वल बादलों के बनते-बिगड़ते रूप को देखते, ईश्वर के अस्तित्व और छवि को उसमें ढूँढ़ते-ढूँढ़ते बचपन कब पीछे छूट गया, मालूम ही नहीं पड़ा। संभवतः कभी नहीं छूटा। वह स्थान ज़रूर छूटा, लेकिन आंतरिक मन में वह बचपन वैसा ही रचा-बसा है।

पाँचवीं कक्षा तक शिक्षा-विद्या सब घर पर ही हुई। जंगल में पाठशाला कहाँ होती हैं ? माता-पिता ही शिक्षक, संरक्षक, गुरु सबकुछ थे। भाषा, पहाड़े, जोड़ना, घटाना, गुणा, भाग, हर तरह की कला, संगीत, नृत्य, चित्रकारी, कढ़ाई-बुनाई इत्यादि से जुड़ाव उनकी देन है। प्रकृति से लगाव, पशु-पक्षियों का अस्तित्व, उगते सूरज, टिमटिमाते तारे, चंदा मामा का हमें आसमान से देखना, इनका महत्त्व जीवन में उनकी देन है। समय के साथ जीवन में इनका महत्त्व और अस्तित्व और मज़बूत होता गया। इनके रहते कभी अकेलेपन का अहसास भी नहीं हुआ।

पाँच वर्ष की उम्र में मिली दो किताबों की याद स्पष्ट है। बद्रीनाथ, केदारनाथ जाने के रास्ते में बर्फ़ीली वादियों में वे किताबें बड़े फूफाजी ने पढ़कर सुनाई थीं। बड़े फूफाजी यानी श्री विष्णु प्रभाकर। घर का माहौल

सादगी भरा था। पढ़ने-लिखने में रुचि रखनेवाला रहा। हो सकता है कि लिखने की प्रबल इच्छा का बीज वहीं से प्रस्फुटित हुआ हो।

अक्षर सीखे, व्यंजन सीखे। मात्राएँ सीखीं। धीरे-धीरे उनसे शब्द और वाक्य बनाने सीखे। बुनियादी शिक्षा का पूरा भार अम्मा-पिताजी पर था। बोलना आ गया। शुद्ध सही उच्चारण सीखा। धीरे-धीरे लिखना आ गया।

भाव, विचार, कल्पना, पंचरंगी, सतरंगी, अनेक रंगी सपने अंदर-ही-अंदर फलते-फूलते रहे होंगे, जो शब्दों और वाक्यों में नई-नई तरह से उन्हें एक मूरत का रूप देने लगे। मूरत न माटी की थी, न धातु की, न संगमरमर की। वह मूरत थी, शाब्दिक। जैसे-जैसे बनती गई, एक कहानी में ढलती गई।

कहानी वास्तव में है क्या? कुछ घटनाएँ, कुछ अनुभव, कुछ उद्गार, कुछ प्रतिक्रियाएँ, कुछ विचार, और कुछ हद तक आपसी वार्त्तालाप, ये सब अगर एक साथ जुड़कर बह निकलें और बहते-बहते गंतव्य तक पहुँच जाएँ, वही कहानी का रूप ले लेता है।

कभी बीच में रुक जाए या कहीं विलीन हो जाए, तो भी कहानी के अधूरेपन का अहसास दिलाता है।

हर कहानी में कुछ रस बहते हैं या कुछ सीख छुपी होती है या कुछ जानकारी मिलती है या मात्र मनोरंजन होता है, पर कुछ होता ज़रूर है। जैसे हर एक को हर दवा नहीं दी जाती, हर एक को हर कला नहीं आती, वैसे ही हर कहानी हर एक को एक सरीखी पसंद नहीं आती। कम-ज़्यादा पसंद आती है। कभी बिल्कुल नहीं भाती है। यह भी संभव है। सबकी सोच, सबकी रुचि एक जैसी कहाँ होती है?

कहानी सोचने को मजबूर कर दे, पढ़नेवाला अपने को अपनों को, आस-पास और समाज से उसे जोड़ सके, मंथन करे, कुछ याद रखने लायक लगे या दोबारा पन्ने पढ़ने की चाह रखे तो वह वास्तव में उपलब्धि है। साहित्य समाज का दर्पण है, सदियों से पढ़ते आ रहे हैं। शब्दों में तलवार से ज़्यादा ताकत होती है। इस सच्चाई को कौन नकार सकता है? समाज में उपजती, बढ़ती कमियाँ दूर हो सकें, सामाजिक उत्थान की ओर कदम बढ़

सकें, भले ही कदम छोटा हो, फिर भी बढ़ता कदम होगा। ठहरे पानी से बहता पानी अधिक निर्मल माना जाता है।

ये सभी कहानियाँ अलग-अलग प्रकार के भाव पैदा करती हैं। ये सभी अलग-अलग समय पर लिखी गई हैं। अलग-अलग मनः स्थिति के रहते लिखी गई हैं। फिर भी भाषा, शैली, शब्दों में समानता स्वाभाविक है। मूल सोच तो बनी रहती है। जीवन कैसे-कैसे बहता है ? बहती धारा में बहते जाते हैं। जीवन के पड़ाव बदलते रहते हैं। समाज का बदलाव, बदलते पड़ाव स्पष्ट समझ में आते हैं।

परिवर्तन संसार का नियम है। समाज में परिवर्तन निरंतर होता रहता है। इन कहानियों में समाज का बदलता रूप, पारिवारिक संबंधों में तनाव, अलगाव, आधुनिक जीवन शैली, व्यक्तिगत अहम् वाली मानसिकता के साथ-साथ बीते समय की परंपरागत संगठित परिवारों की सोच और ज़िंदगी झलकती है।

अनेक उतार-चढ़ावों, अलग-अलग पड़ावों, बहती धारा में अवरोध के बावजूद यह सच है कि हर कहानी में आत्मा ज़रूर बसी है। हर कहानी मन की कलम से लिखी गईं है। कब और कैसे वह कलम चलती गई, मुझे स्वयं को भी नहीं मालूम, पर यह तथ्य है कि लिखने का प्रयास करने की कोशिश जब भी की, व्यर्थ ही गई। जहाँ कलम चलती गई, वो सब कहानियाँ पूरी हो गईं वरना काफ़ी सारी अधूरी छूट गईं।

कोई कहानी दिल को छू जाए तो मुझे अहसास होगा मानो मैंने नीला आसमान छू लिया हो।

बंगलौर, 14/15 जनवरी, 2020
मकर संक्रांति

—चित्रा मांगलिक कुमार
chitramanglik@gmail.com

आभार

छोटा सा शब्द अपने अंदर कितना विशाल, कितनी विस्तृत, कितनी गहन भावनाओं का समंदर सँजोए है। उन भावनाओं को व्यक्त करने के लिए शब्द कम पड़ जाएँगे। कहाँ से शुरू करूँ, किन शब्दों में आभार प्रकट करूँ, वह छोर पकड़ में नहीं आ रहा है।

आभार उन अनगिनत लोगों का, जिनके जीवन के ताने-बाने से एक-एक कहानी बुनी गई और पुस्तक रूप में आ सकी।

आभार उनका, जिन्होंने इसे पुस्तक रूप देने में योगदान दिया।

आभार मेरे अम्मा-पिताजी श्रीमती सुधा मांगलिक एवं श्री वेद मित्र मांगलिक का, जिन्होंने सदैव सही मार्ग दिखाया, हौसला बढ़ाया, कर्मठ और निस्स्वार्थी जीवन जीना सिखाया।

आभार छोटे भाई-बहनों हर्ष, चंद्रा, कल्पना, हिमांशु का, जिनके साथ बहुत सुंदर स्नेहिल सुखमय स्मरणीय बचपन बीता।

आभार मेरे परिवार के समस्त सदस्यों का, जो मुझे जीवन के हर उतार-चढ़ाव, अँधियारे-उजाले, मुरझाते-खिलते, हँसते-रोते, गुनगुनाते-गाते, खिलखिलाते-झूमते, निराशा में डूबते, अवसाद के भँवर में फँसते थके मन और थके तन को हर पल जीने का हौसला देते रहे।

आभार मेरे तीनों बेटों नलिन, मुकुल, नीरज का, जो मेरे जीवन का कारण और बुनियाद हैं। आभार मेरे तीनों बेटों के पिता अवधेश कुमार का, जिनके साथ जीवन में बहुत कुछ देखा समझा और अनुभव किया।

आभार उस अंतर्यामी, अद्भुत शक्ति का, जो हर साँस के साथ मेरी शक्ति, मेरा सहारा बनी रही। जो अदृश्य रूप में सदा मेरे साथ बनी रही। मेरा हाथ थामे मुझे जीवन–पथ पर आगे चलने के लिए समझाती, डाँटती, फटकारती, स्नेह की वर्षा से झकझोरती रही।

आभार मेरी लेखनी का, जो मन के भाव, विचार और सोच को शब्दों में पिरोती काग़ज़ पर उतारती रही।

अनुक्रम

अप्पी

~•~

बहुत सुबह-सुबह फ़ोन की घंटी की टन-टन बजती जा रही थी। सुबह क्या, आधी रात ही रही होगी। नींद से उठकर फ़ोन उठाया। उधर से आवाज़ सुनते ही उठकर बैठ गई। शैला (सहेली) के पति की आवाज़ सुनाई पड़ी। "सोते से जगा दिया आपको? सॉरी, पर कुछ समझ में नहीं आ रहा था, क्या करें, किससे बात करें? शैला की रुलाई थम नहीं रही और बदहवास हालत है।"

चंदना कुछ समझ नहीं पा रही थी कि वह क्या कहना चाह रहे हैं? वह बार-बार पूछती कि बताइए तो क्या हुआ है और वह बार-बार उसी बात को दोहराए जा रहे थे। "शैला रोए जा रही है, मैं समझ ही नहीं पा रहा हूँ कि मैं क्या करूँ? इसलिए आपको जगा दिया इतनी रात में, शायद आप कुछ कर सकें।" चंदना ने कहा, "रात बहुत बाकी है, मैं सुबह पहुँच जाऊँगी, पर आपको ज़रूरत लगे या चाहें तो मैं अभी आ जाती हूँ।" बोले, "नहीं-नहीं, इतनी जल्दी आने की ज़रूरत नहीं है। बस, आप फ़ोन पर बात कर लीजिए।" अब फ़ोन पर, वह भी लैंड लाइन पर, किसी इनसान से, जो लगातार रोता ही जा रहा हो, कोई क्या बात करे? और तब जब कि कारण भी न मालूम हो। शैला के पति बताने को भी तैयार नहीं। बस, आग्रह करते जा रहे थे। ऐसी कोई बात नहीं है, शैला परेशान है। इतना तो कोई मूर्ख भी समझ सकता है कि ये ख़ुशी के आँसू नहीं हैं। दुःख, परेशानी, विपत्ति में ही इस तरह का

रूदन संभव है। परेशानी का कारण ढूँढ़ना टेढ़ी खीर था। उन दोनों के साथ कोई दुर्घटना नहीं हुई, बीमारी या स्वास्थ्य संबंधी कोई गंभीर समस्या नहीं हुई। बच्चों की शादी हो चुकी थी। रिटायर्ड जीवन था। घर अपना था तो ऐसा भी नहीं कि नौकरी छूटने का सदमा लगा हो या रातोंरात घर खाली करना हो। शायद पैसा, ज़ेवर कुछ चोरी हो गया हो। संभावना प्रबल थी, पूछ लिया, "पर्स वगैरह खो गया क्या? जेब कट गई क्या? या गले की चेन, अँगूठी, कोई ज़ेवर कहीं गिर गया क्या और अब मिल नहीं रहा? कुछ तो बात होगी। बच्चे तो ठीक हैं?" बोले, "हाँ, सब ठीक हैं। पैसा-ज़ेवर कुछ नहीं खोया है।" अब तो बात की गंभीरता भी बढ़ रही थी और शैला का रोना पहेली-सा बनता जा रहा था। तभी विचार कौंधा कि कहीं पहली अप्रैल फूल तो नहीं बना रहे हैं या मज़ाक का और कोई नया तरीका निकाला हो? किंतु बरसात के मौसम में पहली अप्रैल कहाँ से आ जाएगी?

अंत में थक हारकर चंदना ने कहा, "ठीक है, उसे फ़ोन दीजिए।" बोले, "रिसीवर उठा नहीं रही है, मैं स्पीकर पर रखता हूँ, आप बात करिए।" इस तरह के एक तरफ़ा वार्त्तालाप के लिए शुरुआत ही नहीं मिलती। आमने-सामने भी नहीं, केवल फ़ोन के रिसीवर से ही बातें करो। दूसरी तरफ़ से 'हूँ-हाँ' भी न हो। अचंभे की बात यह थी कि रोने की आवाज़ भी बंद हो चुकी थी। चंदना ने बड़ी कोशिश की, "कैसी हो तुम? क्या बात हो गई? क्यों दुःखी हो? यहाँ आ जाओ। मैं आ जाऊँ वहाँ? तुम्हारे बच्चे, नाती-पोते तो सब ठीक हैं न? क्या शरीर में कोई तकलीफ़ है? क्या घर में किसी से कुछ अनबन हो गई है? किसी ने कोई धमकी दी है क्या? क्या जीवन से थक गई हो?" फिर जब बार-बार कोशिश करने पर कोई भी आवाज़ नहीं सुनाई पड़ी तो उसने कहा, "ठीक है, फ़ोन रखती हूँ, क्या बात करने को है? अंधियारे पथ पर दूर कहीं एक छुटपुट दीया भी तो नहीं टिमटिमा रहा? आगे बढ़ूँ भी तो कैसे? चलो, कल बात करेंगे।"

तुरंत ही शैला के पति बोले, "नहीं-नहीं फ़ोन मत रखिए। वह ठीक हो रही है। आप बोलती रहिए।" बोलती रहिए, मतलब क्या है? ऐसे कोई कितनी

देर बोल सकता है ?थोड़ा प्रवचन रूपी संवाद शुरू कर दिया, "जीवन कठिन डगर है, उतार-चढ़ाव तो आएँगे ही। राह में रोड़े-पत्थर, कंकड़ काँटे रूपी बाधाएँ आती रहेंगी, तो क्या हिम्मत हार जानी चाहिए ? क्या जीवन जीना छोड़ देना चाहिए ? ख़ुद ही हिम्मत छोड़ दी तो बच्चों के सामने कैसे एक मज़बूत दीवार बनकर सहारा दे सकोगी ?" अब उसका रोना फिर शुरू हो गया। कुछ समय बाद बोली, "अपना दुःख तो फिर भी सह लूँ, बच्चों का दुःख भारी पड़ता है। जानती हो, आज क्या हुआ ? अप्पी (बड़ी बेटी) और उसके नवरा (पति) में बात बहुत बढ़ गई। (मराठी में पति को नवरा कहते हैं) उन्होंने उसे पीट दिया। उस पर हाथ उठाया।" यह सुनकर तो चंदना भी सकते में आ गई। उनका संयुक्त परिवार है। दो बच्चे हैं। सास और ससुर हैं। अप्पी अच्छी कंपनी में काम कर रही है। मेहनती है। ख़ूबसूरत है। अच्छे घर में पली-बढ़ी है। ख़ूब हँसमुख और मिलनसार है। बात बहुत गंभीर थी। चंदना ने फिर पूछा, "क्या हो गया था ? तुम्हें किसने बताया ? अप्पी ने सब चुपचाप सह लिया ? कुछ बोली नहीं ? वह बहुत विचलित होगी ?" अब शैला का बोल फूटा। वह रुँधी आवाज़ में बोली, "वहीं से आ रहे हैं। शाम को ही झगड़ा हुआ था। बात कुछ भी नहीं थी। सब लोग बैठकर टी.वी. देख रहे थे। अप्पी को ही घर का सारा काम करना पड़ता है। सास तो कभी कुछ करती नहीं। उसके ससुर कभी कहते हैं, "मैं सब्ज़ी-दूध ले आऊँगा, तो सास रोक देती हैं। उसके नवरा को नौकरी पर कहीं-कहीं जाना रहता है, शहर से बाहर। क्या कमाता है, कभी बताता नहीं, घर में देता नहीं। यार-दोस्तों में उड़ा देता है। शराब पीता रहता है। नए-नए कपड़े खरीदता रहता है। नौकरी अच्छी है। बहुत अच्छा वेतन मिलता है। अपने माता-पिता के लिए बढ़िया-बढ़िया सामान लाता है। अप्पी कुछ नहीं कहती है, पर बच्चों का भविष्य बिगड़ता हुआ नहीं देख पाती। दोनों बच्चे सुबह 6:30 बजे स्कूल के लिए चले जाते हैं। इसलिए रात में पढ़ाई ख़त्म करके जल्दी खाना खाकर सो जाएँ, ऐसा नियम बनाया है। जब भी उसका नवरा घर में रहता है, कुछ-न-कुछ धमाल शुरू हो जाती है। बच्चों को शह मिलती रही। पिता बच्चों की साइड लेता था। अप्पी अकेली पड़ जाती है।

अबकी बार जब उनका परीक्षा फल आया, दोनों बच्चे फ़ेल हो गए थे। छुट्टियों के बाद दोबारा परीक्षा देकर पास हो जाएँगे, इस आशा से उसने जी तोड़ मेहनत की, दोनों बच्चों के साथ। कभी-कभी बच्चे हमारे पास भी आकर रहते थे छुट्टियों में। ख़ूब पढ़ाई की। परिणाम यह हुआ कि दोनों का साल बच गया।

"फिर वही टी.वी. के सामने बैठना, हँसी-मज़ाक, ठठ्ठे-ठहाके, शराब-सिगरेट, और खाना रात के 10 या 11 बजे होने लगा। बच्चे भी कहाँ ऐसा माहौल छोड़ना चाहते हैं? उन्हें पिता का साथ, दादा-दादी के तरह-तरह के प्रलोभन और टी.वी. सीरियल सबकुछ ख़ूब लुभाने लगे।

"अप्पी रोज़ सुबह साढ़े तीन बजे उठती है। पूरे घर का खाना बनाना, नाश्ता तैयार करना, बच्चों का और अपना टिफ़िन बनाकर पैक करना, बच्चों के कपड़े धोना, स्कूल यूनिफॉर्म इस्त्री करके तैयार रखना, बच्चों को उठाकर नहला-धुलाकर ठीक साढ़े छह बजे स्कूल बस तक छोड़ने जाना, सास-ससुर और नवरा के लिए दिन का खाना बनाकर रखना और फिर ख़ुद भी तैयार होकर साढ़े सात बजे तक अपने ऑफ़िस के लिए निकलना, यह उसकी रोज़ की दिनचर्या है। इसमें फेरबदल कैसे कर सकती है? सब काम घड़ी की सूइयों के अनुसार होते हैं। उसका ऑफ़िस पहुँचने का समय आठ और साढ़े आठ के बीच और शाम को उसी हिसाब से सात और साढ़े सात के बीच में घर जाने के लिए समय तय किया गया था। ऑफ़िस से लौटते में सब्ज़ी, आटा, दाल, फल, दवा या और भी रोज़ाना की ज़रूरतों का सामान लेते हुए घर वापस आती है। आते ही खाना बनाने में लग जाती है, जिससे आठ-नौ बजे तक खाना ख़त्म हो जाए और वह रसोई का काम निबटाकर अगले दिन की तैयारी करके 10 बजे तक सोने जा सके, लेकिन अब तो रोज़-रोज़ 11 बजे तक खाना ही नहीं होता, बच्चे भी नहीं सोते फिर बच्चे सुबह पाँच से साढ़े पाँच के बीच में उठेंगे कैसे? उसे तो सुबह साढ़े तीन बजे तक उठना ज़रूरी है, नहीं तो कुछ भी, कोई भी काम समय पर पूरा नहीं होता है। उसे सोने के लिए बारह बज जाएँ, एक बज जाए, चाहे और भी देर हो जाए।

आज भी यही हो गया। वह बच्चों से कह रही थी कि होमवर्क ख़त्म कर

लो, टी.वी. देखना बंद करो। उसका नवरा भड़क गया। बोला, "क्यों पीछे पड़ गई है? अरे, टी.वी. ही तो देख रहे हैं! सड़क पर तो नहीं घूम रहे हैं!" अप्पी बोली, "अगर पढ़ेंगे नहीं तो क्लास नहीं मिलेगी। कितनी मुश्किल से इस बार पास हुए हैं?" नवरा बोला, "फ़ेल हो जाएँगे तो क्या हो जाएगा? अगले साल पास हो जाएँगे। नहीं पास हुए तो पढ़ाई छुड़ा देंगे। मैं इतना पैसा दे सकता हूँ कि कोई भी स्कूल उन्हें फ़ेल नहीं कर सकता है।" अप्पी बोली, "बच्चों को ऐसी बातें बताकर उनका ही नुकसान होगा। कभी भी पढ़ाई नहीं करेंगे। मुझे ही सबकुछ देखना पड़ता है। मैं नहीं चाहती कि मेरे बच्चे नालायक कहलाएँ और कौन से पैसे की बात कर रहे हो? आज तक तो घर खर्च के लिए भी पैसा नहीं दिया।" नवरा बोला, "तू कमा तो रही है। पूरा नहीं पड़ता तो और कमाई कर ले। तुझे छत तो दी है। तू क्या घर का किराया देती है? फ्री में इस घर में रहती है और यह क्या 'मेरे बच्चे, मेरे बच्चे, मेरे-मेरे' लगा रखी है? चल जा, तेरे ही बच्चे हैं। ले इनको और निकल यहाँ से। मेरे घर में मेरी हुकूमत चलेगी। जब मेरी मरज़ी होगी, मैं उठूँगा। जब मेरी मरज़ी होगी, घूमने जाऊँगा। जब जो चाहे करूँ, मेरी मरज़ी। दिन भर तो तू नौकरी करती है। मेरे लिए तो सिर्फ़ रात में ही होती है। चल, अभी तय कर ले। नौकरी छोड़कर 24 घंटे मेरे लिए घर में बैठ, वरना बच्चे लेकर चलती बन।"

अपने बेटे की बात ख़त्म होते ही अब अप्पी की सास भी बोली, "इसकी नौकरी तो छुड़ाकर ही रहेंगे। मेरा लड़का महीने भर की छुट्टी पर आए और 24 घंटे औरत भी नसीब नहीं।"

अप्पी बोली, "मैं नौकरी नहीं छोड़ूँगी। अभी घर में खाना तो बन रहा है।"

अप्पी की बात सुनते ही उसका नवरा उठा और तड़ातड़ अप्पी को तमाचे जड़ दिए। सास ने टँगड़ी दे दी। अप्पी गिर गई। बच्चे तो सहम गए। डर के मारे रोने लगे। नवरा उठा और बच्चों को पीटने चला। अब अप्पी चुप नहीं बैठी। उठ गई बच्चों को बचाने के लिए और जैसे ही वह बच्चों को बचाने की कोशिश करने लगी, फिर पिटी। तुम तो जानती हो अप्पी पाँच फीट की

भी नहीं है। छोटी-सी है। दस बरस की लड़की और पाँच बरस के लड़के की माँ भी नहीं लगती। नवरा ने उसके बाल पकड़कर उसे नीचे गिरा दिया। अप्पी को कुछ नहीं सूझा। जो सैंडिल पहने थी, निकालकर दे मारी। बस, बात बढ़ती गई। अब वह यूँ ही चुप बैठने को तैयार नहीं थी। बोली, "मैं अब इस घर में नहीं रहूँगी।"

"वे लोग तो यही चाहते थे। उसने हमें फ़ोन लगाया। हम तुरंत ही निकल गए। क्या बोलते? कुछ मालूम ही नहीं था। उसने फ़ोन पर सिर्फ़ इतना कहा, "आप दोनों तुरंत आ जाइए। जैसी हालत में हो, तुरंत निकल लो।" हम तुरंत उसके घर के लिए निकल लिए। सब बातें समझने की कोशिश की, लेकिन कोई बात पूरी तरह पता नहीं चल रही थी। बच्चे सहमे हुए खड़े थे।

"हमने कहा, "ठीक है, तुम हमारे साथ चलो, पर वह मानी नहीं। हमें बताना चाहती थी, पर हमारे साथ आई नहीं। हमने बहुत सोचा क्या करें? घर में किससे सलाह लें? कोई ऐसे में क्या करेगा? पुलिस में जाकर बिना मतलब के झमेले में पड़ जाएँगे। बेकार मुक़दमेबाजी होगी। शायद उनकी नौकरी भी छूट जाए।" अप्पी बोली, "मैं कमरा अंदर से बंद करके बच्चों को अपने साथ लेकर रहूँगी। कल दिन में फ़ैसला करेंगे।"

"हमने अपने बेटे को फ़ोन लगाया। बेटा-बहू दोनों तो बहुत गुस्सा हो रहे हैं कि उसे वहाँ छोड़ा क्यों? बेटा तो कह रहा है कि दीदी से कह दो कि जब तक उसका छोटा भाई है, दोनों बच्चों की पूरी ज़िम्मेदारी मामा पर है। दीदी चाहे अलग रहे चाहे आपके साथ, नौकरी करना चाहे करे, न करना चाहे न करे। कोई मजबूरी नहीं है। पूरा खर्च मैं उठाऊँगा। कल ही तलाक की अर्ज़ी दे दो। दीदी ऐसे आदमी के साथ नहीं रहेगी।"

माँ का मन कहता है, "यह बहुत बुरा हुआ, पर जब दुनिया की सोचती हूँ तो उसे वहाँ से लाना ठीक नहीं लगता। अब तू बता मैं रोऊँ नहीं तो क्या करूँ?" और फ़ोन कट गया या काट दिया गया।

चंदना तो कल्पना भी नहीं कर सकती थी कि बात इतनी बढ़ सकती है। क्या ऐसा कुछ हो सकता है, वह भी इतने उच्च अधिकारी की लड़की के

साथ? ऐसे में क्या सलाह दे? किसी के व्यक्तिगत जीवन में बाहर वालों का हस्तक्षेप अनुचित है और वह बाहर वाली ही थी। शैला उसकी सहेली थी। वर्षों की पहचान और मित्रता थी। गहरी मित्रता थी, पर संबंध तो नहीं था। अप्पी वहीं रहे तो कैसे जी पाएगी और न रहे तो कहाँ जाए? माता-पिता के विचारों में मतभेद हो रहा था। उनकी सोच भिन्न थी।

अभी कुछ नहीं हो सकता। सुबह का इंतज़ार करो, पर नींद किसको आती? बैठे-बैठे सोचते हुए शायद चंदना को झपकी आ गई, क्योंकि बाहर के दरवाज़े पर बजती घंटी की आवाज़ ज़्यादा ही कर्णभेदी लगी।

दरवाज़ा खोला तो देखा शैला खड़ी थी, अपने पति के साथ। आँखें सूज गई थीं, चेहरा उदासी और निराशा में डूबा हुआ था। चंदना समझ गई, यूँ ही उठकर चले आए हैं। जल्दी-जल्दी चाय बनाई। उसे मालूम था कि शैला को चाय की इतनी आदत है कि समय पर चाय नहीं मिले तो सिर में भयंकर पीड़ा शुरू हो जाती है। उसके पति तो बेटी के पिता हैं। पिता-पुत्री का संबंध प्रकृति ने अजब ही बनाया है। वह बुत बन गए थे। बिस्कुट, टोस्ट का नाश्ता हुआ। तय हुआ, बिना रोए-धोए शांत मन से, समझदारी से फ़ैसला लेना ठीक रहेगा। चंदना ने मौन रहना ही ठीक समझा। शैला बोली, "याद है, जब वह शादी के लिए इतनी बहस कर रही थी, तब भी हमने उसे बहुत समझाया था। उस लड़के में उसे न मालूम क्या दिखा? माता-पिता से ही लड़ बैठी। फिर ठीक हो गई। तुझे याद है, मैंने तुझे बताया था कि उसने मुझसे मेरी हिरवा (हरे रंग की) साड़ी माँगी थी। मैंने जब उससे पूछा कि उस साड़ी का तू क्या करेगी, तू तो जींस-टॉप पहनती है?" अप्पी बोली, "आई (माँ)! अब मैं तेरे जैसी बनूँगी।" मैं तो खूपच ख़ुश हो गई। मैंने सोचा, चलो देर से ही सही, लेकिन सही राह पर तो आ रही है। कुछ दिन ठीक रहे, फिर उसी लड़के के साथ घूमने-फिरने लगी और एक दिन बोली, "तुम लोग नहीं मानोगे तो मैं भागकर शादी कर लूँगी।" हम बहुत डर गए। हमने उसे कमरे में बंद कर दिया। ताला लगा दिया। खाना भी नहीं दिया। हमें लगा, दो-चार दिन में घर का महत्त्व समझ में आ जाएगा। सबसे ठीक से बोलने लगी। एक दिन देखा घर से भाग

गई थी। बाद में मालूम पड़ा कि मेरी हरी साड़ी पहनकर भाग गई थी। उसकी सहेली ने फ़ोन करके हमें बताया था कि वह कोर्ट में शादी कर रही है। आप लोग अगर आना चाहें तो आ सकते है।

"उसके पिता तुरंत ही चले गए कि किसी भी तरह समझा सकें, वापस ला सकें, लेकिन जब तक पहुँचे, शादी का जश्न मनाया जा रहा था। इतना भद्दा लग रहा था वह प्रेम-प्रदर्शन। उसके पिता हाथ मलते, अपमानित होकर लौट आए, क्योंकि बड़ी अकड़, बड़ी ऐंठ और रूखेपन से वह सबके सामने अपने पिता से बोली, "अब आप लोगों से मेरा कोई मतलब नहीं है।" उसका नवरा बोला, "अब यह मेरी है। मैं इसे इतनी सुख-सुविधाएँ और ख़ुशियाँ दूँगा, जो आप कभी सोच भी नहीं सकते।" मुझे बताया गया कि वह हरी साड़ी में ख़ूब सुंदर लग रही थी और बहुत ख़ुश थी। गोरी तो है ही। ख़ुशी से चेहरा दमक रहा था। लालिमा छा रही थी। हमने उससे रिश्ता-नाता सब तोड़ लिया था। कई बार उसे कहलवाया कि मेरी साड़ी लौटा दे। मैं अपना कुछ भी उसे नहीं देना चाहती थी। उसने साड़ी तो आज तक भी नहीं लौटाई।

"अब उसने एक नया तरीका ढूँढ़ निकाला। हम लोगों का उससे कोई संपर्क नहीं था। मेरे मन में तो बहुत कड़वाहट भर गई थी। मैं अपने को कोसती थी कि इसको मैंने जन्म दिया है, इसके लिए इतना जीवन गँवाया। इतनी मेहनत की इसको पालने में, इसको बड़ा करने में और यह फल मिला? मेरे मन में बहुत दुःख भर गया था।

"अब जो नया तरीका उसने निकाला, वह यह था कि वह हर रोज़ सुबह फ़ोन करने लगी। मोबाइल फ़ोन तो उठाओ न उठाओ, लेकिन लैंडलाइन वाला फ़ोन उठाना ही पड़ता था। किसी का भी फ़ोन हो सकता है। उसमें हमें पता नहीं चलता था कि किसका फ़ोन है? उसकी आवाज़ सुनकर मैंने सुबह फ़ोन उठाना ही बंद कर दिया। वह भी समझ गई और अब उसने किसी भी समय, कभी भी फ़ोन करना शुरू कर दिया। फ़ोन वह हर दिन करती थी। कुछ भी हो, उसका फ़ोन ज़रूर आता था। और फ़ोन पर एक ही बात बोलती थी, "आपकी आवाज़ सुने बिना मेरा दिन नहीं शुरू होता।" फिर भी, मेरा

मन उसकी तरफ़ से मर चुका था। उसके डैडी ने कहा, "उसे माफ़ कर दो। अब तो जो होना था, सो हो चुका। आगे बढ़ो। बेटी है। प्यार में अंधी हो गई थी। हमसे क्या माँग रही है? केवल आवाज़ ही तो सुनना चाह रही है?" मैंने अप्पी के डैडी से बोल दिया, "तुम्हें बातें करनी हो तो कर लो। मुझे यह सब खेल समझ में आ रहा है। उँगली पकड़कर पंजा पकड़ेगी। यह लड़की अब हमारी सोच की नहीं रह गई। कल को बच्चा हो जाएगा, उसी बहाने आना शुरू कर देगी।"

शैला के पति ने समझाना नहीं बंद किया, किंतु ज़बरदस्ती तो नहीं कर सकते थे। कुछ महीनों बाद अप्पी ने अपने डैडी को फ़ोन करके कहा कि वह मिलना चाहती है, पाँच मिनट के लिए। मुझे बिना बताए चले गए, एक पार्क में मिलने। शादी पर हुआ सारा अपमान भूल गए। अप्पी से मिले। कोई बात नहीं थी, बस शायद बताना चाह रही थी कि वह बहुत ख़ुश है। थोड़े दिनों बाद गणेश चतुर्थी का त्योहार था। हम सब हर साल घर में गणेश जी बिठाते हैं, उत्सव मनाते हैं। गणेश चतुर्थी की पूजा में घर में आ गई, हमारे घर!! हिम्मत कैसे हुई? पर आ गई।

उसकी काकी ने बताया कि अप्पी का फ़ोन आया था। वह सबसे मिलना चाहती थी। तो क्या करते? लड़की तो इसी घर की है। याद तो आती ही होगी। बुला लिया। मुझे यह सब सुनकर अच्छा नहीं लगा। मैंने उससे बात नहीं की। मेरी वाली हरी साड़ी पहनकर आई थी। लड़की खिल उठी थी शादी के बाद। वह साड़ी सबको याद थी। सब लोग बार-बार कह रहे थे कि ऐसी ही साड़ी तो शैला की भी थी। वह भी ख़ूब उत्साह से और ख़ुश होकर बार-बार बताती थी कि वह साड़ी आई (माँ) की ही है। आई ने उसे दी है।

सभी को लगने लगा, संबंध ठीक हो गए हैं, वरना मैं उसे अपनी साड़ी क्यों देती? मेरे मन में तो आ रहा था कि उससे अपनी साड़ी वहीं उसी समय वापस ले लूँ। अगर मैं ऐसा करती तो सारे कुटुंब के सामने बात बहुत बढ़ जाती। यही क्रम चलता रहा। कोई त्योहार आता, अपनी काकी को फ़ोन करके पहुँच जाती थी। हम सब, पूरा परिवार हर त्योहार पर उसकी आजी

(दादी) यानी मेरी सास के घर में इकट्ठे होते थे। काकी को फ़ोन करके बात करती थी, सबके बारे में पूछती थी और सबसे मिलना चाहती थी। उसकी काकी उसे आने को कह देती थी। मेरी सास बहुत वृद्ध थीं, पर इस बात का बहुत बुरा मानती थीं कि उनके बिना शादी कैसे हो गई। लड़की-दामाद उनके घर आशीर्वाद लेने के लिए भी नहीं आए। ऐसी कैसी नौकरी है कि अप्पी हमेशा अकेली ही आती है? पर अप्पी को देखकर वह बहुत ख़ुश भी होती थीं, क्योंकि अप्पी का चेहरा हमेशा खिला-खिला रहता था।

हर त्योहार पर वह सबसे ऐसे मिलती, जैसे पहले मिला करती थी—मानो कुछ हुआ ही नहीं। सबकुछ सामान्य था। समय बीतता गया। एक दिन पता चला कि वह माँ बननेवाली है। फिर एक दिन अप्पी के नवरा का फ़ोन आया कि उसको बेटी हुई है आकर देख लें। आगे साँप तो पीछे छछुँदर। जाएँ या न जाएँ? जाएँ तो क्यों जाएँ—हमें उससे कोई संबंध ही नहीं रखना था। न जाएँ तो बात जग ज़ाहिर होकर न जाने कहाँ-कहाँ, कैसे समाज में पहुँचे? रहना तो इसी समाज में है। दूसरी बेटियों की शादी भी करनी है। जहाँ पर, जिन घरों में इतना टकराव, दुराव हो, वहाँ, उन घरों की लड़कियों के लिए लड़के नहीं मिलते। बहुत मुश्किल होता है अन्य लड़कियों के घर बसाना। सब लोग ऐसे घर की लड़की लाने से बहुत डरते हैं। उनके मन में तरह-तरह के सवाल उठते हैं। ऐसे घर की लड़की निभा पाएगी या नहीं और गृहस्थी की ज़िम्मेदारियाँ कितनी उठा पाएगी, हमेशा संदेह बना रहता है।

मन नहीं था बिल्कुल। उसके डैडी से कह दिया, कल चलेंगे। अगले दिन तो मेरी तबीयत ही बहुत बिगड़ गई। ताप आ गया और बहुत चक्कर आ रहे थे। डॉक्टर बोले, "इनका रक्तचाप बहुत बढ़ गया है। आराम करना होगा।" छुटकारा मिला जाने से, लेकिन बातें ऐसे ख़त्म कहाँ हो पाती हैं? उन्होंने कहलवा भेजा कि उन लोगों के धर्म में बच्चा होने के बाद उत्सव होता है और कपड़े नानी के घर से आने होते हैं। आप तो इसी शहर में हैं, ख़ुद ही लेकर आइए। झुकना पड़ा। खर्च तो होना ही था। बच्चे के लिए लेकर जाएँगे तो एक जोड़ी कपड़ा कम लगा। कपड़े, चादर, कंबल, खिलौने, झुनझुना,

ऐसी ही छोटी-बड़ी चीज़ें लेकर चले गए। जितनी देर बैठे, मुँह सीकर बैठे रहे। दम घुट रहा था। मन के अंदर से माफ़ी निकल ही नहीं रही थी। उसके चेहरे पर जो भाव थे, बहुत गुरूर के थे। लगता था, मानो हमें कितना नीचा दिखा दिया ?

अब उसने एक और तरीका निकाला। हर छुट्टी के दिन रविवार को या शनिवार और रविवार, दोनों दिन आती थी और बच्चा छोड़ जाती थी। बोलचाल नहीं थी, परंतु बच्चे से तो प्यार हो ही जाता है। समय निकलने लगा। बच्चा मन मोहने लगा, ख़ासकर जब वह 'आजी, आजोबा' (नाना, नानी/दादा दादी) करके, उँगली थामकर घुमाने ले चलने के लिए इशारा करती। धीरे-धीरे इस लायक हुई कि पूरा-पूरा वाक्य बोलने लगी। सारा दिन सिवाय बोलने के और कोई दूसरा काम ही नहीं। कभी मेरी अलमारी खोलकर साड़ी पहन ले, कभी मेरी बाँगड़ी (चूड़ियाँ) पहन ले, जो इतनी बड़ी होती थीं कि हाथ में से गिर जाती थीं। कभी बिंदी लगाए। कभी मेरी सैंडिल पहनकर बोलती थी, "मी आजी आहे (मैं नानी हूँ)" ख़ूब रौनक होने लगी। 5 साल बीते, अप्पी को एक मुलगा (लड़का) भी हो गया। वही सब, घर आना, मिलना, बच्चों को हमारे पास छोड़ने की ज़िद करना, सब चलता ही रहा। तुझे तो यह सब मालूम ही है। तू तो देखती ही थी, मेरा कहीं भी आना-जाना, मिलना-मिलाना कितना कम हो गया ? हर शनिवार, रविवार बच्चों में ही बीत जाता था। धीरे-धीरे वह भी कभी-कभी बच्चों को छोड़ने लेने के समय कुछ देर रुक जाती थी।" पर कुछ बातचीत ख़ास नहीं होती।

कई बार उसने कहा कि वह एक फ़्लैट खरीदना चाहती है, पर हम समझ नहीं पाए कि वह क्यों ऐसा कह रही है ? जहाँ रहती थी, वह तो उनका अपना फ़्लैट था और आज उसका भाव बहुत बढ़ चुका था। वह कहती थी, हम सुन लेते थे। बात भर होती थी, कुछ होता नहीं था।

बच्चे स्कूल में पढ़ने लगे। उनकी पढ़ाई के लिए हम लोग बहुत मेहनत करते थे। पढ़ने में उतने ठीक नहीं थे। अब बच्चे पूरी-पूरी छुट्टियों के लिए आ जाते थे। हमारे पास ख़ूब खुली जगह है। पास में ही एक पार्क है, जहाँ

सारा-सारा दिन बच्चे खेल सकते हैं। वहाँ और बहुत बच्चे आते हैं, उनके साथ दोस्ती कर सकते हैं। हमारे पास अपनी मोटर है। बच्चे कहीं घूमना चाहें, कुछ खरीदना चाहें, खाना चाहें, हम लोग उनकी हर माँग पूरी करने की कोशिश करते थे।

थोड़ा-कुछ पता चलता था, लेकिन हमने उस पर ज़्यादा ध्यान नहीं दिया। कभी अप्पी की बेटी कुछ बताती थी। कभी कोई प्रश्न पूछती थी, बड़ा ही अजीब-सा लगता था। कभी पूछती, "आजी! आजोबा और तुम्हारा झगड़ा नहीं होता? आजी, तू काम नहीं करती है तो खाती कहाँ से है? आजोबा, तुम चाय पीते हो दारू (शराब) नहीं पीते?"

कभी लगता, कुछ बात है। यह बहुत छोटी है, ऐसे प्रश्न पूछने के लिए। अप्पी से ज़िक्र भी किया। बोली, "यह बड़ी हो रही है। स्कूल जाती है। दुनिया जानना चाह रही है।"

अप्पी हमेशा मुसकराहट लिये ही आती थी। कभी उदास नहीं देखा उसे। कभी गुस्से में नहीं देखा, कभी रोते हुए नहीं देखा और देख, आज क्या हो गया?"

इतनी देर से बिना रुके शैला बोलती ही गई। अब रोना बंद हो चुका था। मन का गुबार निकल चुका था, पर समस्या का समाधान तो बाकी था। चंदना ने भी दुनिया देखी थी। जानती थी कि कोई भी माता-पिता, ब्याहता लड़की अपने बच्चे लेकर उनके पास वापस आ जाए, ऐसा कभी नहीं चाहेंगे। देर-सवेर इसके परिणाम ठीक नहीं होते, पर उस माहौल में रहना बच्चों के लिए कितना अच्छा है, यह भी एक बहुत बड़ा प्रश्न था।

शैला के पति बोले, "हम उसे ले आएँगे। बच्चों का दाखिला दूसरे स्कूल में करा देंगे। जब तक हम ज़िंदा हैं, क्या फ़िक्र है? बाद के लिए ये घर तो है।" शैला नहीं मानी। शैला बोली, "नहीं! ऐसा नहीं हो सकता। अप्पी को वहीं रहना होगा।" चंदना ने कहा, "केवल इसलिए कि उसने अपनी मरज़ी से भागकर शादी कर ली, अपनी लड़की को तुम अपने घर नहीं लाओगी? इतनी तकलीफ़ में है! न देखना चाहती हो, न समझना चाहती हो,

न महसूस करना चाहती हो। माता-पिता, भाई-भाभी का सहारा उसे हिम्मत देगा। ऐसे समय में भी ऐसी बात कह रही हो?" शैला बोली, "सहारा देने को कहाँ मना कर रही हूँ? हम सब हैं हिम्मत देने को, पर पति का घर छोड़कर पिता के घर आए, वह नहीं संभव। जैसा भी है, वह बच्चों का पिता है। बच्चों को पिता का नाम ही मिलेगा। हमारा नाम उसके नाम से छूट चुका है। बच्चे बड़े हो रहे हैं। दुनिया के लायक बनना है। हर तरह के माहौल में जीने लायक उनकी शिक्षा ज़रूरी है। झगड़े और मारपीट के डर से जगह बदल लो? वह ज़िंदगी भर डरपोक बने रहेंगे। मुश्किलों का सामना नहीं कर सकेंगे। अप्पी मेरी बेटी है। अपनी बेटी को मैं बेसहारा नहीं छोड़ रही हूँ। उसके घर में जाकर, उनसे साफ़-साफ़ बातें करके, उन लोगों को चेतावनी देकर आऊँगी कि मेरी बेटी के माता-पिता, भाई-भाभी अभी हैं। ज़िंदा हैं। उसके बच्चों की माँ मेरी बेटी है। सास-ससुर से भी बात करूँगी। वंश का चिराग दिया है। ज़िम्मेदारी उठाना सीखो।"

शैला का ऐसा रूप देखकर तो उसके पति भी स्तंभित रह गए और चंदना भी। सारा दिन निकल गया था इस फैसले तक पहुँचने में। वे दोनों चले गए अप्पी के घर, अगले दिन फिर आए। बड़े गर्व से शैला बोली, "अप्पी ने तो ख़ुद ही तय कर लिया था कि वह वहीं रहेगी। बच्चों को उनका हक़ दिलाकर रहेगी। वे जायदाद से उन्हें वंचित नहीं कर सकते। नौकरी भी नहीं छोड़ेगी। कोई ज़ोर-ज़बरदस्ती, मार-पिटाई करने की कोशिश भी की तो उन्हें पलटकर वार करेगी। वह न अबला है, न कमज़ोर। बच्चों से खुलकर सब बातें उसने समझा दीं और उन्हें भी मज़बूत बनने के लिए कहा। आत्मनिर्भर बनने के लिए कहा। बस, एक बात और उसने तय कर ली कि वह एक फ़्लैट अपने लिए ज़रूर तैयार रखेगी। चाहे लोन लेना पड़े, चाहे हमसे उधार ले, भाई से ले, पर अपनी छत का इंतज़ाम ज़रूर करेगी। समय की राह देखेगी। ज़रूरत पड़ी तो उस फ़्लैट में रहने लगेगी, पर बच्चों को उनका हक़ दिलाकर ही रहेगी।"

ख़ुशी हुई सुनकर। हिम्मतवाली लड़की है। माता-पिता का सहारा बहुत

मिला। शैला ने चंदना के घर में जो भी कहा, अप्पी के ससुराल में बिल्कुल उलटा कहा। साक्षात दुर्गा का रूप बन गई। ऐसी खरी-खोटी सुनाई कि अप्पी का नवरा तो पाँव छूने लगा। माफ़ी माँगने लगा। शैला ने उसको चेतावनी दी, "अगली बार कभी अगर अप्पी को हाथ लगाना तो दूर, ऊँची आवाज़ में भी बोला, हुकुम चलाया, बच्चों को तकलीफ़ दी, तो तुम तीनों को ही तुम्हारे घर से बाहर निकलवाकर छोड़ूँगी। हर दिन मैं यहाँ आऊँगी, ख़ुद आऊँगी देखने के लिए।" सब हैरान थे उसके साहस और दबंगपन को देखकर। चंदना ने पूछा, "क्या तुम वाक़ई ऐसा करोगी? रोज़ जाओगी?" शैला बोली, "नहीं रे! यह ज़रूरी था। मेरी बेटी ने जो भी गलत किया, उसे फल मिल गया। अब और क्यों? हम माता-पिता हैं। उसे टूटने नहीं देंगे। वापस खड़ा करेंगे, लेकिन वह हम पर आश्रित हो जाए, ऐसा नहीं होने देंगे।"

इस बात को 17-18 साल बीत चुके हैं। सब ठीक चल रहा है। अप्पी और मज़बूत हो गई है। ग्रेजुएट है। वर्तमान युग में और आज के समय में इतनी कम पढ़ाई मायने नहीं रखती, पर उसने हिम्मत नहीं हारी। काम कर रही है। बहुत नीची पायदान से एक कंपनी में नौकरी शुरू की। अपनी मेहनत, लगन और ज़िम्मेदारी लेते उसे निभाते हुए वह ऊँची चढ़ती ही गई। आज वह उस कंपनी में सबसे ऊँचे पद पर है। काफ़ी कमा रही है। लड़की बारहवीं कक्षा कर चुकी है। कॉलेज में पढ़ रही है। लड़का दसवीं में है। उसका नवरा हर छुट्टी में घर आता है। छुट्टियाँ शुरू होते ही आ जाता है। बैंक में पैसा रखकर अप्पी और बच्चों का नाम डलवाकर एक नया खाता खोला है। सास-ससुर अपने में ठीक हैं। टी.वी. देखते रहते हैं। बेटी-दामाद और उनके बच्चों के आने पर ख़ूब बातचीत करते हैं। बेटे के आने पर तो स्वाभाविक है, बहुत ही ख़ुश होते हैं। पोते-पोती से भी बात करते हैं। अप्पी से तो बात करनी ही पड़ती है। खाना बनाना, दवा, डॉक्टर, सब तो वही करती है। अप्पी का फ़्लैट तैयार हो गया है। कहती तो है कि एक बार बच्चे हॉस्टल चले जाएँ तो वह अपने फ़्लैट में चली जाएगी।

उसके पति कोशिश करते हैं कि उनकी बातचीत फिर शुरू हो जाए,

पर वह उनकी तरफ़ से उदासीन रहती है, लेकिन उससे कोई दूसरा जन कहीं पर भी मिले, वह हमेशा हँसती, मुसकराती, चहचहाती नज़र आती है। बहुत मेहनत करती है, घर में भी और दफ़्तर में भी। दफ़्तर में सब उसे अपना दोस्त मानते हैं। कोई मानेगा ही नहीं कि उसने अपने अंदर दुःख के इतने भारी पत्थर समेटे हुए हैं, उस बोझ और चोट खाए दिल के साथ वह अपने आपको ऐसे सँभाले हुए है। वह आज भी ऐसी लगती है, पतली-दुबली गोरी, खिलखिलाती कि कोई उससे पूछ सकता है—"मुझसे शादी करोगी?"

□

बिंदी

उससे मेरी भेंट रेलगाड़ी में हुई थी। मैं मुंबई से कोलकाता जा रही थी। वह ट्रेन कलकत्ता मेल नहीं थी, वरन् स्पेशल चलाई गई अनेक ट्रेनों में से एक ट्रेन थी, इस कारण पहले से मालूम था कि सफ़र में अधिक समय लगेगा। ट्रेन सुबह दस बजे प्लेटफॉर्म छोड़ेगी और अगले दिन की शाम करीब छह बजे कोलकाता पहुँचेगी। सफ़र बहुत लंबा था। ट्रेन भरी हुई थी। आरक्षित डिब्बा था। कोई सीट खाली नहीं थी। मेरी बर्थ नीचे वाली थी। मेरा बेटा मुझे छोड़ने आया था। उसने कंपार्टमेंट में मेरी सीट ढूँढ़कर मुझे वहाँ बैठाया। मेरा सूटकेस और हैंड बैग ठीक जगह पर रखा और फिर हमलोग तब तक बातें करते रहे, जब तक ट्रेन छूटने का समय नहीं हो गया। सभी सीटों पर मुसाफ़िर बैठे हुए थे। सभी मुसाफ़िर कोलकाता जा रहे थे। स्लीपर कोच में साफ़-सफ़ाई नहीं रहती है, यह बात सबको पहले से ही मालूम थी, लेकिन हमारे साथ बिना टिकट के कुछ विशेष मुसाफ़िर, जैसे चूहे, कॉकरोच भी पूरे सफ़र में साथ रहेंगे, ऐसी कोई सूचना रेलवे ने नहीं दी थी फिर भी, पूरे सफ़र में वे हमारे साथ बने रहे।

ट्रेन चलने के बाद मैंने अपने चारों ओर अन्य मुसाफ़िरों को देखने के लिए नज़र घुमाई। जैसा कि किसी भी सफ़र में होता है, शुरू-शुरू में कोई यात्री किसी से कुछ नहीं बोलता है। सब केवल एक-दूसरे की तरफ़ नज़र दौड़ाते रहते हैं। संभवतः किस तरह के लोग हैं, कौन लोग हैं, यह जानने-

समझने की कोशिश करते हैं। उसके बाद अपने सामान को फिर से देखते हैं कि सब ठीक-ठाक से रखा गया है, सुरक्षित है। उसके बाद जानकारी लेने की कोशिश रहती है कि आस-पास में बैठे सभी यात्री अपनी-अपनी सीट पर अपने-अपने सही टिकट के साथ बैठे हैं। कोई बिना टिकट तो नहीं बैठा है। संक्षेप में, टिकट चेकर के आने से पहले उसका सारा काम, उसका दायित्व पूरा कर दिया जाता है।

फिर बातचीत का सिलसिला शुरू होने की प्रारंभिक स्थिति आती है। वही-वही प्रश्न बार-बार दोहराए जाते हैं। "आप कहाँ तक जा रही हैं? हावड़ा? मैं भी वहीं जा रही हूँ। तुम अकेली सफ़र कर रही हो? तुम्हें यहाँ ट्रेन तक छोड़ने कौन आया था? ओह! वह तुम्हारा बेटा है? वह मुंबई में ही रहता है? वहाँ वह क्या काम करता है? उसकी शादी हो गई? अभी नहीं? तो वह वहाँ अकेला रहता है? कोलकाता में कौन रहता है?" शुरुआती जिज्ञासा वाले प्रश्न। सामान्य उत्सुकता अथवा वार्त्तालाप शुरू करने के लिए एक मुद्दा, एक बिंदू ढूँढ़ने की कोशिश। अपने परिवार के बारे में विस्तृत जानकारी देने की मेरी इच्छा नहीं थी। अनजान लोगों से अपने घर की बातों की चर्चा में मेरी दिलचस्पी नहीं थी। इसकी वजह विश्वास की कमी अथवा वार्त्तालाप आगे न बढ़ाने की इच्छा भी हो सकती है। इसलिए मेरे जवाब एक शब्द तक सीमित रह गए, और मैं ट्रेन के बाहर पेड़ों को दौड़ते हुए देखने की कोशिश में लग गई। वाक़ई में, पेड़ दौड़ते हुए प्रतीत हो रहे थे।

मैंने न ज़्यादा लंबे जवाब दिए और न उनसे कोई प्रश्न पूछे। उन्होंने मेरी खामोशी के द्वारा समझ लिया कि मैं बातचीत नहीं करना चाहती हूँ। उन्होंने यात्रियों के साथ मिलकर अपना एक समूह बना लिया। बातें शुरू हो गईं, लेकिन वे लोग बीच-बीच में कनखियों से मेरी तरफ़ देखते रहते थे। वही-वही बातें दोहराई जा रही थीं। एक ने कहा, "ट्रेन ठीक समय पर छूटी है, इसलिए ठीक समय पर पहुँचनी चाहिए। मैं अपने घर से चार घंटे पहले निकला, जिससे वी.टी. स्टेशन पर समय से पहुँच सकूँ।" दूसरे ने कहा, "मैंने अपना सारा सामान कल रात में ही पैक कर लिया था, जिससे यहाँ पहुँचने में देरी न हो

जाए। टैक्सी में तो बहुत ज़्यादा पैसा खर्च होता है। मैंने लोकल ट्रेन पकड़ी, एक प्लेटफॉर्म से दूसरा प्लेटफॉर्म बदला और पहुँच गया।" बातें चलती रहीं।

दोपहर के भोजन का समय हो गया था। उन लोगों की बातें कान में लगातार पड़ रही थीं। अब तक इतना तो समझ में आ गया था कि इन मुसाफ़िरों में एक महिला हैं, जिनके साथ उनका बेटा भी सफ़र कर रहा था। वह नौकरीपेशा था, कमाऊ था और उसकी माँ के चेहरे पर वह ख़ुशी साफ़ दिखाई दे रही थी। दो पुरुष यात्री थे, जो किसी फ़ार्मास्युटिकल कंपनी में काम करते थे, एक अधेड़ उम्र के सज्जन थे, जो छुट्टी में घर जा रहे थे। एक महिला ढेरों-ढेरों सामान के साथ सफ़र कर रही थीं और एक बहुत दुबली कृशकाय महिला थीं, जिनके पास कंधे पर लटकानेवाले कपड़े के दो थैले थे और एक तारपोलिन का ज़िप वाला बैग था। सबने अपने-अपने बैग में से खाना निकाला। एक-दूसरे के साथ खाना बाँटने के लिए उनकी तरफ़ डिब्बा बढ़ाया। एक-दूसरे से खाने के लिए पूछना दोस्ती के तहत था या औपचारिकता या व्यवहार के तहत, यह कहना कठिन है। कुछ लोगों ने खाना लिया, कुछ लोगों ने नहीं लिया। उस दिन सोमवार होने के कारण मैं खाना नहीं खा रही थी। मेरा व्रत था। एक वक्त भोजन करने का नियम बनाया था। रात का भोजन करने का तय किया था। सबने एक-दूसरे की ओर देखा। मैं खाना नहीं खा रही हूँ, मुझे ऐसे ही बैठी देखकर उन्हें आश्चर्य हो रहा था। अंत में, उन पतली-दुबली महिला ने मुझसे पूछ ही लिया कि मैं खाना क्यों नहीं खा रही हूँ। मैं सिर्फ़ पानी क्यों पी रही हूँ, मेरे पास कुछ खाना है या नहीं है? मुझसे पूछने के बाद उन्होंने सबको बताया कि मैं आज रात में खाना खाऊँगी। मेरा सोमवार का व्रत है। इस उत्तर के बाद उन महिला ने फिर से बोलना शुरू कर दिया। बोलीं, "मुझे खाना ऐसे ही खाना पसंद है, रोटी और हरी मिर्च। वैसे मेरे पास कई तरह की सब्ज़ियाँ हैं, पैक की हुई बैग में रखी हैं। मेरे पास बैग में मिठाई भी है। एक डिब्बे में नाश्ते का अनेक तरह के सामान और बहुत सारे फल भी हैं। मेरे बेटे-बहू मेरी बात बिल्कुल नहीं मानते। हर समय मेरी खातिर करते रहते हैं।"

जब वह एक-एक बात बहुत विस्तार से बता रही थीं, उसी समय एक फेरी वाला नागपुर के संतरे लेकर आया। उन्होंने पाँच रुपए में दस संतरे खरीदे। मोलभाव नहीं हुआ। रोटी के बाद एक संतरा उसके बाद एक पान खाया और आखिर में कुछ पाउडर जैसी चीज़ की फाँकी मारी। तृप्त होने के बाद मेरी तरफ़ मुड़कर बैठ गईं और अपने पूरे जीवन का विस्तृत वर्णन देने लगीं। बताते-बताते बीच-बीच में कहतीं, "लेकिन मैं यह सब तुम्हें क्यों बता रही हूँ?" कभी कहतीं, "एक संतरा खा लो। मैंने अभी खरीदे हैं। मेरे पास अंदर भी बहुत सारे संतरे रखे हैं। फिर भी खरीद लिये। फेरीवाले को थोड़ा पैसा मिल गया।"

अब चाय बेचनेवालों का आना शुरू हो गया था। उन्होंने प्लास्टिक के छोटे-से गिलास में चाय बेचते हुए चाय वाले से एक गिलास चाय खरीदी उस छोटे-से गिलास का ठीक से निरीक्षण किया और चाय पी ली। फिर बोलीं, "मैं खाना खाने के बाद चाय ज़रूर पीती हूँ। तुम्हें चाय पीनी है?" मैंने कहा, "नहीं।" मेरे मना करने के बाद उन्होंने फिर अपनी ज़िंदगी बतानी शुरू कर दी। बोलीं, "मेरे तीन बेटे हैं और एक बेटी है। सबकी शादी हो गई है। सबके बच्चे हैं। मेरा आदमी मुंबई में बीच वाले बेटे के साथ रहता है। वे दोनों एक सेठ के लिए काम करते हैं। वह ज़ेवर बनाने का काम करते हैं। नकली ज़ेवर। क्लिप, चूड़ियाँ, बालों में लगाने की पिन, साड़ी में लगाने की पिन वगैरह बनाते हैं। जितनी ज़्यादा तरह की चीज़ें बनाते, उतना ज़्यादा पैसा मिलता है।

"मेरी बहू ने भी सीख लिया। उसने नए डिजाइन बनाना भी सीख लिया है। मेरी बहू हमारी बहुत अच्छी तरह से देखभाल करती है। मुझे कभी कोई चीज़ माँगनी नहीं पड़ती। कभी चाय के लिए भी नहीं कहना पड़ता। माँगने से पहले मुझे हर चीज़ मिल जाती है। वह घर का सारा काम करती है, खाना बनाना, फल-सब्ज़ी खरीदना और भी घर के बहुत सारे छोटे-छोटे काम। मैं अपना सारा समय अपने पोते-पोती के साथ गुज़ारती हूँ।" उनकी बातें सुनकर मुझे बहुत ख़ुशी हुई। वह बातें करते-करते सहसा कहीं खो जाती थी, जैसे शून्य में देख रही हों।

उन सूनी आँखों को देखकर मेरे मन में विचार उठ रहा था कि उन्हें अपने घर–परिवार की याद आ रही होगी। उनका दूसरा बेटा लिलुआह में रहता है। लिलुआह हावड़ा से कुछ पहले पड़ता है। उसने अपनी पसंद की लड़की से शादी की है। "बहुत अमीर घर की लड़की है। उसके माता–पिता उनके घर के काफ़ी पास में रहते हैं, लेकिन मेरे बेटे की गृहस्थी में कभी दखलंदाजी नहीं करते। वह अपने मायके बहुत कम जाती है। वह अपनी गृहस्थी सुचारु रूप से चलाती है और अपनी ज़ेवर की दुकान पर भी पूरे दिन बैठती है। उनकी दुकान में रोज़ाना के सस्ते ज़ेवर मिलते हैं, नकली ज़ेवर। आजकल असली ज़ेवर कोई नहीं पहनता है। उनकी एक बेटी है। अभी बहुत छोटी है। मेरा बेटा एक कंपनी में काम करता है। उसकी नौकरी से अच्छी आमदनी है। उनका पक्का बड़ा घर है। वो लोग चाहते हैं कि मैं उनके साथ रहूँ, लेकिन मैंने अपने बच्चों से कह दिया है कि मैं बँधकर नहीं रहूँगी। जब तक मेरा जहाँ मन करेगा, मैं वहाँ रहूँगी और जब मेरा मन करेगा दूसरी जगह जाने के लिए, मैं चली जाऊँगी। मुझे केवल इतना कहना पड़ता है कि मुझे इस तारीख का टिकट इस जगह के लिए चाहिए और मेरे बच्चे टिकट लाकर दे देते हैं।

"मेरा सबसे बड़ा बेटा जलपाईगुड़ी में रहता है। वह भी गहनों के व्यवसाय में है, लेकिन वह असली सोने के गहनों की दूकान में काम करता है। उसका घर अच्छा है, सब सुविधाएँ हैं। मेरी बेटी गैंगटॉक में रहती है। वह एक संयुक्त परिवार में रहती है। उसके लिए अकेले लंबा सफ़र करना बहुत कठिन है, लेकिन वह अपने बच्चे अपने ससुराल वालों के पास आराम से छोड़ सकती है, फिर वह कभी भी कहीं भी सफ़र कर सकती है, कोई परेशानी नहीं होती।" वह बोलती रहीं। बताती रहीं अपने रिश्तेदारों के बारे में, जिनकी गिनती समाप्त नहीं हो सकती। अपनी बहनों, भाइयों, काका–काकी के बारे में, जो राजस्थान के अलग–अलग शहरों में रहते हैं। किसी रिश्तेदार के घर वह कभी भी जा सकती हैं। सब नाते–रिश्ते वाले उनका बहुत आतिथ्य करते हैं, स्वागत करते हैं और ख़ुश होते हैं। इतनी शादियाँ होती हैं परिवार में, वह सब शादियों में शामिल होती हैं। उन्हें अकेले सफ़र में किसी तरह की दिक्कत

नहीं होती, इसलिए जाना आसान रहता है।

इसके बाद उन्होंने विषय बदल दिया। उन्होंने बताया कि उन्हें ज़ेवर, कपड़ों व साड़ियों का कितना शौक़ है। उन्होंने चमकीले रंग-बिरंगे नग, मोती से जड़ी हुई और रुपहले सुनहले-चमकते रंगों से सजी-धजी दर्जनों चूड़ियाँ पहनीं और चूड़ियों से भरी अपनी दोनों कलाइयाँ दिखाने लगीं। उनके दोनों पाँव आलते से शोभित थे, दोनों हथेलियों में मेहँदी लगी हुई थी। नाखूनों में नेल पॉलिश थी। उन्होंने बताया कि जब वह ब्याह कर आई थीं, तब उनको लक्ष्मी स्वरूपा माना जाता था। उनके पति ने उनको सिर से पाँव तक ज़ेवरों से सजा दिया था। सबसे नए डिजाइन का सौ फ़ीसदी सोने में गढ़ा हुआ सबसे पहला ज़ेवर उनको देते थे। उनके पास कान के बुँदे, झुमके, टॉप्स, गले के हार, जंजीरें, चूड़ियाँ, कंगन, अँगूठियाँ, करधनी, पायल, चाभी के गुच्छे, बालों की क्लिप, जूड़े की पिन, नथ और भी अनेक तरह के गहने भरे पड़े थे। ज़री वाली ढेरों साड़ी थीं। उन्होंने बताया कि वह बहुत भाग्यशाली स्त्री थीं।

उनकी बातों से लगा कि वह बहुत धार्मिक विचारों वाली महिला थीं। अनेक बार वह वैष्णो देवी के दर्शन, अमरनाथ यात्रा, राजस्थान के असंख्य मंदिरों के दर्शन के लिए जा चुकी थीं। अन्य प्रांतों के मंदिरों के दर्शन कर चुकी थीं। अपनी हर यात्रा का उन्होंने बहुत विस्तृत वर्णन किया। उनका एक ग्रुप है। वह उनके साथ जाती हैं। उनके ग्रुप के लिए पूरी बोगी आरक्षित रहती है। भोजन, चाय-पानी, नाश्ता, बिस्तर, वाहन—हर तरह का इंतज़ाम किया जाता है। उस ग्रुप में इनके बहुत अच्छे दोस्त बन गए हैं। उनकी विस्तार से बताई इन बातों को सुनने के बाद मुझे उनसे थोड़ी ईर्ष्या होने लगी। वाक़ई कितनी ख़ुशकिस्मत हैं? अपना जीवन अपने हिसाब से जी सकती हैं। उनको हर तरह की आज़ादी है। पूरी आज़ादी है। उनके बच्चे उनका कितना ख़याल रखते हैं, उनकी कितनी फ़िक्र करते हैं और बार-बार आग्रह करते हैं कि वह या तो जल्दी-जल्दी उनके घर आया करें या हमेशा उनके साथ रहने आ जाएँ।

तीर्थयात्रा पर जाने के लिए श्रद्धालु भक्तों का बड़ा समूह है। उन सबकी

आपस में बातचीत है। वे सब एक बहुत बड़े संयुक्त परिवार के सदस्य की तरह बन गए हैं। उनके पति न उन्हें रोकते हैं, न अपनी हुकूमत चलाते हैं। इतने रिश्तेदार हैं, किसी के घर जाने में उन्हें कभी कोई संकोच नहीं होता है। इसके अलावा उनका हर बेटा उन्हें प्रति माह धन देता है। धन राशि उन्होंने तय करके लड़कों को बता दी है। प्रत्येक त्योहार पर और जब वह उनके घर जातीं हैं, हर बेटा उन्हें साड़ी ज़रूर देता है। उनके नाती-पोतों के जन्म के समय बेटों की ससुराल से सबसे महँगी साड़ी उनके लिए भेजी जाती थी। एक बार सबसे बढ़िया साड़ी उनके लिए नहीं भेजी गई। उनके बेटे को यह माँ का अपमान लगा और उसने उनसे कहा, "आप अपना सारा सामान वापस ले जाइए। हमें आपका कुछ नहीं चाहिए। मेरी माँ के साथ ऐसा व्यवहार मुझे बरदाश्त नहीं है।"

साधारणतया लोग बातचीत शुरू होने के कुछ देर बाद अपने दुःख-दर्द, परेशानियाँ बताने लगते हैं और बताते हैं कैसे उनके बेटे बदल गए हैं। अपने बेटे को अपनी पत्नी का गुलाम बना देखकर माँ का दिल बहुत रोता है। उसकी आत्मा चीत्कार करती है। पत्नी को ख़ुश करने के लिए बेटा कुछ भी करने को तैयार रहता है। वह भूल जाता है कि उसकी माँ ने कितने दुःख दर्द झेले होंगे, क्या-क्या नहीं सहा होगा? हर बात भूल जाते हैं, लेकिन उनके बेटे बिल्कुल अलग और सबसे भिन्न थे।

जितना मैं उनको सुनती थी, मैं तुलना करने लगती ऐसे अनेक परिवारों के बढ़ती उम्र के अपनों से, जिनकी न तो अपने घर में कोई इज़्ज़त थी और न वह वहाँ जा सकते थे। यह महिला मध्यम वर्ग की प्रतीत हो रही थीं, लेकिन ऐसे परिवार से जो एक-दूसरे की फ़िक्र भी करता था और आपस में करीबी का रिश्ता बना हुआ था।

कुछ देर में रात हो गई। महिला ने पैंट्री कार से खाना ऑर्डर किया। खाने का पैसा देते समय हम सबकी तरफ़ ऐसी नज़र से देखा, मानो कहने की कोशिश रही हों, "मेरे पास पैसा है।" फिर मुझसे पूछा, "खाना आर्डर नहीं किया?" मैंने उन्हें बताया कि मेरे पास खाना है। मैंने खाना खा लिया।

सबका खाना होने के बाद अब सोने का समय हो गया था। लंबे सफ़र में सिवाय खाने, सोने और बातें करने के और कुछ करने के लिए नहीं होता है। सब लोग सो गए या लेट गए।

सुबह के साथ नए दिन की शुरुआत हुई। अभी एक पूरा दिन ट्रेन में गुज़ारना बाकी था, कोलकाता पहुँचने से पहले। कुछ समय के बाद सब लोग जाग चुके थे और चाय-नाश्ते से पहले तैयार हो रहे थे। इन महिला ने बाल सँवारे। कई सारी हेयर पिन बैग से निकालीं। छाँटने के लिए या डिब्बे में बैठे मुसाफ़िरों को दिखाने के लिए, यह समझना मुश्किल था, किंतु सबने उन्हें देखा ज़रूर। महिला ने अपनी माँग में ख़ूब सारा सिंदूर भरा, बिंदी लगाई, पाउडर लगाया, काजल लगाया, लिपस्टिक लगाई, इत्र लगाया, बालों का जूड़ा बनाकर दमकती-चमकती नगीने जड़ी बालों की क्लिप और घुँघरू वाली पिन लगाई। अपनी साड़ी में लगी पिन बदलकर दूसरी पिन लगाई। जब उन्हें ऐसा लगा कि उनका श्रृंगार पूरा हो चुका है, तब वह बाथरूम के पास लगे आईने में अपना चेहरा देखने के लिए गईं। संतुष्ट होकर अपनी सीट पर वापस बैठ गईं। उनके अंदर जीवन जीने का जोश उनके चेहरे पर चमक रहा था।

उन्होंने नाश्ता ऑर्डर किया। नाश्ते के बाद कई बार चाय और कॉफी पी। खाते-पीते, बातें करते दोपहर के भोजन का समय हो गया। सभी यात्रीगण उठकर भोजन की तैयारी में व्यस्त हो गए। साथ ही एक फ़िक्र लग गई, ट्रेन समय से नहीं है। बहुत लेट चल रही है।

उन महिला ने मुझसे पूछा, "अगर ट्रेन देर से पहुँचेगी तो तुम घर कैसे जाओगी? तुम्हें डर नहीं लग रहा? फ़िक्र नहीं हो रही?" मैंने उनसे बताया, "नहीं, मुझे लेने स्टेशन पर कोई आ जाएगा।" महिला बोलीं कि उनको लेने के लिया उनका बेटा आएगा। उन्हें किसी बात की चिंता नहीं करनी पड़ती। उनका बेटा उन्हें छोटा और हलका सामान भी नहीं उठाने देता।

ट्रेन बहुत लेट हो रही थी। आधी रात से पहले नहीं पहुँच सकेगी। बहुत समय बाकी था। धीरे-धीरे उन्होंने और बहुत बातें बताईं। उनके बड़े बेटे ने

जिस लड़की से शादी की थी, वह उसे बहुत परेशान करती थी। उस लड़की के परिवार के लोग हमेशा मेरे बेटे के घर में रहते थे। उसे मेरे बेटे की सारी धन-दौलत चाहिए थी। एक दिन वह सारे ज़ेवर लेकर भाग गई। वह मेरे गहने भी ले गई। मेरी बेटी का बेटा बहुत बीमार था। मैं अपनी बेटी के पास गई थी। मेरी बेटी को मेरी ज़रूरत थी। मैं जब वापस आई, तब मेरे बेटे ने सब बताया। मैंने उससे कहा, "कोई बात नहीं। भूल जाओ। जो हो गया सो हो गया। उसे तलाक चाहिए दे दो। तुम दूसरी शादी कर लो। अपना घर बसा लो। वह मान गया, लेकिन वह लड़की वापस आ गई और माफ़ी माँगने लगी। बोली, "बहुत गलती हो गई। मुझे माफ़ कर दीजिए। मेरे परिवार वालों ने मुझे गुमराह कर दिया था। मैं यहाँ रहना चाहती हूँ। मैं अपने पति से अलग नहीं रह सकती हूँ।" वह साथ में रहने लगी। वह सबसे ठीक से व्यवहार करने लगी।

"एक दिन हमारे घर पुलिस आई और हमसे कहा कि हमलोग उस पर बहुत ज़ुल्म कर रहे हैं। उसे खाना नहीं दिया जाता। सारा दिन उससे ज़बरदस्ती घर में काम कराया जाता है और हमने उसके कपड़े-ज़ेवर सबकुछ छीन लिये। उसने अदालत में मुक़दमा कर दिया। मुक़दमा चलता रहा। कभी फ़ैसला नहीं आया। केस चलता ही रहा। हमारा सारा पैसा मुक़दमे में लग गया। हमारे सभी पड़ोसी गवाही देने गए। उन्होंने हमारे हक़ में गवाही दी। उन लोगों ने पुलिस को बताया कि हममें से किसी ने उसको एक भी शिकायत का मौक़ा नहीं दिया, लेकिन उसे और धन चाहिए था। अब उसे धन के अलावा वह घर भी चाहिए था, जिसमें हम रह रहे थे। मेरे बेटे ने उससे कह दिया कि अब वह उसे तलाक भी नहीं देगा। उसे जो करना हो कर सकती है।" इस बार मैंने प्रश्न किया, "फिर क्या हुआ?" महिला बोलीं, "मालूम नहीं। वह अपने मायके चली गई। उसके पिता की मृत्यु हो गई। उसके भाइयों ने उसकी माँ को घर से बाहर निकाल दिया। उसका क्या हुआ, हमने कभी इस बात की फ़िक्र नहीं की। वह धंधे वाली बन गई होगी।" सुनकर मुझे बहुत अजीब लगा और मैंने कहा, "वह अभी भी आपके घर की बहू है। आप इतनी शांत कैसे रह सकती हैं?" महिला ने तुरंत उत्तर दिया, "उसने मेरे बेटे का जीवन तबाह

कर दिया। हमने बेटे की दूसरी शादी भी कर दी, लेकिन उसको बच्चा नहीं हो सकता है। मैंने अपने पूर्व जन्मों में ज़रूर कुछ बुरा किया होगा।

"मेरा बेटा, जो मुंबई में रहता है, वह केवल अपने परिवार के बारे में सोचता है। उसके पिता सबसे ज़्यादा काम करते हैं। सबसे अधिक गहने बनाने का काम वह करते हैं, इसलिए बेटा-बहू दोनों समय उन्हें खाना और दो वक्त चाय दे देते हैं। वह और उसका परिवार चाट खाने, डोसा खाने, मज़ा करने बाहर जाता है। जुहू समुद्र तट पर घूमने जाते हैं। उसके बच्चे हमेशा टी.वी. के सामने बैठे रहते हैं। घर का काम जितना ज़्यादा हो सके, मैं अकेले करती हूँ, लेकिन मेरी तबीयत ठीक नहीं रहती है। लगभग मेरी सभी हड्डियाँ टूट चुकी हैं। जुए में अपना सारा रुपया-पैसा हारने के बाद से मेरे पति हर समय मुझे इतना मारते रहते थे कि मेरी कोई भी हड्डी टूटने से नहीं बची। पहले मेरे पति ने मेरे लिए ढेरों ज़ेवर गढ़वाए थे और बाद में एक-एक ज़ेवर ले लिया।" मेरे पूछने पर कि उन्होंने सारा ज़ेवर वापस क्यों दिया? वह बोलीं, "दिया नहीं। सब ले लिया। अब यह मत पूछना कैसे ले लिया? उसने दिया, उसने ले लिया। पहले मुझमें शक्ति थी, मैं जवान थी, अब मुझमें शक्ति नहीं है। कम-से-कम सबकुछ परदे से ढका रहा, परदा बना रहा। अगर यह सच्चाई सामने आ जाती तो मेरी बेटी के साथ उसकी ससुराल में कैसा व्यवहार होता और मेरे बेटों के लिए कौन अपनी कन्या देता?"

महिला बोलती रहीं और मैं सुनती रही। उनकी बहुत सर्जरी हुई थीं। यूट्रस, ट्यूमर, अपेंडिक्स के अलावा कई अन्य सर्जरी हो चुकी थीं। वह एकदम कृशकाय थीं। उनका वज़न 30 किलो था।

इसके बाद उन्होंने अपने तीसरे बेटे के बारे में बताया, जो पूरी तरह से जोरू का गुलाम है। बोलीं, "उसकी पत्नी बहुत पैसे वाली है और उनके एक बच्चा भी है। उसको वह रानी की तरह रखता है, लेकिन मेरा बेटा अच्छा है। अगर आधी रात हो जाएगी तो भी मेरा बेटा स्टेशन आएगा। मुझे छोटा सामान भी नहीं उठाने देगा। वह मेरा बहुत ख़याल रखता है।"

हमारी ट्रेन अब हर छोटे-छोटे स्टेशन लोकल ट्रेन के स्टेशन पर रुकने

लगी थी, जिससे लोकल ट्रेन को न रोका जाए। हर स्टेशन पर वह कहतीं, "मैं यह लोकल और फिर रिक्शा लेकर पहुँच जाऊँगी।" हर बार मैं पूछती, "आपका बेटा तो हावड़ा स्टेशन पर आपकी प्रतीक्षा कर रहा होगा? उसे चिंता हो जाएगी।" जवाब में वह बिल्कुल खोई-खोई दूर शून्य में ताकती हुई और होकर भी नहीं हैं, ऐसी नज़र आतीं।

उसी समय मेरे मोबाइल फ़ोन की घंटी बजी, जिसके अस्तित्व का अभी तक किसी को मालूम नहीं था। वह महिला बोलीं, "तुम्हारे आदमी का फ़ोन था?" मेरे 'हाँ' कहने पर अचानक उन्होंने अपना बैग खोला। उसमें से एक छोटा बैग खोला। उसमें से एक छोटा पैकेट निकाला और उसमें से एक लाल रंग की गोल चिपकानेवाली बिंदी निकालकर मेरे माथे पर चिपका दी। बोलीं, "यह हमेशा यूँ ही चमकती रहनी चाहिए। तुम पाउडर की बिंदी लगाए थीं। वह पुंछ जाती है।" स्तब्ध रहने की बारी अब मेरी थी। मैं इतनी अचकचा गई थी कि मेरा ध्यान ही नहीं गया कि कब वह उतर गईं? दोनों कंधों पर कपड़े वाले थैले लटकाए। तारपोलीन वाला भारी बैग सिर पर रखा और तीर की तरह तेज गति से बढ़कर भीड़ में गुम हो गईं।

उनका बेटा आराम से अपने घर में गहरी नींद में सो रहा होगा।

□

डिब्बी

~•~

आज अचानक ही बहुत समय बाद डिब्बी से मुलाकात हो गई। वह भी मॉल में कुछ खरीदारी करने आई थी, पर वह तनिष्क, महँगे जवाहरात और ज़ेवर की दुकान की तरफ़ बढ़ रही थी और मैं आटा-दाल लेने। कुछ सेकंड तो उसे देख मैं पहचान ही नहीं सकी। कितनी बदल गई थी? एकदम आधुनिक। बालों को 2, 3 रंगों में डाई किए, लहराते खुले बाल। शरीर गदराया, चेहरा गोरे रंग का, भँवें ब्यूटी पार्लर में जाकर कमान के आकार की बनी हुईं, कजरारे नयन, बेशकीमती कंगन और घड़ी। महँगी फैशनेबल साड़ी, नए ज़माने का ब्लाउज, नाक में हीरे की लौंग, कानों में हीरे के बड़े-बड़े टॉप्स और गले में भारी चेन, जिसमें जगमगाता हीरे का पेंडेंट। वह भी मुझे देखकर ठिठकी, पर शायद पहचानना नहीं चाहा। मेरी-उसकी क्या समानता? सीधे-सादे कपड़ों में, एक चुटिया बनाए, सफेद होते बाल, सादी सूती धोती, हाथ में एक-एक काँच की चूड़ी और टिकाऊ मज़बूत, किफायती बगैर ऊँची हीलवाली चप्पल, कंधे पर झोला और चेहरे पर ज़िम्मेदारियों के बोझ से कुम्हलायापन।

मेरे मुँह से निकल गया, "डिब्बी, तुम?" वह थम गई। कभी हम साथ पढ़ते थे, अच्छी-ख़ासी दोस्ती थी। कॉलेज एक ही था, क्लास अलग-अलग, पर जैसा आमतौर पर होता है, पढ़ाई के अलावा फ्री पीरियड में, लंच ब्रेक में या किसी फ़ंक्शन की तैयारी में कई लोगों को पहचान जाते हैं, दोस्ती हो जाती

है। कोई दुराव-छिपाव भी नहीं रहता। घनिष्ठता भी बढ़ जाती है। छुट्टियों में चिट्ठी-पत्री का क्रम बना रहता है। घर के सभी सदस्यों को, किसकी किससे मित्रता है, सब जानकारी रहती थी। कॉलेज की पढ़ाई ख़त्म होते-होते किसी लड़की की शादी हो गई, किसी ने दूसरे शहर में या दूसरे केंद्र में दाखिला ले लिया। साथ छूटते जाते हैं, कुछ समय तक चिट्ठी-पत्री चलती है। धीरे-धीरे वह भी बंद हो जाती है। कभी किसी के माध्यम से खोज-खबर मिल गई, वरना ऐसे ही कभी स्टेशन पर, कभी बाज़ार में, कभी किसी पुराने का अचानक मिल जाना—बस इतना भर था।

डिब्बी को अचानक देखकर वाक़ई बहुत ख़ुशी हुई। उसका नाम था देवी, पर कौन सी देवी, नहीं मालूम। धीरे-धीरे सब उसे 'डिब्बी' ही कहने लगे। उसे भी बुरा नहीं लगा। देवी के साथ बहुत प्रश्न जुड़ जाते थे। जब सीनियर्स, उससे पूछते थे, "तुम देवी हो? कौन सी देवी हो तुम? तुम्हारे देव कौन हैं? दर्शन कब कराओगी?" तरह-तरह की बातों से उसे छेड़ते रहते थे। वह गोरी नहीं थी, तो काली भी नहीं थी। ठीक-ठाक शरीर था, बल्कि छरहरा था। हँसमुख थी। ख़ूब बातूनी थी। किस्से-कहानी सुनाने, मनगढ़ंत बातें, हर दिन अपने सपने के बारे में बढ़ा-चढ़ाकर मज़ेदार रूप में, जैसा सपना हो उसके अनुसार जीवंत रूप में बातें करना, पर बड़े ही दोस्ताना अंदाज़ में, उसे अच्छा लगता था या उसका मिज़ाज था। जो भी हो, जल्दी घुल-मिल जाती थी। गुस्सा भी आए तो जल्दी उतर जाए। मदद के लिए तैयार। साधारण चेहरा, पर अपने रूप रंग पर उसे बहुत नाज़ था। घर में सबसे छोटी और बुढ़ापे की संतान थी तो माता-पिता, भाई-भाभी उस पर वारे-वारे जाते थे। तारीफ़ों के पुल बाँधने में कोई कसर नहीं छोड़ते थे और वह यकीन करने लगी कि वह किसी अप्सरा से कम नहीं है। धीरे-धीरे अदागिरी सीख ली। आँखें नचाना, चेहरा मटकाना, पलकें झपकना, चुटिया को कभी बाएँ कंधे तो कभी दाएँ कंधे पर फेंकना। दुपट्टा कभी दोनों कंधों से कभी एक कंधे से लेना, कभी कमर पर बाँधकर, कभी सिर ढककर उसे भी मज़ा आता और हम सबको भी। कॉलेज में पढ़ाई के अलावा और होता ही क्या था, सिवाय इन सबके?

कोई लड़की अपनी प्रेम कहानी के चर्चे करती, कोई प्रेम पत्र पढ़ाती। कोई फ़ोटो दिखाती, कोई चोरी-चोरी पिक्चर की कहानी सुनती, गाना सीखती और मन-ही-मन उस राजकुमार के सपने देखती, जो उसे सजाकर-सँवारकर प्रेम से मनुहार से अपने जीवन में उसका साथ पाकर धन्य-धन्य हो जाएगा और इतना प्रेम देगा कि प्रेम से भरता घड़ा छलक-छलक जाए। उस उम्र में न यह मालूम होता है, न कोई बताता है कि उस राजकुमार के लिए प्रेम का अर्थ क्या होता है?

डिब्बी भी उनमें से एक थी, जो सपनों में डूबे रहते हैं। पता चला, बी.ए. भी नहीं कर पाई कि उसका ब्याह हो गया और वाक़ई सपनों के राजकुमार से। लंबा, गोरा, पढ़ा-लिखा, बहुत अमीर घर का वारिस और ऊँची नौकरी में मोटी तनख्वाह पानेवाला।

वाह री किस्मत! उससे अच्छी भी तो अन्य बहुत लड़कियाँ थीं, पर उनके हाथ में ऐसा सुख नहीं लिखा था। खबर मिली कि उसके सुंदर पुत्र हुआ है। बड़ा जलसा मनाया गया। रातोंरात वह रानी से महारानी बन गई। घर में प्रपौत्र जो हुआ था। उसे ऊपर से नीचे तक सोने से लाद दिया गया, खानदान का वारिस देनेवाली तो वही थी। वह पति और बच्चों के साथ बाहर चली गई, फिर खबर मिली कि उसके पति नहीं रहे। खबर सुनकर इतना दुःख हुआ था कि आँसू बह गए थे। मन ने चाहा उड़कर पहुँच जाऊँ उसके पास और उसके आँसू पोंछ दूँ।

पर आज अचानक उसे यूँ देखकर मुझे ख़ुद पर विश्वास नहीं हो रहा था। शायद वह खबर गलत रही होगी।

न जाने क्या सोचकर उसने मेरा हाथ पकड़ा और बोली, "चल न, थोड़ी देर यहाँ बैठते हैं। बरसों बाद आज कोई मिला, जिससे मन की बात बोल सकूँ।" हम दोनों वहीं बैठ गए और उसने अपनी रामकथा जो शुरू की तो थम ही नहीं रही थी। बोली, "तूने शायद मुझे पहचानने में समय लगाया। मैं अब पहले जैसी कहाँ रह गई? तू तो वही है, बिल्कुल वही, पर पूरी तरह थकी हुई, बुझी-बुझी सी।

तुझसे कुछ पूछूँ, उससे पहले मैं ही तुझे अपनी ज़िंदगानी सुनाती हूँ। थक गई हूँ दुःखों को अपने अंदर रखते, ढोते। मुझे देखकर कोई मानेगा नहीं कि मेरे मन में भी कोई दुःख है। तुझे तो मालूम ही है कि मेरी शादी हो गई थी, जब मैं 20 वर्ष की भी नहीं थी। ख़ूब हंगामे और रौनक भरी शादी थी। ससुराल में तो जैसे ख़ुशियों की बारिश हो गई थी, पहली शादी थी। एक बड़े बेटे थे, मेरे जेठ। प्रेम के चक्कर में पड़कर सब गँवा बैठे और ख़त्म हो गए। जिस लड़की को वह दिल दे बैठे थे, उसकी शादी कहीं और हो गई। उनके लिए अब जीवन जीने लायक नहीं था। उन्होंने मौत को गले लगाना ठीक समझा। किसी से कुछ बोले नहीं। कोई क्या कहता, क्या समझाता? किसी को कोई अंदेशा भी नहीं था। कोई सोच भी नहीं सकता था कि उनका सबका दुलारा ऐसा कदम उठा लेगा। उस अप्रत्याशित मौत ने एक झटके में सबकी दुनिया उजाड़ दी। इतनी बड़ी कोठी, शानो-शौक़त, नौकर-चाकर, शहर में ढेरों नाम, पर अचानक सब बेमानी लगने लगा। घरवालों ने सदमे से उबरने की कोशिश में दूसरे लड़के यानी मेरे पति की शादी पढ़ाई ख़त्म होने से पहले ही तय कर दी और इम्तहान ख़त्म होते ही बहुत बढ़िया नौकरी मिल गई और शादी कर दी गई।

"मेरे ऊपर इतना लाड़ लुटाया जाता था कि अगर आधी रात को मैं कहूँ कि मुझे आइसक्रीम खानी है तो दुकान खुलवाकर मेरे लिए आइसक्रीम लाई जाती थी। 19 वर्ष की उम्र होती ही क्या है? पंख लगाकर उड़ते रहो, सजो-सँवरो। सबसे ख़ूब बातें करो, गाना-बजाना, खाना-पीना, लोगों से मिलना-मिलाना। नई-नई शादी—एक-दूसरे के लिए सुंदर दिखने की चाहत, बढ़िया दिखने की कोशिश में बढ़िया-बढ़िया कपड़े पहनना, आकर्षण तो होना स्वाभाविक ही था, फिर पैसे की कोई कमी नहीं थी। जवानी का जोश, संसार में मादकता-ही-मादकता। ऐसा प्रतीत होता था मानो उसके अलावा जीवन में और कुछ रहा ही नहीं। सोचती थी, स्वर्ग में भी इतना सब नहीं होता होगा। मेरा जीवन स्वर्ग से भी ख़ूबसूरत और ख़ुशनुमा था।

"जीवन बहुत सुहाना था। मायके की याद भी मुझे नहीं आती थी। कुछ

समय बाद बेटा आ गया गोद में—बस, यूँ समझो जैसे संसार मेरे कदमों में आ गया। पूरा खानदान मेरे आगे-पीछे डोलने लगा। ऐसा लगता था, मेरे सौ पंख लगे हुए हैं और मैं हवा में उड़ रही हूँ। जीवन में कहीं कोई कमी नहीं थी। कुछ समय बाद एक और बेटा पैदा हो गया। हम लोग अब दूसरे बड़े शहर में रहने के लिए चले गए थे। होली-दीवाली में घर जाते, कभी वे लोग आते, पर वे लोग अपनी हवेली कभी भी अकेली नहीं छोड़ते। हवेली में कभी ताला नहीं लगा। कोई-न-कोई वहाँ सदा ही बना रहता। एक देवर थे। फिर कोई प्रेम प्रसंग हो सके, उससे पहले ही उनकी शादी तय हो गई। सोचा था, ख़ूब मस्ती होगी। भारी-भारी ज़ेवर-साड़ी पहनने का मौक़ा आया है। मुझे तो सजने का, महँगे-से-महँगे कपड़े और ज़ेवर पहनने का शौक़ बहुत छोटी उम्र से रहा है। ढेरों सामान था मेरे पास। मन-ही-मन तय कर लिया दिन में कई-कई बार कपड़े ज़ेवर बदलूँगी। बड़ी बहू हूँ। ख़ूब लदी-फदी रहूँगी, तभी तो रोब पड़ेगा।

पहली चोट दिल को पहुँची, जब सास ने मेरे पास रखे ज़ेवरों में से एक ज़ेवर माँगा। मैंने उनसे कह दिया वह तो मैं पहनने जा रही हूँ। सास बोलीं कि वह सारा-का-सारा ज़ेवर मेरी सास का था। वह सारा-का-सारा तुम्हें दे दिया था, शादी के समय। अब उसमें से छोटी बहू को देना है। सुनते ही मुझे तो होश ही नहीं रहा। चक्कर खाकर मैं गिर पड़ी। ज़ेवर, कपड़ा हमेशा से ही मेरी कमज़ोरी रही, फिर इतना सब मैं क्यों दे दूँ? मैंने कहा कि नया बनवा लीजिए, पर वह बोलीं कि उसमें से भी देना है। मेरे पति ने तो कहा कि वह सब दे दो, क्योंकि शहर में तो कभी ज़ेवर पहना नहीं जाता है। जब यहाँ आओगी, तब पहन लेना। वह मुझे मंज़ूर नहीं था। सास को जो लेना था, ले लिया। उन्होंने अपनी सफ़ाई भी दी। पहले ऐसा ही होता था, सारे गहने-ज़ेवर पहली बहू को चढ़ाए जाते थे। वही सारे ज़ेवर दूसरी बहू को दिए जाते थे, फिर तीसरी को, चौथी को, यह क्रम चलता रहता था। एक दिन सास जिसको जो देना चाहे, दे देती थी और सारा ज़ेवर बँट जाता था। सास का ज़ेवर, सास की मरज़ी। कभी ऐसी बहू भी निकल जाती थी, जो लाख माँगने पर भी नहीं लौटाती थी। मुझे

बुरा भी लग रहा था वापस देने में और गुस्सा भी आ रहा था। मान लो अभी मैं दे दूँ। सास ले लें और फिर देवरानी ही न लौटाए? पर क्या करती, अगर रख लेती तो कम-से-कम उसका आधा मेरे पति को बनवाकर देना पड़ता या फिर सारा ही, क्योंकि ज़ेवर तो सास के ही थे। अभी तो वह थोड़ा ही माँग रही हैं। वह सारा-का-सारा भी माँग सकती हैं। बहुत बेमन से और नाराज़गी के साथ मैंने ज़ेवर दे दिया। सास को जो लेना था, उन्होंने ले लिया।

"दूसरी गहरी चोट तब पहुँची, जब मेरे बेटे से शादी करने एक लड़की घर में आ गई। लड़के ने न कभी कुछ बताया था, न हमनें कभी इस ओर ध्यान ही दिया था। एक पराई लड़की घर में आकर कहे कि अब तो मैं यहीं रहूँगी। हम सब तो स्तब्ध रह गए।

"बड़ा अजीब लग रहा था, डर भी बहुत लग रहा था। कहीं उसके माता-पिता शिकायत न दर्ज़ करा दें। कहीं लड़के से प्रेम का नाटक तो नहीं कर रही थी? कहीं कोई चाल तो नहीं है? करें तो क्या करें? हमारा बेटा भी ज़िद पर अड़ गया। बोला, "आप हमारी शादी करा दें तो ठीक वरना हम दोनों कोर्ट में जाकर शादी कर लेंगे।" किसी तरह समझा-बुझाकर मामला शांत किया। लड़की के पिता को बुलवाकर उनके साथ उनकी लड़की को भेजा। शादी की तारीख तय कर दी। ख़ूब रौनक और उमंग से शादी हो गई।

"हम लोग साथ रहने लगे, पर नई-नई शादी का खुमार, उस पर बेटे का दीवानापन, और उससे भी बढ़कर हमारे घर में सुख-समृद्धि, नौकर-चाकर, हर तरह की सुविधाएँ, कार-ड्राईवर, धन-दौलत, किसी तरह की कोई कमी नहीं थी। वह रानी बनकर रहने लगी। हम लोगों ने तय कर लिया था कि हर बात को दर गुज़र कर देंगे और निभा लेंगे। निभाते भी रहे। दोनों के ही नखरे बढ़ते गए। फिर बच्चा हो गया। बच्चा हुआ तो नखरे और खर्चे 100 गुना बढ़ गए। कितना भी पैसा हो, आँख मूँदकर पैसा पानी की तरह बहाओगे, तो एक दिन टंकी खाली हो जाएगी। हम दोनों पति-पत्नी कमा रहे थे और वो दोनों हमारे बेटा-बहू भी कमा रहे थे। उनका पैसा उनसे जोड़ने के लिए कह दिया। उनके भविष्य के लिए जमा हो जाएगा और उनके काम आएगा। कभी हिसाब

भी नहीं माँगा। अच्छा ही हुआ। हम लोगों ने घर बना लिये थे। एक किराए पर चढ़ा दिया था और एक में रह रहे थे।

"हालात कुछ ऐसे हुए कि जो सँभल ही नहीं सके। बुरे दिन कब और कैसे आ गए, पता ही नहीं चला। हमारा साथ छूट गया। हमने उस बीमारी के चंगुल से छूटने के लिए बहुत पूजा करवाई, पाठ करवाए। हर तीर्थ स्थान पर जाकर गुहार लगाईं, पर सब बेकार गया। अनेक ज्योतिषियों से जन्मपत्री पढ़वाई। उन्होंने अनेक जाप किए, लेकिन कोई भी उन्हें बचा नहीं सका। यहाँ की भयंकर अशांति से मुक्त होकर वह परम शांति में चले गए।

"जैसे-तैसे मैंने अकेले जीवन जीना सीखा। काम नहीं छोड़ा। यह चोट बहुत ज़बरदस्त थी। उबरना बहुत मुश्किल हो रहा था, पर सत्संग, प्रवचन, नौकरी, बच्चों की ज़िम्मेदारी, इन सबमें अपने को इतना व्यस्त रखा कि समय बीतता गया। जब लगा कि अब संयत होकर जीवन जी सकते हैं, एक और बड़ी चोट पहुँची। अचानक बेटे ने बताया कि बहू बच्चा लेकर उसे छोड़कर चली गई है। मकान देना पड़ा, पैसा देना पड़ा, लेकिन उसकी ज़िद है कि जिस मकान में मैं रहती हूँ, वह मकान उसके नाम कर दिया जाए और मैं कहीं एक कमरे का मकान किराए पर लेकर उसमें शिफ्ट हो जाऊँ। यह लड़ाई लड़ते-लड़ते बहुत कुछ जाना, समझा, सीखा। लड़ाई तो जीत गए, पर घर बरबाद हो गया। अपने को टूटने से बचाने के लिए यह तरीका ढूँढ़ा है। ठाठ से जियो। मेरे पास पैसा है, अब किसके लिए जोड़ना ? इतना पैसा देखा उसने, इसलिए बहू की इतनी हिम्मत हुई माँगने की। पैसा न होता तो अभी बेटे के साथ रहती। न बच्चा इस तरह से लुढ़कती गेंद जैसा जीवन जीता, न बेटा इस तरह दुनिया से कटता। बेटे ने खैर बहुत जल्दी राह बदल ली। वह किसी और के मोहपाश में पड़ चुका है। तो जलने, बुझने, फुँकने के लिए मैं ही क्यों बचूँ? ख़ूब मस्त हूँ जीवन में।

"जिसे जाना था, चला गया। उसके लिए आँसू बहाकर अपनी आँखें क्यों फोड़ूँ? जब तक वह जीवित थे, मुझे सिर आँखों पर बैठाकर रखा। पलकों पर सजाकर रखा। रानी बनाकर रखा। किसी तरह कि कोई कमी

नहीं होने दी। गाड़ी-ड्राइवर मेरे लिए हर समय मौजूद था। कभी बस, ट्रेन में मैंने सफ़र नहीं किया। सिवाय हवाईजहाज के मैं कहीं जाती नहीं हूँ। बहुत बढ़िया घर है। तुम आओ! देखना, क्या शान से जीती हूँ? मेरा तो बाथरूम भी काँच का है। बिल्कुल मॉडर्न, लेटेस्ट और फैशनेबुल। मेरे घर में तुम्हें सब सामान ए-वन मिलेगा। बड़ा टी.वी., बड़ा फ्रिज, बढ़िया सोफा, महँगी वाली पेंटिंग्स, बहुत सारा महँगा वाला सजावट का सामान। फूलदान, गलीचा, परदे, पलंग—क्या नहीं है मेरे पास? ढेरों दोस्त हैं, चाहे फ़िल्म देखने जाएँ, चाहे रेस्टोरेंट में जाएँ, चाहे पार्टी में जाएँ। रोज़ ही कुछ-न-कुछ होता है। अभी चलो मेरे साथ। अपनी गाड़ी से वापस छुड़वा दूँगी, जहाँ भी तुम्हें जाना होगा। अरे, तुम्हारा तो कुछ पूछा ही नहीं। अब अपना जीवन, अपने बारे में तुम भी तो बताओ? कितना बड़ा मकान है? कितने मकान हैं? कौन सी गाड़ी है? छुट्टियों में कहाँ-कहाँ घूमने जाती हो? मैंने तो देश-विदेश ख़ूब घूम लिया। साल में कितनी बार विदेश जाती हो? कौन-सा सर्किल है तुम्हारा? कितने और किस ओहदे के लोगों से दोस्ती है? कितने नौकर हैं?"

इतने सारे प्रश्नों के जवाब में मेरा उत्तर जो बहुत छोटा-सा था, उसे भाया नहीं। मैंने उसे साफ़-साफ़ बता दिया। हम किराए के घर में रहते हैं। छुट्टियों में रेलगाड़ी से ससुराल जाते हैं और घर की ज़िम्मेदारी ही अब हमारा शौक़ है। किसी और बात के लिए समय बचता ही नहीं। मेरी बात पूरी होते-होते वह उठ खड़ी हुई।

अचानक उसे बहुत ज़रूरी काम याद आ गया। बोली, "सॉरी, एक बहुत अर्जेंट काम है। फिर मिलते हैं। पूरे दिन को आना। खाना वहीं खाना। ख़ूब बातें करेंगे। कॉलेज के दिन लौट आएँगे। बहुत अच्छा लगा तुमसे मिलकर। ज़रूर आना। खाना वहीं खाना। भूलना नहीं।"

डिब्बी चली गई। मैं सोचती ही रही। न उसने अपना फ़ोन नंबर दिया, न घर का पता दिया, न मुझे उसका पूरा नाम ही मालूम है। न उसने मेरा फ़ोन नंबर माँगा, न मेरा घर का पता माँगा। यह कैसा निमंत्रण है? उसकी तरह उसकी सोच भी बदल गई थी। बहू की सोच को क्या दोष देना?

आधुनिकता की दौड़ में तो सभी आगे निकलना चाहते हैं। ज़बरदस्ती थोपा हुआ रिश्ता निभाना वैसा ही भारी लगने लगता है, जैसा झुलसाती गरमियों की भरी दुपहरिया में नई, मोटी रजाई ओढ़ना। ऊँचे कहलाए जानेवाले लोगों में रिश्तों की बुनियाद काफ़ी भिन्न होती है। शायद ऐसा ही कुछ कारण रहा होगा, जो बहू बेटा अलग हो गए। बहू बच्चा लेकर चली गई। बेटे को दूसरी मिल गई। बहू को ढेरों पैसा और घर मिल गया। जल्दी ही उसे भी कोई मिल जाएगा। कौन जाने?

□

क्यों पापा क्यों?

आज पूरा एक साल बीत गया है, जब मैंने आपसे अलविदा ली थी— आप दोनों यानी अपने माता-पिता से, अपनी बहन से और आपके गोद लिये पुत्र, अपने भाई से। मैंने सोचा था कि शायद कम-से-कम आज आप लोग मुझे ज़रूर याद करेंगे। मैंने अपने जीवन के 20 वर्ष आपके साथ गुज़ारे थे। मैं आपकी पहली संतान थी। यद्यपि मैं एक लड़की थी और आपको लड़के की ख्वाहिश थी, बावजूद इसके मैंने सोचा था कि भले ही थोड़ी देर के लिए ही, किंतु आप मुझे याद ज़रूर करेंगे। शायद आपकी आँखों से मेरे लिए एक आँसू छलक जाए। एक आँसू न सही, किंतु कम-से-कम मुझे याद करके शायद आपकी आँखें भर आएँ या आँखों में ज़्यादा नहीं केवल एक-दो आँसू ही आ जाएँ। संभव है, यह उम्मीद भी बहुत अधिक है तो शायद आप मेरी याद में एक दीपक या एक मोमबत्ती ही जला दें। अगर वह भी ज़्यादा बड़ी इच्छा है तो मेरी याद में न सही केवल मेरी आत्मा को रोशनी देने के लिए ही एक मोमबत्ती जला दें। अगर यह भी बहुत ज़्यादा अपेक्षा है तो आसमान में टिमटिमाते अनगिनत तारों को देख भर लें सिर्फ़ इसलिए, क्योंकि हो सकता है कि मैं वहाँ से आपको देख रही होऊँ। मैंने सोचा था, शायद पूरा परिवार आज साथ बैठकर मुझे याद करेगा और मेरे लिए प्रार्थना करेगा।

लेकिन ऐसा कुछ नहीं हुआ, कुछ भी नहीं। बल्कि आप सब लोग आज बाहर घूमने गए, मनोरंजन के लिए गए और होटल में खाना खाने गए। मैं जब

आपके साथ थी, तब आपने मेरा दिल तोड़ दिया। आज आपने मेरी आत्मा कुचल दी। आप लोग स्तब्ध थे, जब मैंने अपनी ज़िंदगी ख़त्म की, लेकिन न आपको दुःख हुआ, न दिल टूटा, न सदमा पहुँचा, न निराशा में डूबे। जो भी धक्का लगा, वह केवल समाज, रिश्तेदारों, जान-पहचान वालों के कारण था। उस समय आपके उस दुःख के समय में यह बहुत स्वाभाविक था कि वो सभी लोग आपका साथ दें, लेकिन उनमें से किसी को यह कल्पना भी नहीं थी कि वहाँ दुःख तो था ही नहीं। आपके लिए यह एक बड़ी राहत थी।

आप एक अफ़सर हैं। ऊँची पदवी पर नियुक्त हैं। आपको पद के साथ हर तरह के ऐशो-आराम, सुख-सुविधा, बँधी हुई पक्की नौकरी वेतन, मकान और नौकरी के बारे में पूरी निश्चिंतता, केवल थोड़ा सा काम और थोड़ी सी ज़िम्मेदारी मिली हुई है। दिन-रात आपके हैं। जब मन हो काम करो, जब मन हो आराम करो। आप एक संयुक्त परिवार में नहीं रह रहे थे। आप के ऊपर अपने परिवार को छोड़कर और किसी की कोई भी ज़िम्मेदारी नहीं थी। आपको उनकी ज़रूरत भी नहीं थी और आपकी इच्छा भी नहीं थी। हम लोग केवल उन लोगों से मिलते थे, जहाँ हम लोग खाएँ-पिएँ और मौज-मस्ती करें। हम लोगों को ज़िंदगी के बारे में इससे अलग कुछ बताया भी नहीं गया। हमें दिखाई गई वह ज़िंदगी, वह दुनिया, जहाँ घर के बाहर हर इच्छा सोने की थाली में रखकर आपको भेंट में मिल जाएगी। आपने हमें कभी घर में काम करना नहीं सिखाया। हमारे घर में नौकरों की कोई कमी नहीं थी। हम लोगों को कभी पैसे के बारे में सोचना भी नहीं पड़ा। कभी जाना ही नहीं कि घर से बाहर कितनी प्रतिस्पर्धा है, अपनी जगह बनाने के लिए कितनी मेहनत करनी पड़ती है? जिनके घर में उनको ऐसी राजसी ऐशो-आराम की ज़िंदगी मिलती है और उनको सिर पर बैठाकर रखा जाता है, ऐसे लोगों से ज़्यादातर लोग दूरी बनाना पसंद करते हैं। हम लोग ऐसे घर से थे। मैंने अपनी माँ को कभी कोई काम करते नहीं देखा। वह एक उच्च अधिकारी की तरह लगतीं थीं। उन्हें अपने मिलनेवालों, दोस्तों में और सजने में, ज़ेवर-कपड़ों की बातें, फ़िल्मी लोगों के बारे में बात करना और गप्पबाजी में बैठने में ज़्यादा रुचि थी। मुझे ऐसी बातों

से बेहद चिढ़ होती थी।

आपने पुलिस, अस्पताल के अधिकारी, रिश्तेदारों अन्य लोगों के सवालों के जवाब में हर बार यह कहकर कि आपको जरा भी अंदाज़ा नही कि मैंने जो किया वह क्यों किया, जो कदम उठाया वह क्यों उठाया, आपने इस जवाब से उन सबसे बचने की भरसक कोशिश की। आपका उत्तर बिल्कुल गलत था। आपको भली-भाँति मालूम था। कुछ साल पहले तक परिस्थिति इतनी खराब नहीं थी। मैंने किशोरावस्था में कदम रखा ही था, बहुत मुश्किल उम्र की शुरुआत थी। शुरू-शुरू में हम सब बहुत ख़ुश थे, अपने परिवार में एक नए जने के आने से। हम उत्साहित थे। हमको बताया गया कि हमारी मम्मी उन लोगों की सहायता कर रही थीं, क्योंकि उनके बहुत सारे बच्चे थे और उन्हें उनकी देखभाल करने में मुश्किल पड़ रही थी। हम भी मदद करना चाहते थे। बच्चे की ज़रूरत की हर चीज़, कोई भी चीज़ लाने उठाने के लिए हम पूरे समय मुस्तैदी से तैयार खड़े रहते थे। ज़रूरत की बहुत चीजें थीं, उसकी चादर, नैपी, पहनने के कपड़े, दूध की बोतल, झुनझुना, पानी, फलों का रस, दलिया, खिचड़ी, कटोरी, चम्मच और भी बहुत सारी चीजें। मम्मी को आराम पसंद था। बार-बार उठना-बैठना उन्हें नहीं पसंद था। वह हमेशा रानी की तरह रही थीं। वो परिवार के कुछ लोगों के साथ बहुत कम बोलती हैं, इसलिए वो लोग उन्हें चुप स्वभाव की मानने लगे, लेकिन यह सच नहीं है। उनका अपना बड़ा ग्रुप है उनके मायके वालों का, भाई-बहन का और मित्रों का। उनके साथ वह पूरी तरह बदल जाती हैं। वह ख़ूब बातें करती हैं, लेकिन उनकी बातें सुंदरता, कपड़े, ज़ेवर और खाने-पीने के बारे में होती हैं। किसके घर में क्या हुआ, क्या नहीं हुआ, कौन आया, कौन गया, किटी पार्टी वाली बातें करने में बहुत रुचि है और सारा समय उसमें बिताती हैं। मुझे इस तरह की बातों से बहुत चिढ़ है, बहुत बुरी लगती हैं। इस तरह की निचले स्तर की बातों से जुड़ने में मैं अपने को असमर्थ पाती हूँ।

मैं यह भी समझती हूँ कि आप लोगों को कन्या की नहीं, बल्कि लड़के की चाह इसलिए होती है, क्योंकि बड़ा होकर वह लड़का माता-पिता, भाई-

बहनों, उनके परिवार और परिवार के अन्य सदस्य और सगे-संबंधी रिश्तेदारों की देख-रेख करेगा, जबकि लड़की की शादी हो जाएगी। शादी के बाद वह दूसरे घर चली जाएगी। उसके ऊपर किया हुआ खर्च व्यर्थ है, रुपए की बरबादी है। केवल इतना ही नहीं, उसकी शादी के लिए परिवार को बहुत रुपया-पैसा खर्च करना पड़ता है। मैंने मन-ही-मन तय कर लिया था कि मैं पढ़ाई करूँगी और डॉक्टर बनूँगी। मेरे पिता को चिकित्सा की ज़रूरत है। उनका शरीर स्वस्थ नहीं था। मेरी माँ तबीयत ठीक न होने की शिकायत करती रहती थीं। हर समय तबीयत ठीक नहीं होने के तरह-तरह के बहाने बनाती रहती हैं। उनके शरीर के सब जोड़ों में दर्द रहता है। उनको साँस की तकलीफ़ रहती है। उन्हें ब्लड प्रेशर की तकलीफ़ है। उन्हें और भी कई अन्य समस्याएँ हैं। आप मेरे पिता हैं मैं आपके काम आना चाहती थी। मैं आप पर बोझ नहीं बनना चाहती थी।

मैंने अथक परिश्रम किया। मैंने कोचिंग क्लासेज में बहुत मेहनत से पढ़ाई की। फिर भी मैं फ़ेल हो गई, लेकिन मैंने हिम्मत नहीं हारी। मैंने और मेहनत की। मैंने रात-दिन पढ़ाई की। मैंने एक नहीं, बल्कि कई कोचिंग क्लासेज में दाखिला ले लिया। मैंने सोचा था कि जब डॉक्टर बन जाऊँगी, आपका सारा पैसा जो मेरे ऊपर खर्च हो रहा है, मैं आपको वापस दे दूँगी।

इस बार मेरी मेहनत सफ़ल हो गई। मैं प्रवेश परीक्षा में पास हो गई। मेरी ख़ुशी का कोई ठिकाना नहीं था, लेकिन ज़िंदगी में कुछ और ही लिखा था। यथार्थ वैसा नहीं था, जैसा मैंने सोचा था। मेरे लिए हॉस्टल में रहना अनिवार्य था। हॉस्टल की स्थिति और दशा ऐसी नहीं थीं, जिसमें इतने ऊँचे पद पर आसीन सरकारी अफ़सर की पुत्री रह सके, लेकिन मैंने अपने को उसके लायक बना लिया। हॉस्टल में मेरे अलावा सैकड़ों और छात्राएँ रह रही थीं। उन सबका एकमात्र लक्ष्य था डॉक्टर बनने का, लेकिन मेरे परिवार वाले जब भी आते, हमेशा कोई-न-कोई दिक्कत खड़ी कर देते थे।

हॉस्टल के तौर-तरीकों को समझने और निभाने की वे मेरी हर कोशिश विफल कर देते थे। मैं कितनी गंदी जगह और कितने खराब हालात में रह

रही हूँ, यह बार-बार दोहराया जाता था। बारबार मुझे बताया जाता था कि मुझे इतनी रद्दी जगह और ऐसे लोगों के बीच में नहीं रहना चाहिए। ऐसी न रहने लायक स्थिति से समझौता नहीं करना चाहिए। वहाँ साफ़-सफ़ाई ठीक नहीं थी। हम लोगों को अपने इस्तेमाल के लिए अपनी बाल्टी और अपना मग इत्यादि खरीदकर अपने कमरे में ही रखना पड़ता था। ज़रूरत के लिए ख़ुद लेकर जाओ और वापस लेकर आओ। अगर चाहें तो हम उन्हें दूसरों के इस्तेमाल के लिए छोड़ भी सकते थे। मैं उन्हें अपने कमरे में रखती थी। ये चीज़ें रखनी ज़रूरी हैं, ऐसा कोई नियम नहीं था। गुसलखाने में नल लगे थे, उनमें पानी भी आता था। बहुत सारी लड़कियाँ बाल्टी के बगैर काम चलाती थीं,, लेकिन आपके संबंधी और आपके परिवार के सदस्य जब-तब मिलने आते थे और तरह-तरह के बिना मतलब के बोल बोलते थे। "यह भी कोई तरीका है जीने का? इतना छोटा कमरा?" बरसों से छात्राएँ वहाँ रह रही थीं और डॉक्टर बनकर कहीं-न-कहीं अपना काम कर रही थीं। हॉस्टल, हॉस्टल होता है, कोई पाँच सितारा होटल नहीं। वहाँ इतनी लड़कियाँ थीं, कभी किसी ने कोई शिकायत नहीं की,, लेकिन मेरी तरफ़ से बार-बार वार्डन से कहा गया कि वह हालात सुधारें, अपना काम ठीक से करें, अपनी ज़िम्मेदारियाँ समझें। ऐसे लोगों के मिलने आने से मुझे बहुत झुंझलाहट होती थी, ख़ासतौर पर जब वह अपने आपको मेरा शुभचिंतक दिखाने की कोशिश करते थे।

आपको शायद अंदाज़ा भी नहीं होगा कि इन सब बातों से मेरा कितना नुकसान हुआ। हॉस्टल की हर घटना, चाहे वह अच्छी हो या बुरी, छोटी हो या बड़ी, जंगल की आग की तरह तेजी से फैल जाती है। मेरा मज़ाक उड़ाया गया, मुझे तीखे व्यंग्य बाण सहने पड़े। मुझे देखते ही कोई-न-कोई चुभनेवाला या कटु वाक्य ज़रूर सुनाया जाता था। रैगिंग हॉस्टल की ज़िंदगी का अभिन्न हिस्सा है। मुझे यह सब नहीं मालूम था। मैं उसके लिए तैयार नहीं थी। मुझे हमेशा यही बताया गया कि मैं एक बहुत बड़े अफ़सर की बेटी हूँ। मेरे साथ घर में ऐसा व्यवहार किया जाता था, जैसे मैं बहुत ख़ास हूँ।

हम लोग रिश्तेदारों के घर जाते थे, मिलने भी और रहने भी। वे लोग भी हम लोगों के घर आते थे। ख़ूब बातें होती थीं, लेकिन केवल कौन कैसा है दिखने में, कौन सुंदर है, कौन नहीं, शक्ल कैसी है, बाल कैसे हैं, मोटा है या पतला है, नए फैशन के कपड़े, सुंदरता के प्रसाधन, ज़ेवर और लोगों के व्यक्तिगत जीवन के बारे में ही बातें होती थीं। मुझे इस तरह की बातें नापसंद थीं, लेकिन इस तरह की बातों का मेरे अपने जीवन पर इतना बुरा असर पड़ेगा, यह मैंने कभी सोचा भी नहीं था।

मुझे हर समय बताया जाता था कि मैं कितनी लंबी हूँ, मेरा रंग कितना साफ़ है, मैं कितनी गोरी हूँ और किस तरह सब लड़के मेरे ऊपर मर मिटेंगे, क्योंकि लड़कों को लंबी और गोरी लड़की की चाह रहती है। जैसे-जैसे मैं बड़ी हो रही थी, मुझे उम्मीद थी और मेरे मन में बैठ गया था कि सारे लड़के मेरे लिए आपस में झगड़ा करेंगे और हर लड़का मुझे पसंद करेगा। हालाँकि मुझे उनमें कोई रुचि नहीं थी। मैं तो सिर्फ़ और सिर्फ़ पढ़ना चाहती थी और अपनी काबिलियत सिद्ध करना चाहती थी, लेकिन जो कुछ मुझे झेलना पड़ा, वह मुझे रुलाने के लिए काफ़ी था।

कॉलेज के पहले हफ़्ते में एक फैशन शो रखा गया। मैंने भी हिस्सा लिया और वह अनुभव मेरे लिए कीचड़ भरे गड्ढे में गिरने जैसा था। मुझसे कहा गया कि मैं पुरुष लगती हूँ। मुझमें जरा सी भी लड़कियों वाली कोमलता, सुंदरता और लड़कीपन नहीं है। मैं लड़की नहीं हूँ। सारी लड़कियाँ मेरे ऊपर ख़ूब हँसीं। सारे लड़के मेरे ऊपर ख़ूब हँसे। अब मैं वहाँ न रुकना चाहती थी, न रहना चाहती थी। मैंने अपने को बहुत समझाया और बहुत हिम्मत रखी। मैंने अपनी पढ़ाई छोड़ी नहीं। मैंने अपनी पढ़ाई जारी रखी। पढ़ाई इतनी मुश्किल थी कि मेरा सारा वक्त उसी में निकल जाता था। अपने ऊपर रोने-कलपने के लिए मुझे ज़रा भी समय नहीं मिलता था।

गरमी की छुट्टियाँ शुरू हुईं और मैं घर आ गई। यहाँ सबकुछ बदल गया था। मैंने देखा कि वह बच्चा, जो हमारे घर में सिर्फ़ कुछ दिनों के लिए आया था, उसके लिए ढेरों-ढेरों कपड़े, खिलौने, उपहार खरीदे गए थे। धीरे-धीरे

कुछ दिनों में मुझे मालूम पड़ा कि आपने उसे गोद ले लिया है। आपको ऐसा करने की क्या ज़रूरत पड़ गई थी? अगर आप अपने को इतना अच्छा और मददगार इनसान मानते हैं तो एक लड़की को गोद ले लेते! आपने अपने इस कदम से मेरे मुँह पर एक ज़ोरदार ज़बरदस्त चाँटा मारा और एक बात स्पष्ट रूप में उजागर कर दी कि उसके पिता के दिल में उनकी अपनी बेटी के लिए कोई जगह नहीं थी। वह जगह एक बाहरवाले को दे दी गई थी। आपने ऐसा क्यों किया? और तो और आपने इसे कानूनी रूप भी दे दिया? क्यों? आप हमेशा कहा करते थे कि आप अपनी ज़मीन अपनी बेटी की शादी के लिए बेच देंगें, लेकिन आपने वह ज़मीन बेच भी दी और एक मकान भी खरीद लिया। क्यों? किसके लिए? मेरी उम्र कम थी। मैं इतनी बड़ी नहीं हो गई थी कि मैं हर बात को पूरी तरह समझ सकूँ, लेकिन घर में गुज़ारा एक-एक दिन बहुत तकलीफ़ और परेशानी देनेवाला बन गया था।

घर के हर एक जने के व्यवहार में बेटियों और गोद लिये पुत्र के प्रति भेदभाव साफ़-साफ़ दिखाई दे रहा था। हर समय मुझे बताया जाता था कि मैं सबसे बड़ी हूँ। मुझे ये करना चाहिए, मुझे वो करना चाहिए। दोनों के लिए नियम अलग बन गए थे। कायदे बदल चुके थे। मैं आपकी अपनी बेटी थी। आपका गोद लिया हुआ लड़का बाहर से आया था। उसको मेरे ऊपर मेरा भाई बनाकर थोप दिया गया था। मैं पूरी तरह से टूट चुकी थी। ऐसा कोई नहीं था, जिससे मैं अपने मन की बातें कह सकती। अपना दुःख बाँट सकती। सहायता ले सकती। मेरा मन हर समय बिलखता रहता था। मुझे किनारे करके किसी और को इतना लाड़-दुलार मिल रहा है। अगर मैंने इस बात पर अपनी नापसंदगी और नाराज़गी दिखाने की कोशिश भी की, उससे भी कुछ नहीं होता था। मेरे ऊपर कोई ध्यान नहीं देता था। मेरी हर बात को टाल दिया जाता था। बात-बात में मुझे उलाहना दिया जाता था। मैं सबके लिए एक समस्या और परेशानी पैदा करनेवाली लड़की बन गई थी। मेरी भूल क्या थी? मैं केवल अपनी जगह सुरक्षित रखना चाहती थी। मैं आपकी पहली संतान थी। मैंने भरसक कोशिश की कि मैं अपनी तरफ़ से अच्छे-से-अच्छा

करके आपके ऊपर कभी भी बोझ न बनूँ।

हम लोगों के पास हर तरह की सुविधा थी, नौकर, चाकर, दोस्त, क्लब वाली ज़िंदगी, मोटर कार, बढ़िया खाना, ऐशो आराम और सुख-सुविधा के साधन, यहाँ तक कि हमारे पास एयर कंडीशनर भी था, जिसे खरीदने की ताकत कुछ गिने-चुने लोगों को ही थी। इन सबके बावजूद हमारे पास जो चीज़ नहीं थी, वह थी, परिवार और परिवार से जुड़े रहने की अपनेपन की भावना। लोगों को जो दिखाई देता था वह दिखावटी और बनावटी था। बाहरी लोगों को प्रभावित करने के लिए लगाए हुए मुखौटे थे। जब कभी हम लोग कहीं बाहर जाना चाहते या कुछ खरीदना चाहते या किसी नई जगह देखने घूमने जाने की बात करते, मुझे दरकिनार कर दिया जाता था। सबसे छोटे की मरज़ी से हर प्रोग्राम तय होता था। उसकी हर इच्छा पूरी होती थी। मुझे लगता था, मेरे पिता मेरे साथ अन्याय कर रहे हैं। मुझे फुसलाया जा रहा है। वह कहते कुछ हैं, करते कुछ हैं। मुझसे ज़्यादा महत्त्व किसी अन्य को दिया जाए? वो ऐसा कैसे कर सकते हैं? इस तरह के ख़यालात हर पल मुझे घेरे रहते थे। बावजूद इसके, मैंने ऐसे ख़यालात को अपने मन से बाहर निकालने की पूरी कोशिश की। यह जानते हुए भी कि मेरी इच्छा कभी पूरी नहीं होगी, आशा न होते हुए भी मैंने आशा नहीं छोड़ी। मैं प्रतीक्षा करती रही, प्रतीक्षा करती रही, प्रतीक्षा करती रही कि एक-न-एक दिन आप मुझे स्वीकार करेंगे और बाहर से आए को बाहर करेंगे, लेकिन ऐसा नहीं हुआ।

मुझे यह सच्चाई अच्छी तरह से मालूम थी कि मैं हमेशा एक असफ़ल लड़की रहूँगी, चाहे वह हॉस्टल हो या मेरे माता-पिता का घर। इस सच ने मेरा दिल चीर दिया। मैं उस दिन के ख़याल से डरने लगी, जिस दिन संभव है, मेरे पिता मुझे वास्तव में अपने घर से बाहर निकाल देंगे और कहेंगे कि अब उनके घर में मेरे लिए कोई स्थान नहीं हैं। मैंने मन पक्का कर लिया और एक ठोस कदम उठा लिया। मैंने अपना जीवन ख़त्म करने का निश्चय कर लिया। इस कठोर निर्णय के बाद भी मेरी यह उम्मीद बनी रहेगी कि कोई भी माता-पिता अपने बच्चों का ऐसा अपमान कभी नहीं करेंगे।

काश! मैं आपकी बेटी न होती। हो सकता है, मेरे द्वारा उठाए इस कदम के बाद आप समझ सकेंगे कि कितनी मजबूरी में मुझे वह करना पड़ा, जो मैंने किया? लेकिन अपनी ज़िंदगी का अंत करते समय मुझे एक पल भी नहीं लगा।

आपको अपने पूरे परिवार के साथ बाहर जाकर घूमने-खाने और हँसी-मज़ाक करते देखकर मैं ख़ुश हूँ। आपकी ज़िंदगी में मेरा अस्तित्व पहले भी नहीं था, आज भी नहीं है।

□

बुनियाद

पड़ोस में एक अय्यर परिवार रहता है। अच्छे-भले लोग हैं। पढ़े-लिखे, नौकरी पेशा, धर्म-कर्म, पूजा-पाठ, नित्य मंदिर जाना, व्रत-उपवास, अनुष्ठान, मंत्र जाप, मूर्ति पूजा, ईश्वर में असीम श्रद्धा रखना, स्नान-ध्यान, धूप, अगरबत्ती, दीपक जलाना, घंटी बजाना, चंदन, रोली, भभूत का मस्तक पर तिलक लगाना, बहुत आस्था और अनुशासन से जीवन-यापन करनेवाले लोग। दक्षिण भारत में मंदिर जाना, घर में मंदिर होना जीवन का अभिन्न अंग है। प्रतिदिन सुबह और संध्या, दोनों समय मंत्र, स्तोत्र श्लोक सुनते-सुनते और सीखते-सीखते बचपन से बच्चों को सभी श्लोक कंठस्थ हो जाते हैं। मंदिर के सामने से गुज़रें और सिर न झुके, ऐसा कोई नहीं करता।

अधिकतर सभी गृहस्थ अपने परिवार और माता-पिता, भाई-बहन के प्रति समर्पित रहते हैं। अपनों में उठना-बैठना, मेल-मिलाप रखना। इधर-उधर मेल-जोल बढ़ाने की कोशिश करने में व्यर्थ में समय नहीं गँवाते हैं। दिखावट हीन ज़िंदगी बिताना उनकी संस्कृति है। अय्यर परिवार उनमें से ही था। शहर बदलने से उनकी जीवन शैली में कोई परिवर्तन नहीं आया। वो लोग विदेश भी चले जाते तो भी दैनिक जीवन ऐसे ही जीते। अपने बच्चों को उन्होंने बहुत मेहनत से पाला। घर का सारा-का-सारा काम, हर ज़िम्मेदारी स्वयं सँभाली। शेखर अय्यर इंजीनियर हैं। उनकी पत्नी शारदा अपने घर में ही रहती हैं। पति-पत्नी दोनों अच्छे कुल से हैं। संभ्रांत खान-दान में पले-बड़े हुए, जहाँ उच्च

शिक्षा, मानवीय मूल्य शिष्टाचार, शुद्ध आचरण-व्यवहार और मेहनत पर ज़ोर दिया जाता था। कितनी ही उम्र हो जाए और कितनी ही ऊँची पदवी क्यों न हासिल हो जाए, बड़ों का सम्मान और आज्ञा मानना अनिवार्य था। धीरे-धीरे यह सब उन घरों में पलते हुए बच्चों का चरित्र बन जाता था।

शारदा देवी का संसार उनके बच्चों के इर्द-गिर्द ही घूमता रहा। उनके चार पुत्र थे। मानो साक्षात् राजा दशरथ के चार पुत्र हों। सुंदर, सुशील, सत्कर्मी, आज्ञाकारी, श्रेष्ठ बुद्धि और उत्तम आचरण से सुशोभित। जो भी मिलता, प्रभावित हो जाता और मन-ही-मन कामना करता कि काश, उनकी संतानें भी इतनी उत्तम प्रकृत्ति और प्रवृति वाली होतीं। धीरे-धीरे उनका यश चारों ओर उसी तरह से फैलने लगा, जैसे फूल की सुगंध। हवा के झोंकों और बहाव को कौन रोक सका है? पवन की चाल धीमी हो या तीव्र, सुगंध तो उसके साथ अप्रत्यक्ष रूप में उड़ती जाती है। उसी तरह इस सुंदर परिवार की चर्चा बढ़ने लगी।

अय्यर परिवार को इससे अंतर नहीं पड़ा। वे उसी तरह अपने परिवार का भरण पोषण करते रहे। यूँ तो हर समय मंत्र जाप, हवन आदि करना इतनी भाग-दौड़ वाली और कठिन ज़िंदगी के साथ आसान नहीं था, फिर भी कुछ नियम कैसे भी हों, हमेशा उनका पालन किया गया। सुबह उठते ही हाथ जोड़कर प्रभु को प्रणाम करके ही बिस्तर छोड़ना। चलते-चलते, घर का काम करते समय, खाना बनाते समय, मन-ही-मन मंत्रों का जाप करते रहना। प्रतिदिन मंदिर जाना किसी कारण यह संभव न हो सके तो जिस वार को उनके पुत्रों का जन्म हुआ, कोशिश करके सप्ताह के उस दिन मंदिर जाना, ईश्वर को प्रणाम करना। ईश्वर तो सर्वत्र हैं। हर स्थान पर हैं। हमारे मन के अंदर भी हैं। यह तो घर से निकलकर अच्छी ऊर्जादायक और पवित्र तरंगों वाले वातावरण में जाने का जरिया था। शंख और घंटों की ध्वनि, आरती, फूलों की, कपूर और अगरबत्ती की महक जीने का हौसला बढ़ाती थी। बच्चों की वर्षगाँठ मनाने का उनका अपना अलग तरीका था। अपने घर में अपने आप हवन करना, प्रसाद के रूप में हलवा बनाना, मंदिर जाना, मंदिर के बाहर बैठे लोगों को

पूरी–सब्ज़ी, फल या बिस्कुट आदि देकर ईश्वर को धन्यवाद देना। बचपन से सीखा था कि भूखे को खाना देना पुण्य कर्म है। यह उसी सोच का परिणाम था।

समय बीतता गया। बच्चे पढ़ाई, खेल–कूद में बहुत अच्छा कर रहे थे। हर परीक्षा में हर कक्षा में वे सर्वदा सर्वप्रथम आते और छात्रवृत्ति पाते। सबसे अच्छी शिक्षण संस्थाओं में दाखिले की प्रतियोगिता में चयन हो जाना और छात्रवृत्ति मिलना, पढ़ाई के लिए विदेश जाना, वह भी छात्रवृत्ति पर, यह सब बहुत कठिन था। हिमालय पर्वत चढ़ने जैसा कठिन माना जाता था। बहुत बड़ी उपलब्धि होती थी। माता–पिता और घर के बड़े निश्चिंत हो जाते थे कि अब उनके बेटे का भविष्य सध गया। रात–दिन की मेहनत उस सफ़लता के आगे याद भी नहीं रही। देखते–देखते उनके सभी बच्चे एक के बाद एक ऊँची चोटियों को पार करके और भी ऊँचे–ऊँचे शिखर चढ़ते गए। अच्छी नौकरी मिल गईं। मेधावी थे, मेहनती थे, ईमानदार थे और तमीज़दार थे।

धीरे–धीरे उनकी उम्र विवाह लायक हो गई। बहुत रिश्ते आए। होनी बलवान है। विधाता की मरज़ी और कृपा के बिना कहाँ कुछ संभव है ? होनी के आगे मनुष्य लाचार हो जाता है। एक–से–एक उत्तम कुल की पढ़ी–लिखी, सुंदर, सद्गुणी लड़कियों के हज़ारों में रिश्ते आए, फिर भी रिश्ता तय नहीं हो पाता था। जब प्रतिकूल जीवन चलना हो तब ईश्वर बुद्धि फेर देते हैं। उनकी इच्छा थी कि केवल घर–परिवार और कन्या के गुण देखकर रिश्ता तय करेंगे, जन्मपत्री के चक्कर में नहीं पड़ना है। दक्षिण भारत की सोच इससे पूरी तरह भिन्न है। सबसे पहले जन्मकुंडली मिलाई जाती है। उसके बाद घर और वर–वधू को देखा जाता है। पहले वर–वधू के गुण देखेंगे, इस आधार पर रिश्ते की बात करते थे, लेकिन कभी लड़की वाले जन्मपत्री के फेर में पड़ जाते थे, कभी लड़की की गलत उम्र बताते थे। लिखते थे कुछ, बताते थे कुछ। लड़की की माँ से पूछो तो वह लड़की के पिता से पूछती थी कि उम्र क्या बतानी है ? लड़की के पिता से पूछो तो वह अपनी पत्नी से पूछ कर बताने की बात कहते थे, और लड़की कुछ और बताती थी। कभी लड़की वाले फ़ोटो बदल देते थे। कभी लड़की ही बदल देते थे। कभी तथ्य छुपा लेते थे। कितना पढ़ी

है, क्या कर रही है इत्यादि। इन बातों से रिश्ता तय करने में फ़र्क नहीं पड़ता है केवल विश्वास समाप्त हो जाता था। अय्यर परिवार की सोच बदल जाती थी। सोच विपरीत होने से बात आगे नहीं बढ़ पाती थी। नतीजा यह हुआ कि बच्चे अकेलेपन में जीते रहे, वह भी विदेश में। न अपना कोई, न अपनापन, न खाने-पीने की व्यवस्था न कहीं किसी से मेलजोल की संभावना। न उनका आना होता था, न माता-पिता का जाना होता था। सीमित आय थी। घर-बार अपना था नहीं। पूरा जीवन किराए के घर में ही बीत गया। रिटायर होने के बाद छत ज़रूरी हो जाती है। पूरी ज़िंदगी का जोड़ा घर का सामान सड़क पर फेंक देना इतना आसान नहीं होता। किसी को देना चाहो तो लेनेवाले मुफ़्त में सामान मिलने पर भी नाक भौं सिकोड़ते हैं मानो देनेवाले पर कोई अहसान कर रहे हों। उनकी क्या बात, कबाड़ी तो हीरे को भी पत्थर के मूल्य में खरीदता है। अपना घर खरीदने या बनवाने के लिए पैसा कमाना, बचाना, जोड़ना ज़रूरी हो गया।

पर समय कब किसके लिए रुका है? वह तो मानो पंख लगाकर उड़ जाता है। हालात अच्छे हों तो जीवन जीने लायक लगता है। जब परिस्थितियाँ सही न हों तो समय अपनी कुलाँचे भरना तो दूर, चलता भी नहीं लगता है। बहुत कुछ भगवान् की मरज़ी पर ही छोड़ दिया गया मानो वो स्वयं आएँगे और विवाह तय करके संपन्न करा देंगे। दैव दैव आलसी पुकारा—यह कहना तो गलत होगा कि आलस किया गया। हाँ, यह सच है कि किंतु-परंतु में जब भी निर्णय नहीं लिया जाता तो बात लटक जाती है। उम्र निकल जाती है। जीवन व्यर्थ लगने लगता है। उनकी गृहस्थ संबंधी कोई भी ज़िम्मेदारी पूरी नहीं हो रही थी। न शादियाँ हो रही थीं, न अपना ख़ुद का आशियाना संभव हो रहा था। व्यक्ति की सोच आमतौर पर तब तक ही ठीक रहती है, जब तक वह अच्छा साहित्य पढ़े, अच्छे लोगों के बीच में रहे, परिवार के बीच, अपनों के बीच रहे। ऐसे लोगों का साथ मिल सके, जो स्वयं संयम से रहते हों, अनुशासित जीवन जीते हों और अपने बच्चों को, अपने से छोटों को रोकने-टोकने में संकोच न महसूस करते हों।

इस परिवार को तो ग्रहण लग चुका था। फलता-फूलता परिवार मुरझा गया। न कुछ भी अच्छा हो रहा था, न ठीक हो रहा था। काला जादू, नज़र, टोना-टोटका, सब संभव है। अड़ोस-पड़ोस के लोग ईर्ष्या भी करते थे। अहित चाहनेवाले तो अनगिनत चारों तरफ़ होते ही हैं। मानव प्रवृत्ति है। दूसरों की मेहनत और लगन को मामूली समझना, अपने जीवन से तुलना करना बहुत आसान होता है। कम लोग हैं, जो अपने को इनसे ऊपर उठाकर सबके कल्याण की कामना करते हुए जीते हैं।

समय बीत रहा था। ज़िंदगी अकेली, बेरंगी और उदासीन लगने लगी थी। न उसे ख़ुशनुमा बनाने का कोई रास्ता नज़र आता था, न कोई उपाय बतानेवाला सामने था। बड़ों ने दुनिया देखी है। सलाह के लिए उनमें से कोई सामने या आस-पास दिखाई नहीं देता था। कोई अगर कुछ समझाने की कोशिश भी करता तो संशय होता था कि क्या ये हमारे हितैषी हैं?

एक दिन एक पुत्र ने सूचना दी कि उसने एक लड़की पसंद कर ली है। सब हतप्रभ रह गए। इस खबर ने किसी को भी कोई ख़ुशी नहीं दी, क्योंकि जिस माहौल, सोच, मेहनत और समर्पण से बच्चों को पाला गया था, उसमें ऐसी अपेक्षा नहीं थी। कम-से-कम सलाह-मशवरा तो ज़रूरी था। बड़ों ने दुनिया देखी है। ज़िंदगी के बहुत से पहलुओं को वह बच्चों से ज़्यादा समझते हैं। आधुनिकता में डूबकर दिखावे से, साथियों से फ़िल्मों और टी.वी. की निरर्थक और गलत बातों को उजागर करने से सबकी सोच में दोष आ चुका था। 'मैं' और 'मेरी इच्छा' अधिक मायने रखने लगी थी। उन्हें लगता था कि घर के बड़े लोग बहुत पुराने विचारों के हैं। बदलते ज़माने को न समझते हैं, न समझना चाहते है। बदलते वक्त के साथ नहीं चलना चाहते हैं। ऐसी सोच को नई पीढ़ी नापसंद करती है।

खानदान, आचरण, संस्कार, जिनकी सही जीवन जीने में बहुत अहमियत होती थी, आज हास्यप्रद बन गए। ऊपरी टीम-टाम, हलके भद्दे मज़ाक, शर्मसार करनेवाले हाव-भाव, रूप-रंग लुभावने लगने लगे। गुणों के स्थान पर कृत्रिम व्यवहार से आकर्षण होने लगा। चेहरे पर बनावटी मुखौटा लेकर

मिलना-जुलना एक-दूसरे को प्रभावित करने लगा, पर अय्यर परिवार ने कभी कल्पना भी नहीं की थी कि उनके परिवार में इस तरह की कोई बात कभी हो जाएगी। इस खबर ने सबको मौन बना दिया।

शारदा देवी तो कटे बाँस जैसी हो गईं। उन पर तो मानो बिजली टूट पड़ी। उनकी बरसों की तपस्या, अपने व्यक्तित्व को मिटाकर अपने जीवन का हर सेकंड बच्चों के लिए समर्पित कर देनेवाली माँ के लिए यह बात चिंता का विषय बन गई। उन्होंने अपने हर शौक, अपनी हर ख़ुशी को पूरी तरह पति और घर के लिए त्याग दिया था। आगे क्या होगा, यह सोचकर वह आज सुन्न सी हो गईं। यह क्या हो गया? कहाँ पर चूक हो गई? उन्हें विश्वास था कि उन्होंने बुनियादी संस्कार बड़ी दृढ़ता से अपने बच्चों में सँवारे थे। इस तरह की अप्रत्याशित खबर ने उन्हें पूरी तरह तोड़ दिया। दूर बसे पुत्र को कैसे समझाएँ और क्या कहें? ख़ासकर इसलिए कि उन्हें तो सूचना दी है, राय तो माँगी नहीं। लाचार चुप रहना पड़ा। कई बार कोशिश की, पत्र लिखकर समझाने की, पर एक का भी जवाब नहीं आया। मोह मनुष्य को अंधा बना देता है, पर गूँगा और बहरा भी बनाता है, यह नहीं मालूम था। दुःख का भार इतना बढ़ गया कि उन्होंने खटिया पकड़ ली। बड़ी मुश्किल से उठने लायक हुईं। निर्लिप्त भाव से रोज़मर्रा के कामों में अपने को डुबो लिया। घर की चार दीवारी में अपने को कैद कर लिया।

श्री अय्यर अलग ही स्वभाव के थे। उन्हें लगा, उनका लड़का उनसे तो क्या, पूरी रिश्तेदारी से दूर हो जाएगा। अलग-थलग पड़ जाएगा। लोगों से मिलाना ज़रूरी है। समाज के लिए विवाहोत्सव मनाना ज़रूरी है। कठिनाई सामने आई जब रीति रिवाज़ों के बारे में चर्चा हुई। अय्यर परिवार पूरी तरह से पूजा-पाठ वाला था, मंदिर में मंत्र उच्चारण के साथ शादी और अपने समाज में प्रीति भोज उनके लिए आवश्यक हो गया, पर ऐसा करना मुमकिन नहीं था। अपनी रज़ामंदी देने और शादी की रस्में निभाने के लिए पंडितजी नहीं माने। मंदिर प्रबंधक ने मंदिर में स्थान देने के लिए असमर्थता जताई। उनके अनुसार, वर और कन्या का दक्षिण भारतीय और उच्च कुल का होना और दोनों की

कुंडली मिलाना भी ज़रूरी था। दक्षिण भारत में उच्च कुल, शूद्र कुल की बड़ी अहमियत है। उच्च कुल का रिश्ता अपने से नीचे नहीं हो सकता है। लोगों की सोच एक दिन में नहीं बनती है। इतनी जल्दी लोगों की सोच बदलना असंभव था। बहुत सोच-विचार के बाद तय हुआ कि किसी भी दिखावे में नहीं पड़ना है। अपनों को घर में ही बुलाकर प्रीति भोज दे देंगे। आशा ही नहीं, पूरा विश्वास था कि अपने अवश्य आएँगे। जो नहीं आएँगे वे संभवतः दूरी बनाना चाहते हैं। किसी को मजबूर करके बुलाने का क्या प्रयोजन? सबको यह सुझाव पसंद आया। प्रीति भोज का आयोजन ठीक रहेगा। कम-से-कम कुछ रिश्ते नाते वाले एक बार जुड़ेंगे और शायद कुछ दूरी मिटेगी।

मनुष्य क्या सोचता है और क्या हो जाता है? विधाता के मन में क्या रहता है, कोई नहीं समझ सका। अपनी सामर्थ्य से बढ़कर इंतज़ाम किए। सगे-संबंधी पूरे अपनेपन से शामिल हुए। वो लोग भी, जो पहले कुछ-कुछ कह रहे थे, सभी लोग आए और ख़ुशी-ख़ुशी आए। बहुत अच्छा माहौल रहा। आशीर्वाद भी दिया और उपहार भी दिए। अपनों का अपनापन बहुत बड़ा सहारा था। दुःख भुलाने की कोशिश चलती रही। कुछ लोग शर्मा हज़ूरी में स्पष्ट शब्दों का प्रयोग नहीं करते, लेकिन कुछ लोग अपनी राय प्रकट करने से संकोच नहीं करते। अपना मानकर कहें या स्वभाव वश, यह कोई नहीं जानता, पर अपनी प्रतिक्रया, आलोचना अपनी राय, जानकारी लेने में पीछे नहीं रहते। सौ बातों की एक बात। हर संबंधी को बहुत हैरानी हुई थी कि इतना मेधावी, उत्तम मस्तिष्क प्रभावशाली व्यक्तित्व, होनहार और सुसंस्कारी बेटा और ऐसा चुनाव? आखिर क्या कारण था, जो फँस गया? घर-बार की कौन जाने, लड़की बहुत साधारण व्यक्तित्व, साधारण रूप और बहुत साधारण पढ़ाई-लिखाई वाली थी। आचरण भी ख़ुशी देनेवाला नहीं था। नई बहू वाला शर्म-लिहाज, मर्यादित रहन-सहन, कुछ भी तारीफ़ लायक नहीं था। ज़ोर-ज़ोर से दाँत दिखाकर हँसना, कहीं भी कैसे भी उठना-बैठना, लेटना, हर बात में दखल देना उसका स्वभाव था। भोजन करने के तौर-तरीके से अनजान बने रहना, किसने खाया, नहीं खाया, इसकी तरफ़ कोई ध्यान नहीं

देती थी। उसकी जब इच्छा होती थी, जो इच्छा होती थी, वह निकालकर खा लेती थी। यदि अन्य कोई भी, विशेषकर, जिस लड़के से उसकी शादी हुई थी, यदि खाने या पीने के लिए कुछ भी ले तो बहुत आगबबूला हो जाती थी। उसका कहना था कि इस घर में इस समय वह सबसे महत्त्व पूर्ण सदस्य है। उसकी अनुपस्थिति में कोई नहीं खा सकता है। बड़ी बेतकुल्लफ़ी से भरपूर खाने में उसे कभी संकोच नहीं हुआ। बड़ों के बीच में बोलना और हर समय जताते रहना कि वह एक महान् हस्ती है, क्योंकि उसके पति ने उससे शादी का प्रस्ताव रखा था। उसके अपने घर में, उसके मायके में, उसके लोग उसे महान् मानते होंगे, पर वह घर अब पीछे छूट चुका था।

इन सब बातों को इतना तूल देने का कोई अर्थ नहीं होता, लेकिन परंपराएँ इतनी शीघ्रता से कहाँ टूट पाती हैं? घर में आई नई बहू से कुछ उम्मीदें लगा ली जाती हैं। संभव है, आनेवाले दिनों में इतना ज़बरदस्त बदलाव हो जाए कि तौर-तरीकों की परिभाषा ही बदल जाए। वह समय जब आएगा, तब आएगा। अभी तो वर्तमान समय में जीना था।

आमतौर पर जैसा ऐसी शादियों में होता है, यहाँ भी वही दोहराया गया। वह अपने पहनने के लिए किसी सहेली से दो-तीन कपड़े कुछ दिनों के लिए माँगकर ले आई थी। स्वयं के दो-चार पुराने कपड़े थे। काम चल गया। लड़के के घरवालों की सोच भिन्न थी। अपने बड़प्पन और अच्छाई में उन्होंने लड़की के लिए बहुत सारे बहुत सुंदर और महँगे कपड़े बनवाए। ऐसे परिधान तो उसने कभी देखे भी नहीं थे, पहनना तो बहुत दूर की बात थी। ज़ेवर भी दिए गए। बहुत प्रफुल्लित होकर उसने उनको कपड़ों को पहना। ख़ूब फ़ोटो खिंचवाईं, सारे में नाचती घूमती रही। उन कपड़ों और ज़ेवरात को वह उतारना ही नहीं चाहती थी। उसकी तमन्ना थी कि किसी तरह वह इन्हीं कपड़ों में हमेशा रह सके। उसका व्यवहार अय्यर परिवार को अनुचित लग रहा था, पर कुछ कर नहीं सकते थे। सो, चुप लगा ली।

शादी के घरों में एक रिवाज़ होता है कि मेहमान के जाते समय उनके साथ मिठाई के डिब्बे दिए जाते हैं। यह देखकर बोली, "सबके साथ बचा

हुआ सामान बाँधा जा रहा है। अच्छा तरीका है, बासी सामान काम में लाने का।" उसे बताया गया कि उसकी सोच ठीक नहीं है। ऐसा रिवाज़ है। ख़ासतौर से मिठाई और नमकीन बनाई जाती है लोगों के साथ देने के लिए। उसे यह बहुत बेवकूफ़ी की बात लगी।

भरे-पूरे बड़े खानदान के बेटे की शादी थी। साधारणतया सब लोग जानना चाहते हैं लड़की के मायके के बारे में। लोग बार-बार पूछ रहे थे कि लड़की किस खानदान की है? पिता क्या करते हैं? किस पोस्ट पर हैं? माता क्या करती हैं? भाई-बहन कितने हैं? क्या करते हैं? लड़की कहाँ से पढ़ी है? क्या पढ़ी है? किस पोस्ट पर काम करती है? क्या काम करती है? लड़की वालों ने क्या दिया अपनी लड़की को, दामाद को? ऐसा नहीं कि एक अकेले ने इतने सारे प्रश्न पूछे या एक साथ पूछे या इसी क्रम में पूछे। विस्तार से जानने की उत्सुकता बनी रहती है। पूछने में उत्सुकता का अंश अधिक होता है। किसको लाभ या हानि का प्रश्न नहीं आता। मात्र जिज्ञासावश ही सही, किंतु पूछते ज़रूर हैं। विवाह तय होने से पहले पूछना किसी हद तक सार्थक हो सकता है। विवाह के बाद पूछना केवल बदमग्जी बढ़ाता है। फिर भी, घर के बड़े-बुजुर्ग, सगे-संबंधी, मित्रगण और जान-पहचान वाले लड़के के माता-पिता से पूछते हैं और उत्तर की अपेक्षा भी करते हैं। कुछ ने तो लड़की से स्पष्ट पूछ लिया, "ऐसे बढ़िया लड़के को तुमने कैसे फँसाया?" अस्पष्ट रूप में जिसका अर्थ था कि हैरानी है ऐसे रिश्ते पर।

घर वालों के लिए कोई जवाब देना ज़रूरी होता जा रहा था। अपने समाज में ही जीना-मरना था। शारदा देवी को तो लड़की या उसके परिवार के संबंध में स्वयं कुछ नहीं मालूम था। उन्होंने बड़ी तमीज, सभ्यता और धीमे-से पूछा, "तुम्हारे माता-पिता क्या पढ़े हैं? क्या करते हैं?" सहसा सारे लोग सन्नाटे में आ गए, जब अचानक लड़की उन पर खूँखार बिल्ली की तरह झपटी, मानो मुँह नोच लेगी और ज़ोर-ज़ोर से चिल्लाने लगी। सब लोग हकबका गए। जो जिस स्थिति में था, वैसा ही रह गया खड़ा तो खड़ा, बैठा तो बैठा। मानो साँप सूँघ गया या लकवा मार गया। बेटा एकदम उठकर खड़ा

हो गया। उसे चुप कराने की कोशिश करने लगा। सबके बीच में वह क्या बोले, समझ नहीं पा रहा था। श्री अय्यर अलिप्त, आराम से बैठे रहे। वैसे भी वह अपने को घर-गृहस्थी के हर झंझटों, कठिनाइयों, उलझनों से सदा मुक्त रखते हैं। मेरी ज़िंदगी ठीक चल रही है। उतनी ही मेरी सोच है, मेरी नौकरी चलती रहे। मुझे उसकी धनराशि मिलती रहे। ऑफ़िस में काम करने के लिए प्रोज़ेक्ट्स रहें। सबकी नज़रों में मैं बड़ा बना रहूँ। लोगों से मेरा संपर्क बना रहे। परिवार की समस्याओं से दूर रहना उनका चरित्र है। उनके अनुसार, घर का सारा बोझ, परेशानियाँ उनकी पत्नी के कंधों के लिए है।

यहाँ तो माजरा कुछ और ही था। बेटा अपनी पत्नी लेकर आया था। उसे स्वीकार करने के अलावा कोई अन्य विकल्प नहीं था, लेकिन वह शारदा देवी को इस रौद्र रूप में ऊँची आवाज़ में चिल्ला-चिल्लाकर कुछ भी बोलेगी, यह किसी की भी सोच के परे था। शारदा देवी ने हिम्मत जुटाकर पूछा, "तुम मेरे ऊपर चिल्ला क्यों रही हो?" गुस्से से उसका मुँह प्रचंड लाल तमतमा रहा था, काल-विकराल महाचंडिका का आगमन। वह फर्राटे से कुछ-कुछ बिना रुके बोलती ही गई। वह क्या बोली, शारदा देवी, अय्यर साहब एवं अन्य उपस्थित लोगों में से कोई भी नहीं समझ पाया। ज़्यादातर दक्षिण भारतीय अपनी भाषा के अलावा अन्य भाषाएँ नहीं जानते। उससे समझाकर कहा गया कि वह आहिस्ता-आहिस्ता बोले, क्योंकि उसकी कोई भी बात वहाँ उपस्थित लोग नहीं समझ सके। धीरे-धीरे समझ में आया कि वह कह रही है कि वह इस घर के बेटे के लिए इतना काम करती है। उसके लिए चाय का पानी गरम करती है। चाय वह बना लेता है पर गरम पानी के बिना कैसे चाय बनेगी? इतना त्याग करती है। बोली, "मेरे परिवार के लोग बहुत महान् हैं। बहुत बढ़िया हैं। मुझसे आज तक किसी ने कभी भी कोई प्रश्न नहीं पूछा। यह मेरी ज़िंदगी है। मेरी मरज़ी है कि मैं क्या करूँ, कैसे रहूँ। यहाँ पर सब मेरी ज़िंदगी में दखल देना चाहते हैं। मेरे परिवार के बारे में क्यों जानना चाहते हैं?" क्रोध के कारण बोलती गई अर्थहीन बातें। धारा प्रवाह रुकने का नाम नहीं ले रहा था।

अय्यर साहब का परिवार बड़ा था और उनकी पत्नी का परिवार भी

बड़ा था। दोनों तरफ़ के ददिहाल और ननिहाल के रिश्तेदार, नातेदार इकट्ठे हुए थे। ख़ूब रौनक थी। रिश्ते-नाते मज़बूत थे। सब कोशिश कर रहे थे कि यह ख़ुशी का समय है, वातावरण ख़ुशनुमा बना रहे, पर इस घटना ने लोगों को गूँगा कर दिया। लोग ज़ोर-ज़ोर से बातें कर रहे थे, क्योंकि नाच-गाने का भी शोर था। हँसी-मज़ाक भी हो रहा था। हँसी-ख़ुशी का माहौल था। सब लोग एकदम चुप हो गए। नाच-गाना बंद हो गया। किसी को कुछ समझ में नहीं आ रहा था। साँप-छछुँदर की गति। ठहरें तो कैसे? माहौल बहुत भारी हो गया था। अपने-अपने घर वापस चलें जाएँ तो कैसे? बुरा लगेगा। उत्सव में शामिल होने आए थे। चाय और खाने का इंतज़ाम भी था यहाँ पर। अपने घर में तो खाना भी नहीं बनाया था। कुछ रिश्तेदार तो दूसरे शहरों से आए थे। उनका ऐसे चले जाना मुमकिन नहीं था। घर के बड़ों में से एक ने स्थिति सँभालने की कोशिश की और उससे पूछा, "इतना चिल्लाकर क्यों बोल रही हो? इतने तैश में क्यों हो? क्या इस तरह से कोई बातें करता है?" वह बोली, "लड़के की माँ मेरे ऊपर चिल्ला रही है, इसलिए मैं चिल्ला रही हूँ।" उससे कहा गया कि उसने तो बहुत आहिस्ता और शांति से तुमसे बात की थी। उसने तुमसे कुछ पूछा था और गलत नहीं पूछा था। हम सब भी तुम्हारे और तुम्हारे परिवार के बारे में जानना चाहते हैं, क्योंकि हम लोगों के यहाँ रिश्ते ऐसे ही जोड़े जाते हैं। दोनों परिवारों की पूरी जानकारी के बाद ही रिश्ता जुड़ता है। लड़का कभी घर के ख़िलाफ़ नहीं जाना चाहता और हम बड़ों का हक़ है जानने का। वह बोली, "क्यों? क्या जानना है? मेरा परिवार बहुत महान् है। सब लोग बहुत अच्छे हैं। मेरे परिवार में से कभी किसी ने मुझसे कोई प्रश्न नहीं किया। आप लोग कौन होते हैं पूछनेवाले? आप लोग इसलिए पूछ रहे हैं, क्योंकि आपको उनका रुपया चाहिए था। आप उनसे माँगते तो वह भीख में दे भी देते। कितना रुपया-पैसा चाहिए? अब हम दोनों दे देंगे, अगर आपके घर में इतनी कमी है कि खाना भी नहीं है।"

घर के बड़ों को बहुत अपमान महसूस हुआ। एक दिन हुआ लड़की को इस घर में आए हुए और इतनी ज़बान चला रही है। कैसे विचार हैं? कैसी

सोच है? कैसे शब्द और कैसी खराब वाणी? कैसे बोल रही है? बड़ों का कोई लिहाज नहीं? कोई शर्म नहीं कोई संकोच नहीं? बोले, "कौन-सा धन, कौन-सा रुपया-पैसा देने की बात कर रही हो? बेटे के धन पर माँ का पूरा हक़ होता है। वह जो चाहें करें। तुम्हारा बीच में पड़ना ठीक नहीं है। तुम तो कमाती भी नहीं हो। तुम्हें इस तरह की बातें नहीं करनी चाहिए। इस घर के तौर-तरीके सीखना अच्छा रहेगा। अब तुम इस घर की सदस्य हो। इसीलिए दक्षिण भारत में दूसरी संस्कृति के घर से रिश्ते नहीं जोड़े जाते हैं। तुमने बहुत अलग-अलग का चलन सीखा है। तुम बहुत 'मेरा-तेरा' की सोच रखती हो। तुम्हारी सोच के अनुसार जो कमाता है, उस धन पर उसका ज़ोर रहता है। हम लोग एक-दूसरे की, पूरे परिवार की सोचते हैं।" बोली, "मुझे सब मालूम है। आपके यहाँ पुरुष कमाता है, स्त्री सब ले लेती है। खर्च उसके हाथ में होता है। मैंने यहाँ के तौर-तरीके सीख लिये हैं।"

इतना सुनने के बाद घर के बड़ों ने सोचा, चुप रहने में ही उनकी भलाई है। हम क्यों बीच में पड़ें? लड़का भुगतेगा। लड़के के माता-पिता भुगतेंगे। हमारा क्या बुरा होगा? हम लोग इनसे रिश्ता ही नहीं रखेंगे। जहाँ भलाई की उम्मीद न हो, वहाँ क्या काम? सीख उसे दो जो सीखना चाहे।

दक्षिण भारत में पूजा-पाठ, नियमित जीवन पर अधिक ज़ोर है। सब लोग सुबह बहुत जल्दी उठ जाते हैं। नहा-धोकर, कंठस्थ मंत्र उच्चारण, अपने मस्तक पर रोली चंदन-भभूत लगाना, घर के मंदिर में प्रतिष्ठित मूर्तियों को प्रणाम करना, घंटी बजाना, मंदिर जाना, ये सब नित्यकर्म में सम्मिलित रहता है। किसी भी घर में यह नियम नहीं तोड़े जाते। अय्यर परिवार में सब अस्त-व्यस्त हो गया।

बेटा तो इसी घर में पला-बढ़ा था। लड़की दूसरे घर से आई थी। उसकी जीवन शैली बहुत भिन्न थी। देर से उठना। शाम तक ऐसे ही घूमते रहना। रात के कपड़ों में ही घूमते रहना। जब मन करे, नहाना। न मन करे तो यूँ ही कपड़े बदल लेना। जब मन करे, जो मन करे खाना। अंडे, ऑमलेट का नाश्ता चाहिए। भला रोकने की हिम्मत भी किसमें थी? जहाँ मंदिर की घंटियाँ बजती

थीं, वहाँ सब बदल गया था। अब समय, बेसमय, हर समय चाय-कॉफी-नाश्ता, अकेले-अकेले कुछ-न-कुछ खाना खाते रहना। कहीं पर भी, कैसे भी पड़े रहना, हर बात पर व्यर्थ की बहस करते रहना, हर समय मोबाइल फ़ोन पर अपने घर वालों को हर पल की खबर देते रहना और अपने महान् परिवार का बखान करते रहना।

कोई हिम्मत करके अगर समझाने की चेष्टा भी करता था तो उसे बहुत सुनना पड़ता था। उसने स्पष्ट कर दिया कि यह उसका घर है, उसे कोई कुछ नहीं कह सकता। वह वयस्क है। बच्ची नहीं है। जब तक वे दोनों इस घर में हैं, घर संबंधी हर चीज़ और दिनचर्या उसके अनुसार चलेगी। जिसे ठीक न लगे, अपना इंतज़ाम कहीं और कर ले। सब चुप लगा गए। इंतज़ार करने लगे कब वो लोग जाएँगे ? पहले पूरा घर उदास होता था, जब घर का सदस्य जाता था। अब मनाने लगे कि वो जल्दी जाएँ। वह दिन भी अंत में आ ही गया और दोनों चले गए।

कभी-कभार भूले-भटके उनका बेटा अय्यर परिवार से दो-चार वाक्य बोल लेता था। सच तो यह था कि उसके पास बोलने को कुछ था ही नहीं। अपना कुछ बताता नहीं था। यहाँ का कुछ पूछता नहीं था। पूछकर करता भी क्या ? जिस घर में पला-बढ़ा था, उनसे संबंध रखने में फ़ायदा नहीं था। उनसे मोह करना पीड़ा दे सकता था। अपने माता-पिता के बुढ़ापे का सहारा बने, उनकी रोज़ाना की तकलीफ़ों को कम कर सके, उनसे चार शब्द बोल ले, मात्र उनके पास बैठ ले, ऐसा करना संभव नहीं था। ऐसा करने के लिए उसे इस घर में उनके पास आना ज़रूरी था। पत्नी को छोड़कर नहीं आ सकता था। पत्नी आएगी तो फिर अपने अनुचित व्यवहार और आचरण द्वारा घर में क्लेश उत्पन्न करेगी। वह एक मिनट के लिए भी उसे अकेला नहीं छोड़ती थी। जब वह जगी हो तो लड़के का जगे रहना ज़रूरी था। यदि पूरी रात भी लड़के ने अपना काम किया हो, उससे कुछ फ़र्क नहीं पड़ता था। वह केवल तब खा सकता था, जब वह खाए। उसके बिना अगर उसने कुछ भी खा लिया तो काफ़ी कुछ सुनाती थी। अपने माता-पिता, भाइयों अथवा अन्य रिश्तेदारों

से वह केवल तब बातचीत कर सकता था, जब वह लड़की सामने बैठी हो। उनके साथ बैठकर वह चाय भी नहीं पी सकता था।

अय्यर परिवार सब समझ रहा था, फिर भी कुछ करने में अपने को असमर्थ पा रहा था। वो लोग उनका बेटा ख़ुश रहे, इतने में संतोष करने को तैयार थे, पर दुःखी थे, क्योंकि उनका बेटा तो मुसकराना भी भूल चुका था। बनावटी हँसी हँसता था। ज़बरदस्ती के दो-चार वाक्य बोल लेता था। ज़्यादातर अनमना-सा रहता था। जवानी में बुढ़ापा आ गया था। उसे इन हालात में देख-देखकर उसके माता-पिता घुट-घुटकर और बूढ़े होने लगे। उन्होंने सोचा था कि एक दिन उनका अपना मकान होगा। मेहनत से जोड़ी गृहस्थी का सामान और उनके साथ जुड़ी अनेक यादों को लेकर ज़िंदगी की शाम अपने बच्चों, बच्चों के परिवार, भरे-पूरे परिवार और अपनों के साथ बैठकर हँसते-बोलते बिताएँगे। ये सारे सपने दिन के सपने बन गए। दिल के अरमान बादलों की तरह छँट गए। जीवन बोझ बन गया। उस बोझ को कैसे ढोएँ? किसी भी तरह कुछ भी नहीं सूझ रहा था।

यदि वृद्धाश्रम में जाकर रहने लगें तो बातें करने के लिए कुछ लोग मिल जाएँगे, पर वह विचार उन्हें सुहाता नहीं था। बच्चों के सामने आचरण का महत्त्व उन्हें पता था। आज जो बोएँगे वही कल फलेगा। वृद्धाश्रम में बेसहारा, असहाय या लाचार माता-पिता जाकर रहें तो अधिक उचित होगा या ऐसे माता-पिता रहें, जिनके बच्चे उनकी जिम्मेदारी उठाना नहीं जानते थे। यहाँ तो ऐसी कोई बात नहीं थी। साथ ही, उन्होंने आशा भी नहीं छोड़ी थी। उनका बेटा एक दिन ज़रूर सही रास्ते पर अपने परिवार के पास वापस आ जाएगा। उनकी बरसों की इच्छा रही थी कि उनके सभी बेटों की शादी के बाद बेटे और बेटों की बहुएँ मिलकर रह सकेंगी और वे दोनों भी उनके साथ रहेंगे।

समय कब कैसे दौड़ता है, कभी पता नहीं चलता। सहसा भान होता है कि हम उस दौड़ में बहुत पीछे कहीं छूट गए हैं। बीती ताहि बिसार दे आगे की सुध ले। कुछ वर्ष बीते, दूसरे बेटे की शादी हुई, फिर तीसरे की। दोनों बहुएँ सुशील, सद्गुणी और सुंदर मिलीं। दोनों घर को सुचारू रूप से चलानेवाली,

कला-संगीत में निपुण, रसोई सँभालनेवाली, पढ़ी-लिखी, ज़रूरत पड़ने पर धन कमा सकने की क्षमता और सामर्थ्य वाली कन्याएँ थीं। अय्यर साहब और उनकी पत्नी, दोनों बच्चों के आने की प्रतीक्षा करते थे। वे चाहते थे कि उन सबके साथ अधिक-से-अधिक समय बिता सकें। वे लंबे-लंबे समय के लिए बच्चों के घर जाकर रहते भी थे, लेकिन अपना घर अपना मंदिर छोड़कर कहीं चले जाना, किसी दूसरे स्थान पर बस जाना, यह उन्हें नहीं गवारा था।

चौथे बेटे की उम्र भी शनैः-शनैः विवाह योग्य होने लगी थी। वह अपने काम में लग गया था। सभ्य और योग्य था, इस कारण दूर-दूर से अच्छे रिश्ते आ रहे थे। छोटा बेटा अभी शादी के लिए तैयार नहीं था। ज़िंदगी में आगे बढ़ना चाहता था। पंख लगाकर उड़ना चाहता था। उसे भी अवसर मिला और वह विदेश चला गया। अय्यर दंपति चिंतित रहने लगे। बेटा यदि विदेश में बस गया तो वे लोग कैसे जी सकेंगे ? बेटे की शादी की ज़िम्मेदारी तो कैसे भी निभानी थी।

विधि का विधान। उन्हें ऐसी लड़की मिल गई जैसी उनकी चाह थी। पारंपरिक, सुंदर मन और सुंदर मुखड़े वाली, सद्गुणी और संपन्न परिवार से। उन्होंने लड़के को बुलवा भेजा। रिश्ता तय कर दिया। शादी अच्छी तरह से हो गई। लड़का बहू के साथ विदेश चला गया। परिवार से जुड़े रहेंगे, ऐसा आश्वासन देकर गए। प्रतिवर्ष पोंगल पर या नए वर्ष पर या अन्य किसी अवसर पर, जैसा सबको आसानी से संभव हो सके, उनका पूरा परिवार इकट्ठा होता था। सबकुछ ठीक चल रहा था। न चाहते हुए भी एक बेटे का यूँ परिवार से कट जाना उन्हें बहुत खल रहा था। पूजा का समय बढ़ा दिया था। साल में एक बार के स्थान पर कई बार तिरुपति दर्शन के लिए जाने लगे थे। संपूर्ण परिवार का तिरुपति बालाजी में अथाह विश्वास था। उनका मानना था उनका बेटा एक दिन अपनों के बीच लौटकर ज़रूर आएगा। वह सोचते थे कि संभव है किसी मजबूरी में या परिस्थितिवश उनके बेटे ने उन लोगों को भुला दिया हो, लेकिन इस घर ने उसे नहीं भुलाया। यह घर उसका है और हमेशा उसके लिए खुला रहेगा।

□

मंजरी

मंजरी में कुछ दिनों से काफ़ी बदलाव नज़र आ रहा था। पहले वह बहुत कम बोलती थी। कम हँसती थी। अब अचानक ख़ूब बोलने लगी। हँसने की बात नहीं हो, तब भी हँसती रहती थी। मंजरी लखनऊ विश्वविद्यालय में पढ़ रही थी। बी.ए. फ़ाइनल की पढ़ाई कर रही थी। थोड़ी मिज़ाजी थी। तीन भाइयों में अकेली बहन थी, सिर चढ़ी थी। वह लड़कियों के हॉस्टल में रह रही थी। बड़े भैया उसी शहर में मेडिकल कॉलेज मैं डॉक्टरी पढ़ रहे थे। हफ़्ते में तीन दिन मिलने की अनुमति थी। भैया हर हफ़्ते तीनों दिन मंजरी से मिलने आते थे। लगभग हर दूसरे दिन उसके घर से चिट्ठी आती थी, लेकिन हर दूसरे दिन उनके भाई मिलने आ सकें, ऐसी ख़ुशकिस्मत हर लड़की नहीं थी।

लेकिन मंजरी में यह बदलाव तो कुछ अलग ही कहानी बयां करता था। लड़कियों में उत्सुकता ज़्यादा होती है। दूसरों के बारे में जानना, चर्चा करना कुछ लड़कियों का टाइम पास होता है। क्या मज़ा मिलता है, यह तो वही जानें, लेकिन दूसरों की ज़िंदगी में ताक-झाँक उनका सबसे बड़ा शौक़ होता है।

मंजरी बहुत साधारण लड़की थी। देखने-सुनने में शायद साधारण से भी कम रही होगी। लड़कियों में एक-दूसरे की फ़िगर पर निगाहें गड़ाना और कोई-न-कोई कमेंट पास करना आम बात है। उतनी ही आम बात जितना कि खाना और सोना। उसकी फ़िगर भी ऐसी नहीं थी कि दूसरों को जलन हो।

बाल भी ठीक-ठाक थे। लंबे भी नहीं और घने भी नहीं थे। लंबाई-चौड़ाई-ऊँचाई, सब बहुत ही बहुत साधारण थी। रंग भी ढलका हुआ था और चेहरा-मोहरा भी ठीक-ठाक था। हॉस्टल में प्रायः ज़्यादातर लड़कियाँ सीधे-सादे कपड़ों में रहती हैं। लड़कियाँ पढ़ाई करने के लिए आती हैं, किसी नाटक कंपनी में भाग लेने के लिए तो आती नहीं थीं।

मंजरी की मुसकराहट से कई लड़कियों के मन में बेचैनी होने लगी थी। केवल मुसकराहट तक बात सीमित रहती तो भी शायद इतनी बेचैनी नहीं होती। उसके हाव-भाव में परिवर्तन था। उसका अति साधारण चेहरा कुछ आकर्षक-सा लगने लगा था। और वह अपने कपड़ों पर ध्यान देने लगी थी। कहावत है 'इश्क और मुश्क छुपाए नहीं छुपते' यही एक कारण किसी की समझ में नहीं आ रहा था। जब भी उसके भैया आते, वह उनके साथ हॉस्टल से बाहर चली जाती थी। हॉस्टल के लौटने के समय के नियम के अनुसार वापस आ जाती थी। वह उन लड़कियों में बिल्कुल नहीं थी, जो इधर-उधर घूमने जाएँ, लड़कों से मिलें और वह भी अकेले में। ऐसा तो कुछ भी संभव ही नहीं था। वह छोटे शहर की लड़की थी, जहाँ चाल-चलन पर बहुत ध्यान दिया जाता है। फिर वह जाती कहाँ है? उसके भाई हॉस्टल के विज़िटर रूम में बैठकर क्यों नहीं मिलते हैं? वह उसे साथ में कहाँ लेकर जाते हैं? इतनी देर तक वह कहाँ रहते है? किसके साथ रहती है? पढ़ने में दिल न लगानेवाली लड़कियों को समय काटने के लिए पैरी मेसन टाइप की जासूसी का बहुत शौक़ होता है। यह बात अलग है कि यहाँ कोई मर्डर मिस्ट्री नहीं थी, पर फिर भी थी तो मिस्ट्री!

बात बढ़ गई थी। उन लड़कियों के पेट का दर्द भी बढ़ गया था। योजना बनाई गई कि उसके यानी मंजरी के आने-जाने पर निगरानी रखी जाएगी। जब तक भाई के साथ है ठीक है, अगर कोई अन्य पुरुष दिखाई दिया तो उसकी रिपोर्ट करनी पड़ेगी। कई दिन ऐसे ही निकल गए। उन सब लड़कियों को बहुत मायूसी होने लगी थी कि राज़ की एक भी बात नहीं पता लगा सकीं। पर एक दिन सबूत मिल ही गया। वह एक अनजान लड़के के साथ लौटी

थी। उसके स्कूटर पर उसके साथ पीछे बैठकर लौटी थी। यह क्या गज़ब था? जासूसी करनेवाली लड़कियों में से एक लड़की ने देख लिया। बस, फिर क्या था? मिनटों में उनकी पूरी मंडली तक बात पहुँच गई। एक बार फिर एक और दूसरी लड़की ने देखा लेकिन यह पुख्ता सबूत नहीं था। वार्डन से शिकायत करने के लिए ज़रूरी था, रँगे हाथों पकड़ना। योजनाएँ बनाने में कुछ लड़कियों को महारथ हासिल होती है। उनका शौक़ भी यही होता है और काम भी यही। पढ़ाई-लिखाई और परीक्षा से कोई सरोकार नहीं होता है। पास होने लायक नंबर मिल जाएँ, उतना काफ़ी है।

बाकायदा बैठकें हुईं। किस लड़की की ड्यूटी किस जगह, कितने बजे लगाई जाए, तय हुआ। कौन-सा सिग्नल दिया जाए, जिससे दूसरी लड़की तुरंत वहाँ पहुँच जाए, इस पर चर्चा हुई। किसी ने फ़िल्मी गानों के मुखड़ों का सुझाव दिया। किसी ने भजन, गीत, गजल के मुखड़ों का सुझाव दिया। उनमें से कुछ थे—'प्रीतम आन मिलो', 'आजा सनम मधुर चाँदनी में हम तुम मिले तो वीराने में भी आ जाएगी बहार', 'ओ सजना बरखा बहार आई', 'उड़ें जब-जब जुल्फें तेरी', 'याहू चाहे कोई मुझे जंगली कहे', 'न जाओ सैंया छुड़ा के बइयाँ'। इसी तरह भजन में—'दर्शन दो घनश्याम नाथ मोरी अँखियाँ प्यासी रे', 'मेरे तो गिरिधर गोपाल दूसरो न कोई'। इसके अलावा कुछ अन्य थे—'ये इश्क-इश्क है इश्क-इश्क', 'कोई लौटा दे मेरे बीते हुए दिन', 'मुहब्बत की झूठी कहानी पे रोए' वगैरह-वगैरह। मुखड़ा ऐसा ढूँढ़ा जा रहा था, जो वस्तु-स्थिति पर खरा उतरे, लेकिन किसी को शक़ भी न हो सके। घंटों के मश्वरे, हँसी-मज़ाक, हर मुखड़े पर हर लड़की की प्रतिक्रिया चर्चा और अनुभव के बाद निष्कर्ष यह निकला कि अगर ज़ोर-ज़ोर से गाना गाने से हमारी रिपोर्ट हो गई तो वार्डन बुला भेजेंगी। वैसे ही हमारा ग्रुप मशहूर हो चुका है। हॉस्टल में तो नंबर वन हैं, बाहर भी ख्याति पहुँच चुकी है। अब लड़कों की नंबर वन टोली से आगे बढ़ना है। उनके सारे सदस्य अकड़ू हैं और लीडर तो बड़ा सरपंच बना घूमता है। अभी सारी हेकड़ी निकाल देंगे। मंजरी को जिस लड़के के साथ देखा गया, वह ज़रूर उनके हॉस्टल का होगा।

इसी विश्वविद्यालय में पढ़ता होगा। इस बार ख़ूब मज़ा रहेगा। सारी लीडरी हवा हो जाएगी, जब मंजरी के साथ उसे पकड़ेंगे। हमारे हॉस्टल की लड़की को गुमराह कर रहा है? सबसे उठक-बैठक कराएँगे।

अब प्रश्न उठा कि अगर गाने का मुखड़ा नहीं तो खबर कैसे करेंगे? सीटी बजाने का सुझाव अच्छा था। सबको पसंद आया। लड़कियाँ सीटी बजाएँ, ऐसा प्रचलन नहीं होने और सामाजिक स्वीकृति न होने के कारण छोड़ दिया गया। जानवरों की बोली अधिक उपयुक्त लगी। भिन्न-भिन्न पशु-पक्षियों की आवाज़ें निकाली गईं। कुत्ता, बिल्ली, बकरी, गाय, गधा, कोयल, कौवा, चिड़िया। सभी एक से एक प्रभावी आवाज़ें थीं, किंतु मोर की आवाज़ के आगे बाकी सब फींकी लगीं। मोर की पीहू-पीहू की पुकार बहुत उपयुक्त लगी। अर्थ भी स्पष्ट और किसी का डर भी नहीं। कोई शिकायत क्या करेगा? मोर का नाच मनभावन और कान्हा का प्यारा है। हम लोग भगवान् कृष्ण को पुकारेंगे। इस तर्क का काट नहीं था किसी के पास।

अति उत्साहित, इस गुत्थी को सुलझाने के लिए सबने अपना-अपना मोर्चा सँभाल लिया। हर दिन वो सोचतीं कि आज सफ़लता मिलेगी, किंतु केवल विफ़लता हाथ लगती। ऐसे ही कई दिन निकल गए। उनका धैर्य जवाब देने लगा। अचानक एक दिन कुछ ऐसा हुआ कि उन्हें दुगुनी सफ़लता मिल गई। मंजरी भैया के साथ हॉस्टल से बाहर गई थी, लेकिन लौटी एक अजनबी लड़के के साथ और केवल लौटी ही नहीं, उस लड़के ने मंजरी के हाथ में कुछ दिया भी। मंजरी ने शरमाते हुए उसे ले भी लिया। गेट से जो पीहू की आवाज़ आई, गेट से कुछ दूरी पर खड़ी दूसरी लड़की ने भी दोहराई, फिर तीसरी ने दोहराई और देखते-ही-देखते उनकी पूरी टोली इकट्ठी हो गई। मंजरी को रोककर प्रश्नों की झड़ी लगा दी। मंजरी चुप रही। कोई भी उत्तर न मिलने पर उनका संदेह पक्का हो गया। उन्हें मौक़ा मिल गया मज़े लेने का। तय हुआ, अभी वार्डन को नहीं बताया जाए। अगली बार गेट पर ही पकड़ लेंगे और सबूत के तौर पर लड़का भी होगा। हाथ में क्या दिया था, यह जानना ज़रूरी था। जितना आग्रह करतीं, उतना ही मंजरी मुट्ठी और ज़ोर से बंद कर

लेती। किसी भी हालत में वह दिखाने को राज़ी नहीं थी। वह जल्दी-जल्दी अपने कमरे की ओर जाने लगी, लेकिन उसका रास्ता रोककर उससे कहा गया कि वह सीधी तरह दिखा दे, वरना वार्डन को बता देंगी। अंत में उसने मुट्ठी खोल दी। घुँघरू वाली चाँदी की दो छोटी-छोटी बालियाँ थीं। बहुत सुंदर थीं, लेकिन कहीं कोई नाम नहीं। कौन मानता कि उपहार है, भेंट है? वह स्वयं भी खरीद सकती थी। भैया के साथ गई थी। भैया भी दिला सकते थे। बहुत बार पूछने के बाद मंजरी ने केवल इतना बताया कि जो छोड़ने आए थे, वह उसके भैया के दोस्त हैं।

यह तो कोई बात नहीं हुई। इतना बढ़िया केस इतनी आसानी से हाथ से कैसे निकल सकता है? अगले दो दिन यही क्रम रहा। मंजरी जाती भैया के साथ, लेकिन लौटती अनजान के साथ। गेट पर ही बहुत शरमाती, मुसकराती, बाय-बाय भी करती। पीहू-पीहू की पुकार कम नहीं हुई। उस पुकार की ध्वनि से अब कुछ और लड़कियाँ भी आकर्षित हो गईं। सबके मन में खलबली मचने लगी। जानने की जिज्ञासा बढ़ने लगी। अब रुकना संभव नहीं था। सब मिलकर वार्डन के पास गईं और उत्तेजित स्वर में बढ़-चढ़कर बताने लगीं कि मंजरी के कारण माहौल बिगड़ रहा है। आपसे परमीशन लेकर उसके भाई उसे कहीं ले जाते हैं। वह कहाँ जाती है, क्या करती है, किसी को नहीं मालूम। हॉस्टल में समय सीमा के अंदर ही लौट आती है, लेकिन एक अनजान लड़के के साथ, भैया के साथ नहीं लौटती और जाते समय वह अनजान लड़का उसके हाथ में कुछ देता भी है।

वार्डन ने कहा, "ठीक है। मैं बात करूँगी।" लड़कियाँ बोलीं, "मैडम जल्दी बात कर लीजिए। ऐसा न हो कि कुछ गलत हो जाए और हमारे हॉस्टल का नाम खराब हो। देखने में तो कितनी सीधी लगती है? भैया के साथ जाती है। परमीशन लेकर जाती है। टाइम से लौट आती है, पर देखिए, बाहर निकलते ही अपना चोगा बदल लेती है। पीठ पीछे क्या करती है, कौन जानता है? मैडम, जरा सोचिए भाई भी इसमें शामिल है। भाई डॉक्टर हैं, यह भी नहीं कि कोई आवारा गुंडा हो। इतने शरीफ़ हैं कि इधर-उधर देखते भी

नहीं। मैडम, एक बात और आपकी जानकारी के लिए बता दें। जितनी बार ऐसा हुआ है, मंजरी कुछ ज़्यादा ही अच्छे कपड़े पहनकर गई है। बहुत ख़ुश, हँसती हुई लौटकर आती है। मैडम, आपकी जानकारी के लिए ही हम बता रहे हैं, वरना हमें क्या पड़ी है कि अपना माथा फोड़ें? अपनी करनी वही भुगतेगी। आपके ऊपर इतनी चीज़ों की ज़िम्मेदारी है। हर लड़की के चौबीसों घंटों का हिसाब आप कैसे रख सकती हैं? फिर भी, अंत में जवाबदारी तो आपकी ही बनेगी। उसके घर के लोग आपसे जवाब तलब करेंगे और मैडम, लड़कों का क्या है? ऐसी लड़कियों के साथ उनका नाम जुड़ जाता है। और मैडम।" अब मैडम ने कुछ सख्त आवाज़ में उन्हें बीच में ही टोककर कहा, "तुम लोग अपना ध्यान अपनी पढ़ाई और अपने व्यक्तित्व के विकास में लगाओ। दूसरों की चौकीदारी मत करो। मुझे सिखाने की कोशिश मत करो। मैं अपनी ज़िम्मेदारी जानती हूँ और तुम लोगों के खुराफ़ाती दिमाग को भी। दूसरों के बारे में बहुत ध्यान लगता है। कभी अपने माता-पिता, घरवालों के बारे में भी सोचा करो। उनकी तुम लोगों से क्या-क्या उम्मीदें हैं? तुम्हारा पूरा खर्च वे उठा रहे हैं। हॉस्टल में पका-पकाया खाना मिल जाता है। किसी तरह की कोई ज़िम्मेदारी नहीं है, सिवाय पढ़ाई के। तुम लोग तो उतना भी नहीं करतीं। मैंने तुमसे कह दिया है कि मैं इस मामले का पता लगा लूँगी। तुम लोग परेशान मत रहो।"

उनका पूरा झुंड हॉस्टल चला गया। ऐसी लड़कियाँ बदलनेवाली होतीं तो फिर संसार में गप्पबाजी, अफ़वाहें, इधर की उधर, हेरा-फेरी, इन सबकी कमी हो जाती। इनका चलन बंद हो जाता। हॉस्टल पहुँचते ही एक-एक करके जो भी उनके जाल में फँसा, उसे नमक-मिर्च लगाकर सारी घटना बताने लगीं। कुछ को उस वर्णन में बहुत रास आया। परिणाम यह हुआ कि मंजरी जिधर से निकलती, दो-चार लड़कियाँ कानाफूसी करने लगतीं। ऐसा नहीं था कि वह इतनी बेवकूफ़ थी कि उसे कुछ समझ में न आए, पर वह बेफ़िक्र और अधिक ख़ुश-मुसकराती नज़र आती।

लड़कियाँ इस इंतज़ार में थीं कब वार्डन जी उसे बुलवा भेजेंगी और

खरी-खोटी सुनाएँगी। हो सकता है, उसके भैया को बुलवा भेजें। हो सकता है, उसे हॉस्टल से निकाल दें। जब ऐसा होगा अगले दो-तीन हफ़्तों के लिए बात करने का एक मुद्दा उन्हें मज़ा देता रहेगा, पर ऐसा कुछ भी नहीं हुआ। फ़र्क सिर्फ़ इतना हुआ कि भैया मिलने आते, पर बाहर नहीं ले जाते। कुछ हफ़्ते निकल गए। एक दिन अचानक फिर पुरानी घटना दोहराई गई। मंजरी तैयार होकर भैया के साथ बाहर गई। हॉस्टल का नियम था कि विज़िटर रूम में वार्डन के परमीशन की साइन वाली पर्ची लेकर ही किसी से लड़कियाँ मिल सकती थीं, लेकिन बाहर जाने के लिए उन्हें स्वयं वार्डन के पास जाकर पर्ची पर साइन लेना पड़ता था। किसी को समझ में नहीं आ रहा था कि वार्डन ने इतनी आसानी से बिना कुछ कहे उन्हें इजाज़त कैसे दे दी? खैर, देखा जाएगा, यह सोचकर उन्होंने अपनी तैयारी कर ली। इस बार अगर मंजरी भैया के साथ नहीं लौटी और अन्य कोई पुरुष हुआ तो वे सब मिलकर उसे घेर लेंगी और वार्डन के पास ले जाएँगी।

उनकी योजना इतनी सुनियोजित थी कि कहीं भी चूक का कोई चांस नहीं था। उनका टीम वर्क इतना मज़बूत था कि कोई दरार भी नहीं पड़ सकती थी। अपना सारा समय इन आलतू-फ़ालतू बातों पर खर्च करना उन्हें सुहाता था। हर मिनट उन्हें कई घंटे लग रहा था। घड़ी की सूईं ठहरी हुई लग रही थी। वे आज पूरी तैयारी और सबूत के साथ दोषी को पकड़ने में जुट गईं थीं। जैसे-जैसे सूरज ढलने लगा, अँधियारा छाने लगा, उन्हें घबराहट महसूस होने लगी। यदि वह पुरुष भैया ही निकला और हमने घेर लिया तो बड़ी फ़ज़ीहत हो जाएगी। फिर भी वे डटी रहीं। समय बहुत धीरे-धीरे खिसक रहा था। उनका विश्वास और दृढ़ होता जा रहा था कि ज़रूर कुछ गड़बड़ है, वरना हर लड़की अँधेरा होने से पहले ही हॉस्टल लौट आना चाहती है, पर मंजरी नहीं लौटी। हॉस्टल की खाने की घंटी बज चुकी थी। विज़िटर रूम खाली हो चुका था। बाहर का गेट बंद कर दिया गया था। अब वहाँ खड़ा रहना व्यर्थ था, क्योंकि अंदर आने के लिए गेट खुलवाना पड़ेगा जिसके लिए वार्डन से चाभी लानी पड़ेगी। सब उनके सामने घटेगा, लेकिन वहाँ भी उनकी इच्छा

अधूरी रह गई। मंजरी रात को लौटी ही नहीं। अगली सुबह लौटी और उसी हलकी मुसकराहट के साथ। उसकी तो चाल ही बदल गई थी। ऐसे चल रही थी, मानो किसी दूसरी दुनिया में हो। उसका चेहरा भी पहले जैसा नहीं रहा। वह वाक़ई ख़ुश थी। वह हॉस्टल में थी और नहीं भी थी। वह अपने में मस्त थी। उसे हॉस्टल की अन्य लड़कियों से कोई सरोकार नहीं था।

मंजरी एक पहेली बन चुकी थी। बाकी लड़कियों के लिए पहले तो यह केवल मज़ाक का एक मुद्दा था, अब तो उलझन बन गई थी। कोई सुराग नहीं मिल रहा था। न वार्डन ने कुछ कहा, न मंजरी ने कुछ बताया, न बात बढ़ी, न हंगामा हुआ, बल्कि अब मंजरी के पास एक ट्रांज़िस्टर भी आ गया था। ज़रूर किसी पुरुष का ही दिया हुआ होगा। हॉस्टल में पढ़नेवाली लड़कियों के लिए माँ-बाप तो ऐसी चीज़ें देने से रहे। ज़्यादातर सब मध्यम वर्ग के नौकरीपेशा लोग थे। व्यर्थ की चीज़ों पर कोई पैसा बरबाद नहीं करता था। ट्रांज़िस्टर किसी के पास होना बहुत अमीरियत की निशानी थी। अचानक बहुत दोस्त बन जाते थे, लेकिन मंजरी ने किसी को घास नहीं डाली। वह अपना कमरा बंद करके गाने सुनती थी। कुछ लड़कियाँ बाहर खड़ी होकर दरवाज़े पर कान लगाकर सुनने की कोशिश करती थीं। बहुत हलकी आवाज़ होने के कारण सुन नहीं पाती थीं। न तो गाने के बोल समझ में आते थे, न धुन ठीक से सुनाई पड़ती थी। सारा मज़ा किरकिरा हो जाता था।

इस बार लड़कियों ने एक नई योजना बनाई। तय किया कि भैया से सीधे-सीधे पूछ लेंगे या उन्हें वार्डन के पास ले जाएँगे। बहुत दिन इंतज़ार करने की ज़रूरत भी नहीं पड़ी। अगली बार जब भैया आए, मंजरी के पहुँचने से पहले ही वे लोग पहुँच गईं। नमस्ते करने के बाद उन्होंने अपने प्रश्न पूछने की हिम्मत जुटाई। बोलीं, "हम लोग मंजरी की सहेलियाँ हैं। वह आपकी बहुत तारीफ़ करती है। कहती है कि मेरे भैया बहुत अच्छे हैं। मुझे बहुत प्यार करते हैं। इसलिए आपसे नमस्ते करने की इच्छा हुई। मंजरी ने बताया कि आप डॉक्टर हैं। बहुत ख़ुशी हुई। डॉक्टर की ज़रूरत किसी को भी पड़ सकती है।" मंजरी के भैया इतनी शराफ़त से जवाब दे रहे थे कि किसी की हिम्मत

नहीं हो रही थी कि कैसे पूछें, क्या पूछें? फिर भी पूछ ही लिया, "भैया, एक दिन मंजरी शाम को आपके साथ बाहर गई थी, लेकिन रात में लौटी नहीं। अगली सुबह लौटी। हम सब लोग रात भर बहुत परेशान रहे कि कहीं कोई दुर्घटना तो नहीं घट गई? अगले दिन अकेली लौटी। आप भी नहीं आए छोड़ने।" भैया बोले, "मंजरी भी हमेशा कहती रहती है कि सारी लड़कियाँ उसकी चिंता करती हैं। खोज-खबर रखती हैं। उस दिन हम नाइट आउट परमीशन लेकर गए थे, क्योंकि वैभव कभी-कभी टूर पर आते हैं। मिल लेते हैं। रुक नहीं पाते हैं। वह यहीं रुक गए थे। सुबह वह वापस चले गए। धूप निकल आई थी, इसलिए मंजरी को छोड़ने के लिए हम लोग नहीं आए।"

इस जवाब की उम्मीद किसी को नहीं थी। आगे की तैयारी भी नहीं थी। भैया ने तो ऐसे बात की, जैसे कोई ख़ास बात नहीं हो। यह वैभव कौन है, जानना ज़रूरी हो गया। पूछा, "वैभव कौन हैं? वह भी डॉक्टर हैं?" भैया बोले, "नहीं जी, वह इंजीनियर हैं। सरकारी पद पर हैं। सरकारी नौकरी है। आजकल कानपुर में पोस्टिंग है। लखनऊ कभी-कभी काम के सिलसिले में आते थे, लेकिन अब मंजरी से मिलने के लिए अधिक आने लगे हैं।" अगला प्रश्न था—"क्या मंजरी की शादी तय हो गई है? क्या वैभव के साथ तय हो गई है? या बातचीत चल रही है?"

जरा चौंकते हुए भैया ने जवाब दिया, "क्या मंजरी ने आप लोगों को बताया नहीं? वैभव उसके पति हैं। अपनी पढ़ाई पूरी करने के लिए वह हॉस्टल में रुकी हुई है। जब भी वह लखनऊ आते हैं, मैं मंजरी को लेकर चला जाता हूँ। वह अपने ऑफ़िस का काम ख़त्म करके आ जाते हैं। रात हो जाने के कारण उसे छोड़ने भी आते हैं।"

यह उत्तर सुनकर किसी भी लड़की को कुछ समझ में नहीं आ रहा था कि अब क्या करे? क्या-क्या प्लांस बनाए थे? यह तो उलटी उन पर पड़ गई। 'नमस्ते' करके वहाँ से लड़कियाँ हॉस्टल के अंदर आ गईं। वहाँ बैठक हुई, लेकिन अब उनका रवैया बदल गया था। न जाने क्यों, लेकिन किसी भी लड़की की शादी की खबर सुनकर सब लड़कियाँ उससे दोस्ती करके उसकी

नई ज़िंदगी, ससुराल, पति के बारे में जानना चाहती हैं। अचानक सब मंजरी में रुचि लेने लगीं। जैसे ही पता चलता कि मंजरी बाहर जाने के लिए तैयार हो रही है, कोई-न-कोई लड़की उसके पास पहुँच जाती। अपनी सलाह ज़रूर देती। कौन सी धोती/साड़ी पहनो। बालों का जूड़ा बनाना ज़्यादा फबेगा या चोटी ठीक रहेगी। कभी सलाह देतीं कि एक फूल लगा लो बालों में। बिंदी लगा लो।

बहुत अच्छा लगता जब मंजरी को वापस आते देखतीं। वह बहुत ख़ुश लगती थी। हर बार उसके हाथ में छोटा-बड़ा कोई पैकेट होता था। मंजरी से पूछने पर पता चला कि उसके पति हर बार उसके लिए कोई चीज़ लाते हैं। कभी कान के बुँदे, कभी चूड़ी, पायल, साड़ी वगैरह। वे दोनों घूमने जाते, कभी गोमती नदी के किनारे बैठते, चाँद-तारे देखते, कभी चाट खाने जाते, कभी हज़रत गंज में घूमते, कभी भैया के साथ समय बिताते। उसे इतना ख़ुश देखकर लड़कियों के मन में आता कि इतनी साधारण लड़की को ऐसा घर-संसार मिला है। काश! हमें भी ऐसा पति मिल जाए।

समय बीत रहा था। परीक्षाएँ समाप्त हो गईं। सब अपने-अपने घर जाने लगीं। मंजरी के जाने से दो नुकसान हो गए थे। एक तो ट्रांज़िस्टर चला गया, दूसरे, मंजरी को तैयार होने में सलाह देना और हर बार कहाँ गई, क्या किया, क्या भेंट लाए, इन सबकी जानकारी रखने का नया शौक़ ख़त्म हो गया।

नए सत्र में छुट्टियों के बाद जब विश्वविद्यालय खुला तो मंजरी नहीं आई थी। कुछ नई लड़कियाँ थीं। काफ़ी छात्राएँ पिछले वर्ष वाली थीं। चिट्ठी-पत्री चलती रहती थी। कुछ महीनों बाद एक दिन मंजरी के भैया आए थे वार्डन के पास। उनसे कुछ काम था। किसी सर्टिफ़िकेट की ज़रूरत थी। पता चला, मंजरी को बेटा हुआ है, लेकिन वह नहीं रही। सभी धक्-से रह गए। आज के वैज्ञानिक समय में बच्चा होने में कोई माँ ख़त्म हो जाए, सुनकर विश्वास नहीं हुआ। भैया से मिलने की बात तय हुई। उनसे सच जानने की ज़रूरत महसूस हुई। हो सकता है, किसी ने झूठी खबर उड़ा दी हो। बातें करते-करते भैया रो पड़े। उनकी बहन उन्हें बहुत प्यारी थी। उसे खो दिया। किसे दोष देते?

वैभव को या उसके घर वालों को? उन लोगों ने लापरवाही बरती। अस्पताल नहीं ले गए। बोले, "बच्चा बदल देते हैं। बच्चा गायब हो जाता है। ज़बरदस्ती ऑपरेशन कर देते हैं। पैसा लूटते हैं। फ़ालतू के लिए चीर-फाड़ करते हैं। फिजूल का खर्च बढ़ता है। बच्चा होने में किसी की क्या ज़रूरत होती है? बच्चा तो खेत, खलिहान में हो जाता है। बच्चा सड़क पर हो जाता है। बच्चा पैदा करना, उसमें क्या नई बात है? कौन सी बड़ी बात है? सदियों से बच्चे पैदा हो रहे हैं।" पता नहीं क्या हो गया, लेकिन मंजरी नहीं बच सकी। हम लोग चाहते हैं कि उसका बच्चा हमें मिल जाए। माँ कहती हैं कि उसके बेटे में अपनी बेटी को देखकर वह जी लेंगी। नहीं तो दुःख में ख़त्म हो जाएँगी, लेकिन उसके ससुराल वाले नहीं मान रहे हैं। वह कह रहे हैं, "बच्चा हमारे घर में पैदा हुआ है हमारा पोता है। तुम्हारा कोई हक़ नहीं है। तुम्हारी बहन की ज़िम्मेदारी हमारे सिर पर आ पड़ी है। दुधमुँहा बच्चा पालना मज़ाक नहीं है। फिर भी हम ज़िम्मेदारी उठा रहे हैं। तुम चाहो तो कानून की लड़ाई लड़ो। तुम जीत भी जाओगे तो भी हम बच्चा नहीं देंगे। हम लोग कानून के पचड़े में नहीं पड़ रहे हैं। बच्चे की आस ज़रूर लगाए हैं। माँ का दुःख देखा नहीं जाता, लेकिन वे लोग हमें बच्चे को देखने, गोदी में देने को भी तैयार नहीं हैं, अब सुन रहे हैं कि वैभव की दूसरी शादी कर रहे हैं। इसलिए हम लोग ज़्यादा परेशान हैं। न मालूम बच्चे का क्या होगा? वैभव भी अपने घरवालों का पक्ष ले रहे हैं। हम किसे दोष दें?

उनकी बातें सुनकर सब लड़कियाँ रुआँसी हो गईं। बहुत दुःख हुआ। बार-बार उनके मन में उठ रहा था कि ऐसा पति, ऐसी ससुराल और ऐसा जीवन जो मंजरी को मिला, हमें न मिले। पहले जिस सुंदर भाग्य की चाहत थी, अब उसे दुर्भाग्य मान रही थीं। कौन चाहता है ऐसी ख़ुशी, जो टिकी ही नहीं!

□

मृदुल गई ससुराल

दरवाज़े पर खट-खट हुई। फिर आवाज़ आई, "माया बाबा! मृदुल बाबा आपके कमरे में हैं क्या? उनके कमरे का कुंडा लगा है बाहर से।" यह आवाज़ दूबेजी की थी। दूबेजी हॉस्टल में रहनेवाली छात्राओं की चिट्ठियाँ उनके कमरे में डालते थे। उनसे मिलने आनेवाले लोगों की गेस्ट पर्ची लाते थे, जिसके ऊपर वार्डन का सिग्नेचर लेने के बाद ही लड़की गेस्ट से मिल सकती थी। विश्वविद्यालय में पढ़नेवाली लड़कियों के लिए छात्रावास की सुविधा ली जा सकती थी। लगभग सब छात्रावास एक जैसे ही होते हैं। एक वार्डन होती है, सब पर अंकुश रखने के लिए। क्या करना है, क्या नहीं, ऐसे नियम और कायदे अनेक थे। नियम किसके लिए हैं, कौन माने, कौन न माने? यह कभी स्पष्ट नहीं हुआ।

कुछ बाइयाँ थीं, जो कमरे कॉरिडोर की साफ़-सफ़ाई करती थीं। कुछ पुरुष कर्मचारी थे क्योंकि पुरुष गेस्ट रिश्तेदार पिता-चाचा-भाई आदि मिलने आते थे। उनको गेस्ट रूम में बैठाकर उन पर निगाह रखने के लिए कर्मचारी उनके आस-पास घूमते रहते थे। दूबेजी की अनुपस्थिति में या दूबेजी के साथ इन कर्मचारियों को हॉस्टल के अंदर आने की इजाज़त थी। कभी कोई गलत व्यक्ति मेन गेट से अंदर आने की कोशिश करे तो उन्हें रोकने के लिए, गेट पर ही रोकने के लिए डंडा लिये एक चौकीदार भी खड़ा रहता था। खाने का बड़ा-सा हॉल, रसोईघर, रसोइए और सहायक कर्मचारी आदि एक मेट्रन की देखभाल में थे। उनमें अधिकतर लड़के और कुछ आदमी थे, जिन्हें खाना

बनाने, मेज़ पर खाना रखने–हटाने, बरतन साफ़ करने, बाज़ार से साग–सब्ज़ी लाने–काटने, पानी भरने जैसे अनेक काम करने के लिए रखा गया था। यद्यपि सबसे ज़्यादा काम वॉर्डन की कोठी में ही रहता था। ज़्यादातर सभी सेवक–सेविकाएँ हर समय उनके घर में काम करते हुए मिलते थे।

मिलने आनेवालों के लिए शाम का समय तय था, लेकिन दूसरे शहर से आनेवालों के लिए अन्य समय में मिलने की वॉर्डन आज्ञा दे सकती थी। यह उनकी मरज़ी पर निर्भर था। लड़कियों के छात्रावास में हर समय चहल–पहल बनी रहती थी। विश्वविद्यालय में सुबह सात बजे से कक्षा शुरू हो जाती थी, जो शाम तक चलती थी। लाइब्रेरी रात नौ बजे तक खुली रहती थी। बहुत बड़ा कैंपस था। बहुत सारे विभाग थे। बहुत सारे विषय थे। पूरे देश से पढ़ने के लिए यहाँ लड़कियाँ आती थीं। अनुशासन, नियंत्रण, नाश्ते–खाने के सही तौर–तरीके, समय की पाबंदी, हॉस्टल से बाहर कहाँ, कितने बजे तक किसके साथ जा सकती हैं, हर बात के लिए नियम थे। नियम उल्लंघन पर पेशी भी हो जाती थी, जब जैसा मौक़ा हो या जैसा वॉर्डन का उस समय मूड हो।

मिलने का समय शाम का था। दोपहर के समय दूबेजी का आना और मृदुल के बारे में पूछना सामान्य नहीं था। ज़रूर कोई बात होगी। दरवाज़ा खोला और उन्हें बताया कि मृदुल वहाँ नहीं थी। दूबेजी बोले, "उनके पिताजी आए हैं। बुला रहे हैं।"

दो हॉस्टल थे। नए वाले में सौ कमरे थे और पुरानेवाले में पचास, लेकिन वहाँ एक कमरे में दो लड़कियाँ रहती थीं। कभी–कभी तीन भी रहती थीं। कुल मिलाकर दो सौ, ढाई सौ लड़कियाँ रहती थीं। उन दिनों टेलीविज़न नहीं था, लेकिन रेडियो था। एक कॉमन रूम कहलाता था, जहाँ तीन–चार कुरसियाँ पड़ी थीं। पुरानी और टूटी–फूटी कुरसियाँ। एक पुराना रेडियो था, जिसमें से आवाज़ें तो बहुत प्रबल आतीं थीं, लेकिन संगीत, संवाद समाचार में से कुछ नहीं, केवल कूँ–कूँ–कूँ। उसे चलाने के लिए भी दूबेजी से कहना पड़ता था। उन्हें जब समय मिलता था, तब वह आते थे चलाते थे और हर बार एक ही वाक्य दोहराते थे। "ठीक आवाज़ नहीं आ रही है। एरियल नहीं

लगा है। नया लाना पड़ेगा।" रेडियो चलाने की अनुमति शाम छह बजे से लेकर रात के आठ बजे तक के लिए थी। उस समय वैसे भी कुछ ख़ास नहीं आता था। रेडियो प्रसारण सुबह से रात तक पूरे दिन में कुछ घंटों के लिए होता था उस कमरे में कुछ लड़कियाँ इकट्ठी हो जाती थीं और अपना रेडियो चलाती थीं। यानी वो लड़कियाँ ख़ुद ही गाने गाती थीं।

मृदुल उनमें से नहीं थी तो वहाँ ढूँढ़ना बेकार था। वह किसी से दोस्ती करने या बातों में समय बरबाद नहीं करती थी। सामाजिक-आर्थिक मुद्दों पर बढ़-चढ़कर बोला करती थी। वाद-विवाद की बहुत शौकीन थी। अधिकतर वह पढ़ती रहती थी। उसके अंदर तुलना करना, अपने को आगे रखना और दूसरों की उपलब्धियों को नीचा समझने की तीव्र प्रवृत्ति थी। जब मृदुल कहीं नहीं मिली तो एक ही जगह रह गई थी और वह थी, लाइब्रेरी। वहाँ जाकर बुलाना फ़िज़ूल था। उसके पिता अफ़सर थे। दौरे पर आए थे। समय निकालकर बेटी से मिलने चले आए। उनके लिए घंटों रुकना संभव नहीं था। वॉर्डन मृदुल की लोकल गार्जियन भी थीं। वह प्रोफ़ेसर भी थीं। उनकी कोठी में जाने में मृदुल को कोई रोक-टोक या संकोच नहीं था।

उसके पिताजी दफ़्तर चले गए। माँ की भेजी फल-मिठाई व नमकीन, पूरी-कचौड़ी से भरा टोकरा और चिट्ठी छोड़ गए। वॉर्डन ने कहा, "आप बिल्कुल फ़िक्र न करें। मैं उससे बात करूँगी।" दूबेजी ने माया को विज़िटर पर्ची दे दी और मृदुल को देने के लिए कह दिया। उनका कमरा पास-पास था। जब वह लौटी और उसे पता चला कि उसके पिताजी आए थे, इंतज़ार करके चले गए तो बहुत अफ़सोस हुआ। उसे अपने घर में सबसे प्यार था, लेकिन अपने पिता से बहुत प्यार था। आमतौर पर पिता से बात करने में बच्चे संकोच करते हैं और कम बात करते हैं। उसके साथ ऐसा नहीं था। वह उनकी प्यारी बेटी थी। वह उनकी गुड़िया रानी थी। वह अपने पापा को 'पापू-पप्पू' कुछ भी कह सकती थी। उन्हें मंजूर था।

जब सामान खोला तो खाने का ढेरों सामान था और माँ की चिट्ठी थी। चिट्ठी पढ़कर उसे गुस्सा आने लगा। उन्होंने लिखा था कि वह जल्दी-

से-जल्दी स्टूडियो में फ़ोटो खिंचवाकर भेज दे। अच्छा होगा कि आज ही खिंचवाकर अपने पिता के साथ भिजवा दे। गुस्से के मारे उसको कुछ सूझ नहीं रहा था। फ़ोटो न भेजे तो मुश्किल और भेजे तो क्यों?

मृदुल शादी के ख़िलाफ़ थी। जब जहाँ मौक़ा मिल जाए, वाद-विवाद शुरू हो जाता था। वह आबादी बढ़ाने के ख़िलाफ़ थी। बहुत तर्क करती थी। बोलते-बोलते उत्तेजित हो जाती थी और बोलती ही जाती थी, "मैं शादी कभी भी नहीं करूँगी। कोई मुझे मजबूर नहीं कर सकता है। मैं पढ़ी-लिखी हूँ। मुझे किसी का सहारा नहीं चाहिए। मेरे घर में सब लोग खुले विचारों के हैं। मेरे पापा मेरी कोई बात नहीं टालते।" इस चिट्ठी को पढ़ने के बाद उसको गुस्सा आना वाजिब लग रहा था।

"फ़ोटो से क्या होता है? मेरी फ़ोटो से तो कोई शादी करेगा नहीं। मैं आगे बात नहीं बढ़ने दूँगी।" इस प्रकार के आंतरिक तर्क उसके मन में चलते रहे। उसने माया से इस बारे में राय माँगी। माया तटस्थ रहनेवाली लड़की थी, पर माता-पिता का दिल दुःखे, ऐसी सोच के ख़िलाफ़ थी। उसका कहना था कि माता-पिता का अधिकार है कि वे हमें निर्देश दें और हम बच्चे उसका सम्मान करें और पालन करें। दूसरों की घरेलू समस्याओं में पड़ना उसके स्वभाव में नहीं था। हॉस्टल में लड़कियाँ एक-दूसरे से अपने मन की बात साझा करती हैं, मदद लेती हैं। बहुत-सी बातें, जो अपने माता-पिता से नहीं बतातीं, अपनी सहेलियों के साथ सहजता से विस्तार में बताती हैं। फ़ोटो के संबंध में भी ऐसा ही हुआ। कौन सी साड़ी/धोती फ़ोटो में ठीक लगेगी, इस पर चर्चा हुई। उन दिनों में रंगीन फ़ोटो का चलन नहीं था। ब्लैक एंड व्हाइट फ़ोटो होती थीं। गाढ़े रंग की साड़ी अच्छी लगेगी। बॉर्डर की साड़ी अच्छी लगेगी। कोई भी लड़की खुले बाल नहीं रखती थी। एक या दो चोटी करती थी। तय हुआ कि जूड़ा बनाकर फ़ोटो प्रभावशाली लगेगी। माया ने उसके बाल बनाए। साड़ी तय करके चुन्नट पल्लू ठीक से सँभलवाया। फ़ोटो खिंची, बहुत अच्छी थी। मृदुल को भी बहुत अच्छी लगी। उसे बहुत ख़ुशी हुई। अपने पिता के साथ फ़ोटो भेज दी।

सात-आठ दिन भी नहीं बीते थे कि घर से कोई पहचान वाला आया। इस बार चिट्ठी में लिखा था कि अगली ट्रेन से चिट्ठी लानेवाले के साथ घर आ जाओ। सबके पास टेलीफ़ोन तो होते नहीं थे। जिनके पास होते थे, वे भी बहुत ही कम फ़ोन करते थे। दूसरे शहर से केवल ऑपरेटर द्वारा तीन मिनट की कॉल बुक होती थी। हॉस्टल में यह सब सहूलियत कहाँ मिल सकती थीं? हॉस्टल में एक फ़ोन था, जिसमें दस नए पैसे का सिक्का डालकर बात हो सकती थी। वहाँ लड़कियों की लाइन लगी रहती थी। कभी भी फ़ोन खाली नहीं रहता था। बहुत बार खराब भी रहता था।

तभी वॉर्डन ने बुलवा भेजा। उन्होंने मृदुल से जाने को कहा। "अभी परीक्षा बाकी है। पढ़ाई का नुकसान होगा।" इनमें से कोई तर्क काम नहीं आया। मृदुल से उन्होंने केवल इतना कहा, "बड़े जो करने को कहें, प्रश्न मत करना और अपने क्रोध पर नियंत्रण रखना।" इसका अर्थ यह हुआ कि उन्हें मालूम था आगे क्या होनेवाला है? उसे जाना पड़ा। दो दिन के लिए बुलाया था, वह दो दिन बाद लौट आई। उसकी किसी सहेली ने पूछने या जानने का साहस नहीं किया। वह भी मौन रही। सब लड़कियाँ परीक्षा की तैयारी में लगी थीं।

कभी-कभी ऐसा प्रतीत होता था, जैसे वह कुछ बताना चाह रही है। कभी हलकी-सी अजीब-सी मुसकान उसके चेहरे पर छा जाती थी। कभी एक विजेता की मुसकान छा जाती थी, पर किसी तरह की कोई बात नहीं हुई। परीक्षा के लिए पढ़ाई के आगे अन्य सब गौण था। जैसे-जैसे जिस छात्रा की परीक्षा का टाइम-टेबल समाप्त होता, वह अपने घर चली जाती थी। छात्रावास में रुके रहने का कोई अर्थ नहीं था। फ़ाइनल इयर की परीक्षाएँ थीं, इसके बाद कब किसका किससे मिलना होगा? होगा भी या नहीं? इसलिए दो-चार दिन साथ बिताने के मोह में मृदुल, माया के ग्रुप की लड़कियाँ रुकी रहीं। जब आखिरी परचा हो गया, तब सब एकत्रित हुईं। ख़ूब बातें हुई और आगे के कार्यक्रम की चर्चा हुई।

वे सभी जानती थीं कि एम.ए. की पढ़ाई के बाद उनमें से अधिकतर

लड़कियाँ वापस नहीं आएँगी। शादी हो जाएगी या शादी के लिए दौड़-धूप होगी। कैसा लड़का मिलेगा, कैसा उसका परिवार होगा, आनेवाला जीवन कैसा होगा आदि भाँति-भाँति की आशंकाएँ मन में उठती हैं। सहेलियाँ आपस में इस विषय पर बातें भी करती हैं। लड़का और लड़के वाले लड़की में हज़ार कमियाँ निकाल सकते हैं, किंतु लड़की की इच्छा और राय ज़्यादा अहमियत नहीं रखती थी। सब जानते थे कि मृदुल के शादी के बारे में ख़यालात तो उससे पूछने का मतलब था, बर्र के छत्ते में हाथ देना। एक लड़की ने पूछ ही लिया, "मृदुल, तुझे दो दिन के लिए क्यों बुलाया था? कहीं तेरी भी शादी तो नहीं हो रही?"

मृदुल के जवाब और उसके बाद हुए पूरे वाक़ये की जानकारी के बाद तो हँस-हँसकर सबके पेट दुखने लगे। उसके अलावा और किसी में ऐसा साहस भी नहीं था। मृदुल कौन-सा शरमानेवाली थी? बोली, "बुलाया तो इसीलिए था। पहले तो फ़ोटो भेजी गई थी। उनका जवाब आया कि वो सब लोग मिलने आ रहे हैं। आ गया रेलगाड़ी का डिब्बा भरकर पूरा कुनबा। मुझे तो बहुत मज़ा आ रहा था गँवारों को देखने में। पहले तो मुझे बहुत गुस्सा आया था, पर बहुत सोचने के बाद मैंने तय किया कि लड़केवालों को आसमान से लाकर ज़मीन पर नहीं पटका तो मेरी एम.ए. की पढ़ाई बेकार। जैसे ही मेरा मन पक्का हुआ, मेरा गुस्सा भाग गया। मेरे घर में भी मानो सब रिश्तेदार मौक़ा ढूँढ़ रहे हों हमारे घर आने का। ताई-चाची, बुआ सब आ गए थे। सबने साड़ी पहनने को कहा और मैंने पहन ली। मुझे सलवार-सूट पसंद है, पर साड़ी से कोई ऐतराज नहीं है। लड़का रेलवे में इंजीनियर है। उसके चार भाई, दो बहनें हैं। माता-पिता भी आए। ऐसा लग रहा था, मानो जन्मो के भूखे हों। चाय नाश्ते पर दबा-दबाकर खा रहे थे। उनके कपड़े ऐसे थे, जैसे एक बेजुबान जानवर को पहना दिए हों। ऐसी भद्दी पसंद कि कोई गरीब देहाती भी न पहने। सारे-के-सारे पुरुष रंगीन चेक की शर्ट पहने थे। लड़कियाँ ज़री के काम की चटक-चटक साड़ियाँ पहने थीं। माताजी भी ख़ूब लदी-फदी ज़ेवर दिखा रहीं थीं। ऐसा लग रहा था मानो अभी मंडप पर

बैठनेवाली हैं। दर्जनों चूड़ियाँ पहने थीं। हर बार उनका हाथ हिलता और चूड़ी की आवाज़ें होतीं। मन कर रहा था उनको 'स्टैचू' कहकर हाथ हिलाने से रोक दूँ। फिर सोचा, खाने दो। पहली बार किसी घर में फ्री का खाने को मिला है।"

थोड़ा रुकी फिर बोली, "ऐसे बोर लोग थे। बिल्कुल चुप, गंभीर खाने में मशगूल। उसके बाद सब ड्राइंग रूम में बैठ गए। हम सब भी बैठ गए। थोड़ी देर बाद वह महिला मेरे पास आकर बैठ गईं। बोलीं, "तुम मृदुल हो?" मैंने कुछ जवाब नहीं दिया। बोलीं, "तुम्हारा नाम क्या है? तुम मृदुल हो?" मैंने कहा, "बार-बार मेरा नाम ले रही हैं और फिर भी नाम पूछ रही हैं? हाँ, मैं मृदुल हूँ।" बोलीं, "तो तुम मृदुल हो।" मैंने कहा, "ऊँचा सुनती हैं या समझ कम है? अगर मैं कह रही हूँ मैं मृदुल हूँ तो बार-बार पूछने के बाद क्या दूसरा नाम हो जाएगा?"

कुछ देर बाद बोलीं, "तुमने एम.ए. की परीक्षा दी है। किस विषय में किया है?" मैंने कहा, "अभी किया नहीं है, परीक्षा दी है। दो महीने बाद रिजल्ट आएगा। मेरा विषय अर्थशास्त्र था, आपको उसके बारे में कुछ पता है? पाँच पर्चे थे। हर प्रश्न पत्र सौ-सौ नंबर का था। हर प्रश्न पत्र लिखने के लिए तीन घंटे मिलते थे। कौन से वाले प्रश्न पत्र के कौन से वाले प्रश्न का उत्तर जानना चाहती हैं?"

वह बोलीं, "नहीं नहीं, मैंने तो यूँ ही पूछ लिया था।" मैंने कहा, "यों ही? यह तो सही नहीं है। आपने तो यहाँ आने से पहले मेरे माता-पिता से सारी बातें पूछ ली होंगी। यूँ ही क्यों? टाइम पास करने का और कोई तरीका नहीं मिला या जानना चाह रही थीं कि मैं कोई और विषय तो नहीं पढ़ रही हूँ? कहीं मेरे माता-पिता ने गलत तो नहीं बता दिया? अगर मैं कोई अन्य विषय पढ़ रही होती तो क्या वह विषय आपको पसंद आता? आप स्वयं कितना पढ़ी हैं, कौन सा विषय पढ़ा है? थोड़ी देर बाद आप पूछेंगी, "तुम्हारी ऊँचाई कितनी है? वज़न कितना है? खाना बनाना आता है कि नहीं? कढ़ाई-बुनाई-सिलाई सीखी है कि नहीं? भजन गा सकती हो? तुम्हारे शौक़ क्या हैं? और भी हज़ारों प्रश्न पूछेंगी।"

मृदुल को ऐसे बोलते देख उसके घर के सभी लोग बहुत शर्म महसूस कर रहे थे। उसे बार-बार चुप रहने को कह रहे थे, पर वह कहाँ माननेवाली थी? बोली, "आप पूछें, उससे पहले ही जवाब सुन लीजिए। मुझे कुछ नहीं आता। मैं पतली हूँ, मोटी हूँ, लंबी हूँ, नाटी हूँ, गोरी हूँ, काली हूँ, मैं अपनों की प्यारी हूँ, मैं अपने आप को बहुत पसंद करती हूँ। मुझे आपकी मुहर की ज़रूरत नहीं। मेरे कोई शौक़ नहीं हैं। मेरा एक ही शौक़ है और वह है, पढ़ना। आपके साथ ये जो इतने सारे लड़के आए हैं, इनमें से कितनों को ये सब आता है?"

वह महिला कुछ बोली नहीं। सुनती रहीं। फिर उन्होंने कहा, "तुम्हें कुछ कहना है? कुछ पूछना है?" मृदुल ने कहा, "तो अभी तक मैं क्या कर रही थी? आप अपनी IQ चेक करा लें। बात शुरू करने के लिए मैं यूँ ही कुछ पूछूँ, मैं ऐसा नहीं करती। यह समय की बरबादी है। फ़ालतू टाइम आपके पास होगा, मेरे पास नहीं।" यह सब सुनने के बाद सहेलियों का हँसी-मज़ाक ठठ्ठे लगाना एक तरफ़, लेकिन यह तो पक्का था कि मृदुल बच गई शादी से। अब उन्हें समझ आया, उसकी मुसकान का राज।

मृदुल ने बताया कि मेहमानों के जाने के बाद घर में काफ़ी तूफान हुआ। ऐसे भी कोई लड़की बोल सकती है, कभी किसी ने सोचा भी नहीं था। माँ की बहुत फटकार मिली। मृदुल ने माँ से कहा, "इतने गँवारों को बुला लिया। मुझसे पूछा भी नहीं। देखा था, कैसे कपड़े पहनकर आए थे? मेरी शादी की बात मत करिए। मैं शादी नहीं करूँगी।" बात वहाँ ख़त्म कर दी गई। वह दो दिन बाद हॉस्टल वापस आ गई थी। मृदुल की माँ बहुत दबंग थीं। जानती थीं कि इसे शादी के लिए राज़ी करना आसान नहीं होगा और ऐसे व्यवहार के बाद तो कोई भी लड़के वाले 'हाँ' नहीं करेंगे। उन्होंने तय किया कि इस बार छुट्टियों में उसे शादी के लिए राज़ी कर लेंगे। इसकी शादी नहीं हुई तो और बच्चों की कैसे होगी?

कुछ दिनों बाद सब लड़कियाँ अपने-अपने घर चली गईं। परीक्षा फल भी आ गया। मृदुल पढ़ने में अच्छी थी। नया सत्र शुरू हो गया। मृदुल वापस

लौट आई, आगे पढ़ाई करने के लिए। दो महीने ही बीते थे कि उसके माता-पिता आ गए, उसे ले जाने के लिए। उसकी पढ़ाई छुड़ा दी गई। उसका रिश्ता तय हो गया था। वही परिवार जो उसे देखने आया था, वहीं रिश्ता हुआ। उन्हें सबकुछ बहुत पसंद आया। उनके चारों लड़के सरकारी नौकरियों में कार्यरत् थे। चारों क्लास-वन सर्विस में चुने गए थे। ज़िंदगी जीने के लिए सब बुनियादी सुविधाएँ थीं। वे लोग बिहार के रहनेवाले थे। लड़कियों का पढ़ना तो दूर की बात, लड़कियाँ सिर्फ़ घर में ही रहती थीं। उनकी बोली में फ़र्क था। बिहारीपन था। उसे कोई देहाती गँवार मान ले, यह उसकी सोच। धरातल पर रोज़मर्रा के हालात का सामना करके आगे बढ़ने की सोच वाले लोग थे। लड़के मेहनती, होशियार और ज़िम्मेदार थे। एक पढ़ी-लिखी फर्राटे से बोलनेवाली लड़की के आने से समाज में रुतबा बढ़ जाएगा। एक लड़के का रिश्ता ऊँचे घर में हुआ तो अन्य का भी होने की संभावना बढ़ जाती है। और ज़्यादा कुछ सोचने की ज़रूरत नहीं थी। ऊँचा घर है। दहेज भरकर आएगा।

मृदुल के घरवालों ने तो इस रिश्ते के बारे में कभी दोबारा सोचा भी नहीं। जिस तरह से मृदुल बढ़-चढ़कर बोली थी, उसके माता-पिता भी अपने लड़कों के लिए ऐसी लड़की नहीं लाते। इसलिए जब उनका पत्र आया तो सब अचकचा गए। जल्दी-से-जल्दी शादी करना उचित रहेगा। हॉस्टल में मृदुल से मिलने और बात करने, पिता के अकेले जाने से कुछ नहीं होनेवाला था। पिता थे, पुत्री के लिए मन सदा कोमल रहता था। उसके मन को दुःखाना उनके वश में नहीं था। उसकी बात टालना उनके वश में नहीं था। पुरुष थे इस कारण हॉस्टल के अंदर नहीं जा सकते थे। मृदुल की माँ दबंग थीं साथ ही गृहस्थी की डोर पूरी तरह उनके हाथ में थी। माता-पिता ने वॉर्डन के साथ सलाह की, फिर मृदुल को वार्डन की कोठी में बुलवाया। जब वह पहुँची उससे कह दिया गया कि तुम्हारा नाम कटवा दिया है, अब तुम दूसरी पढ़ाई करोगी। सामान बाँधो और हमारे साथ चलो। जैसे ही मुहूर्त निकलेगा शादी कर देंगे। अगले हफ़्ते तुम्हारी सगाई है। उसका रोना-धोना, गुस्सा धमकी कुछ काम नहीं आया। उसकी माँ ने कहा, “यह नखरे अब अपनी ससुराल में दिखाना।”

जाड़ों में शादी की तारीख तय हुई। तैयारियाँ शुरू हो गई। उसकी माँ बंबई गई साड़ी खरीदने। बंबई फैशन और फ़िल्म से जुड़ी हुई सपनों की नगरी थी। उन दिनों 644 नायलॉन की साड़ी की बहुत माँग हो गई थी। कपड़ा नेपाल के रास्ते किसी बाहरी देश संभवतः जापान या चीन से आता था। जॉर्जेट जैसी लगती थी और सिलवट नहीं पड़ती थी। अस्त्री नहीं करनी पड़ती थी। बहुत मुलायम थी। तरह–तरह के रंगों में मिलती थीं। साड़ी के ऊपर ज़री बॉर्डर लगाकर या ज़री के काम वाली कढ़ाई की हुई साड़ी की माँग बहुत थी। मृदुल की माँ ने अच्छे–अच्छे रंग छाँटकर छह साड़ी का ऑर्डर दे दिया। एक बनारस की हो जाएगी। एक भात में मामा के घर से आएगी। बाकी बची तीन, वो अच्छी प्रिंटेड अहमदाबाद वाली खरीद ली जाएँगी। कुल मिलाकर ग्यारह ठीक हैं। बरतन वगैरह भी खरीद लिये गए।

शादी का दिन आ गया। मृदुल के दादा और नाना के घर से सभी संबंधी इकट्ठे हो गए। बारात आई। स्वागत के बाद जयमाला हो गई। फेरों के लिए मंडप में तैयारियाँ चल रही थीं। इस बीच दूल्हे के पिता ने दुलहन के पिता को बुलाकर कुछ ऐसा कहना शुरू किया, जो परेशानी खड़ी कर देता। मृदुल के पिता ने उनसे कहा, "चलिए अंदर चलते हैं। वहाँ चलकर बात करिए। मृदुल की माँ भी वहाँ हैं।" जवाब में रूखा सा एक वाक्य कह दिया गया। "जो कहा है वह दोहराया नहीं जाएगा। आप इंतज़ाम करेंगे तो लड़का फेरों पर बैठेगा, वरना हमें बारात लौटने में कोई परेशानी नहीं होगी।" मृदुल के पिता ने कहा, "मैं अभी आता हूँ।" उनके चेहरे के उड़ते भाव देखकर सबका माथा ठनका। कमरे में सब इकट्ठे हो गए। मृदुल के ननिहाल वालों का पारा आसमान छू रहा था। उनका कहना था बारात लौटा दीजिए।

दादाजी तायाजी का कहना था बातचीत करने से सब ठीक हो जाएगा। मृदुल की माँ ने कहा, "ऐसा कुछ नहीं होगा। वह जो भी माँग रहे हैं, हम सब दे देंगे। फ़र्नीचर तो हमने देने की सोची भी थी। उनके घर भेजने के बजाय इनके साथ चला जाएगा। मोटर, फ्रिज और गैस का चूल्हा, पंखा इन सबका इंतज़ाम अभी हो जाएगा। उन्हें यहाँ बुलवा लीजिए और बता दीजिए। फेरों

पर देर मत करिए। पंडितजी से कहकर विवाह संपन्न करा दीजिए। मृदुल के पिता ने रट्टू तोते की तरह सब बातें जस-की-तस दोहरा दीं और उनसे घर के अंदर चलने का नम्र निवेदन किया।" दूल्हे के पिता आए। बहुत ख़ुश थे। उनके साथ तीनों बेटे भी आए। मृदुल की माँ ने कहा, "आप जरा भी फ़िक्र न करें। अभी बाज़ार खुला हुआ है। आप लोग मेरे भाई के साथ चले जाइए और छाँट लीजिए।" सबको प्रस्ताव पसंद आया। तीनों बेटों ने कहा, "सबके जाने की ज़रूरत नहीं है। हममें से एक भाई चला जाएगा। इनके घर से भी एक जना जा सकता है। यहाँ पर शादी की रस्मों में हम सबका रुकना ठीक रहेगा।" तीनों भाइयों में से एक भाई को लेकर मृदुल के मामा चले गए। मृदुल की माँ ने अपने भाई को अलग ले जाकर, सारी बातें और पूरी परिस्थिति को विस्तार से समझा दिया।

शहर छोटा हो या बड़ा, कोई भी महँगा सामान मिनट भर में नहीं लिया जाता है। एक दुकान से दूसरी दुकान करते-करते बहुत सी दुकानें देख लीं। मृदुल के मामा उनको एक के बाद एक बाज़ार से दूसरे बाज़ार ले जाते और ख़ूब आराम से दुकानें दिखा रहे थे। वर्तमान समय तो था नहीं कि मोबाइल से फ़ोटो खींची, भेजी और तुरंत ही जवाब आ गया। मुश्किल यह हो गई कि या तो अकेले वह स्वयं तय करते या दूसरों की राय लेते। अकेले तय करना उन्हें कठिन लग रहा था। मामाजी सुलझे हुए व्यक्ति थे। उन्होंने मौन धारण कर लिया था। फ़ाइनल करने से पहले अपने माता-पिता और भाइयों की राय लेने के लिए वापस आए। फेरे लगभग पूरे हो चुके थे। सबने कहा, "जरा रुक लो। फिर जाकर तय कर लेना।" कन्या दान, सप्तपदी, सप्तवचन सारी रस्में पूरी हो गई थीं। विदाई की रस्म चल रही थी। उससे पहले ही वे लोग बाज़ार जाकर लौटना चाहते थे।

मृदुल की माँ ने अपने भाई को कहीं भी जाने को मना कर दिया बार-बार कहने के बाद भी जब वह नहीं गए तो दूल्हे के माता-पिता अंदर आए और जल्दी करने को कहा। मृदुल की माँ सामने आकर बोलीं, "कन्यादान हो गया है। अब लड़की हमारी नहीं रही। आप चाहें तो उसे ले जाएँ, चाहे बाहर

ही छोड़ दें। हमसे किसी भी चीज़ की उम्मीद मत रखिए।" ससुराल वालों में कोई बोला, "हमें सामान नहीं मिला। हम नहीं ले जाएँगे।" मृदुल की माँ बोलीं, "ठीक है। आप की मरज़ी। हम तो आपको सौंप चुके हैं।"

अभी तक तेवर दिखानेवाले बाराती नासमझ से हो गए। शुरू से कुछ ऐसा सा चल रहा था जैसे, तू सेर तो मैं सवा सेर। तू सवा सेर तो मैं ढाई सेर। तू ढाई सेर तो मैं पाँच सेर। इस समय यकायक हालात उलट गए थे। बहू ले जाएँ तो सारा माल असबाब गया। बहू न ले जाएँ तो कैसा लगेगा। लोग नाम धरेंगे। ढके ओढ़े छिपे-छिपे मिल जाता तो ठीक था। खुले आम बात होने से बाकी शादियों में परेशानी होगी। अभी तो शायद बातचीत करके बहू बेटे को ही दे दें।

तय हुआ कि बहू बारात के साथ ही जाएगी। बड़ी नम्रतापूर्वक बोले, "नहीं जी। ऐसे कैसे? अब आपकी बेटी हमारी है। यहाँ क्यों छोड़ेंगे? ख़ुशी-ख़ुशी या बगैर ख़ुशी जैसे भी हो विदाई हो गई। मृदुल ससुराल चली गई। वहाँ पहुँचकर उसका दिल दहल गया। अपने पिता के घर में ऐसा कुछ उसने कभी नहीं देखा था। घर बड़ा था। बड़े से आँगन में तीन-चार गाय बँधी हुई थीं। उनका सब काम घर की स्त्रियाँ करती थीं। नौकर-नौकरानी नहीं थे। फ़र्श केवल एक कमरे में था। पूरा घर प्रतिदिन गोबर से लीपा जाता था। गोबर के उपले बनते थे। उन्हीं से आग जलाई जाती थी। ऐसे घर में तो मृदुल को सिवाय गोबर की बास के अलावा और कुछ भी महसूस नहीं होता था। गद्दे नीचे डालकर बिस्तर बनता था। उसपर सब लोग आराम से सोते थे। चारपाई भी नहीं थी, पलंग कहाँ से मिलता। खाना भी नीचे बैठकर खाया जाता था। गुसलखाने में लोटा और बालटी से नहाते थे। आँगन में ट्यूब वेल का पंप था, उसे चलाकर बाल्टियों में पानी भरा जाता था।

मृदुल के पिता सरकारी अफ़सर थे। सुविधाएँ मिली थीं। या अधिकार समझकर ले ली जाती थीं। जो भी हो, पर उनके घर में हर तरह की सुख-सुविधा थीं। नौकर चाकर, कोठी, फ़र्नीचर सब आराम थे। उसने कभी एक प्लेट भी उठाकर इधर-से-उधर नहीं रखी थी। कपड़े धुले अस्त्री होकर तैयार

मिलते थे। नाश्ता खाना मेज़ पर लग जाता था। मेज़ पर खाने के बरतन कौन लगाता था, कौन उठाता था उसने कभी ध्यान नहीं दिया। बढ़िया साबुन की महक, गुलाब और चमेली का इत्र ही जिसने जाना हो उसे गोबर में असहनीय बदबू आना स्वाभाविक था। उसे लगता मानो पूरे घर और आँगन में कीड़े-ही-कीड़े चल रहे हों।

एक दिन भी नहीं बीता, उसने अपने पति से कह दिया कि वह वहाँ नहीं रह सकती। कोई ठीक जगह हो तो रहेगी। इन लोगों के बीच भी नहीं रहेगी, मंज़ूर है तो ठीक वरना वह हॉस्टल चली जाएगी, वापस पढ़ाई करने। अगले ही दिन वह लोग वापस उसके मायके चले गए। कुछ दिनों के बाद वो दोनों वहाँ से चले गए, जहाँ लड़का रहता था। सरकारी नौकरी थी। सरकारी घर मिला हुआ था। समय बीतता गया। मृदुल का जीवन अच्छा चल रहा था। उसके पति की पदोन्नति होती रही और वह बहुत ऊँचे पद पर आसीन हो गए। उन्हें दो बच्चों का सुख मिला। समय आने पर दोनों की शादियाँ उनकी अपनी पसंद और मरज़ी से हो गई। ससुराल से सभी लोग आए और शादी में शामिल हुए।

किस्मत है या हिम्मत, मृदुल ने पूरा जीवन अपनी शर्तों पर ही जिया। ससुराल वालों से संबंध था भी और नहीं भी था। मायके वालों से शुरू में नाराज़गी रही। जब शादी के समय ससुराल वालों की माँग के बारे में उसे मालूम पड़ा, उसे बहुत क्रोध आया, दुःख हुआ, ग्लानि हुई अफ़सोस हुआ और अपनी लाचारी पर बहुत पछतावा हुआ। मायके से संबंधों में दरार पड़ गई। वक्त के साथ धीरे-धीरे सब ठीक हो गया। पति ने हमेशा उसका साथ दिया, पहले भी और रिटायर होने के बाद भी। बावजूद शादी के समय की उन कड़वी बातों के अपने माता-पिता भाई-बहनों के लिए उन्होंने जीवन के हर मोड़ पर, हर मौके पर मृदुल के साथ मिलकर अपनी तरफ़ से भरसक प्रयत्न किया और कोशिश की कि उनके मधुर संबंध बने रहे।

समय के साथ उसके तीनों देवर की शादियाँ भी हो गईं। उनका रिश्ता तय करने से पहले मृदुल और उसके पति की राय ली जाती थी। ससुराल

वालों का अनुमान ठीक था। बड़ी बहू ऊँचे घर की होने से अन्य रिश्ते अच्छे घरों से आए। लड़की वालों से लेन-देन की बात पहले ही कर ली गई। मृदुल को यह अच्छा नहीं लगता था। वह समझाने की कोशिश भी करती थी। उसके देवर भी उसकी बातों से सहमत थे, लेकिन न समाज के लोग इन बातों को पसंद करते थे, न अपनाते थे। बल्कि किसकी शादी में क्या आया, यह चर्चा बहुत समय तक चलती थी। सब लड़कों की शादी धूमधाम से हुई।

शादियाँ तो बहुत हुई, लेकिन मृदुल की शादी एक यादगार शादी थी। पहले वह इस चर्चा से नाख़ुश होती थी। धीरे-धीरे वह स्वयं सबको बताने लगी। जो लोग सुनते थे, उनकी प्रतिक्रिया भिन्न भिन्न होती थी। कई ख़ुश होते थे, अच्छा उदाहरण है। कुछ बेवकूफ़ी मानते थे। कुछ हँसने का साधन मानते थे और कुछ लोगों को बहुत क्रोध आता था।

मृदुल उसके पति और उसके बच्चे उस चर्चा का मज़ा लेते रहते थे।

□

मास्टरजी

मास्टरजी की साइकिल की घंटी की आवाज़ घर के आँगन पर टनटनाई, वहाँ से घर के अंदर का किवाड़ खोलकर आते-आते कुछ मिनट तो लग ही जाते थे। मास्टरजी दफ़्तर से लौटते में साग भाजी लेते हुए आते थे। बाज़ार के रास्ते से ही वे लौटते थे, आते-आते घर का सामान, रोज़ की ज़रूरतों की खरीदारी करके थोड़ा सामान लेते हुए आना उतना मुश्किल भी नहीं पड़ता था। थोड़ा रुकना पड़ता था, कुछ समय निकालना पड़ता था, किंतु घर जाने के बाद सब्ज़ी खरीदने जाने से, रात के खाने को बहुत देर हो जाती थी। कपड़े का झोला याद करके ज़रूर ले जाते थे, जो साइकिल के हैंडल पर टँग जाए। उन दिनों प्लास्टिक की थैलियों का चलन नहीं था। न कभी किसी के मन में ख़याल आया होगा, न कभी सपने में भी ऐसा विचार उठा होगा कि कभी एक दिन ऐसा भी आएगा, जब हर साइज के, हर रंग के, हर मोटाई और हर काम के लिए केवल प्लास्टिक की थैली काम में आएगी। यहाँ तक कि धीरे-धीरे ऐसी नौबत आ जाएगी कि अभियान शुरू होंगे, पोस्टर लगेंगे, समाचार-पत्रों में छपेगा, सभाएँ होंगी कि कैसे प्लास्टिक की थैली का इस्तेमाल बंद किया जाए। प्रदूषण रुके, धरती की उर्वरा शक्ति बची रहे और नदी नाले फिर से साँस ले सकें, वरना थैलियाँ जमा होते-होते उनका तो दम ही घुटने लगा था।

इधर घंटी की आवाज़ कानों में पड़ी, उधर घर के अंदर मानो सब बेहाल

हो गए। कोई भाग रहा है, दरवाज़े की चटखनी खोलने, कोई भाग रहा है यह देखने कि खाने की मेज़ पर प्लेट, गिलास ठीक से रखा गया या नहीं। बहुएँ अपने सिर का पल्लू ठीक करने लगीं, या यूँ कहें कि सिर के पल्लू को और ठीक से सिर पर चिपकाने की कोशिश करने में लग गईं। बच्चों ने जल्दी-जल्दी लूडो हटाकर, किताब उठा ली और ज़ोर-ज़ोर से रट्टा मारना शुरू कर दिया। कभी पहाड़ा, कभी कविता, कभी व्याकरण या फिर जो भी पुस्तक जल्दी में हाथ में आ गई उस समय उसकी पढ़ाई शुरू हो जाती थी।

दरवाज़ा खुलते ही मास्टरजी के हाथ से सामान, छतरी और काग़ज़ फ़ाइलें आदि लेने के लिए सब होड़ करने लगते। मास्टरजी के चेहरे की मुसकान और खिल जाती थी। एक-एक सामान अलग-अलग बच्चे को देते और साथ में हिदायतें भी—छतरी वहाँ दीवार पर टाँग दो। फ़ाइल मेज़ पर बाईं तरफ़ रख देना। दाईं तरफ़ के काग़ज़ों में मिलाना मत। ये सब्ज़ी का झोला अंदर दे देना (यानी पत्नी को), या भाभी (यानी बहू) को देकर उनकी मदद करना, सब्ज़ी रखने में, सिंगाने में धोने में और काटने में। भाभी के ऊपर सब काम मत छोड़ना। तुम लोग भी कुछ ज़िम्मेदारी लेना सीखो। घर ऐसे ही चलते हैं। सब लोगों को मिलजुलकर काम में अपना हाथ बँटाना चाहिए।

यों तो मास्टरजी अब मास्टरी नहीं करते थे। दफ़्तर में अफ़सर बन गए थे। अच्छे पद पर थे। सम्मानित मेहनती व्यक्ति थे, पर वह जीवन भर बहुत सादगी से, मितव्ययता से बहुत जोड़ जाड़ करके, गुणा भाग करके, समझकर पैसा खर्च करनेवालों में थे। आदर्शवादी भी थे और गांधीवादी भी। उनके चारित्रिक गुणों में दूसरों के काम आना, अधिकतर ख़ुश रहना और अनुशासित जीवन जीना बहुत उभरकर सामने आते थे।

दफ़्तर में तो सब लोग उन्हें साहब कहकर पुकारते थे, लेकिन पुराने पहचान वाले और पड़ोसी अभी भी उन्हें मास्टरजी ही कहते थे। उन्हें किसी संबोधन से बुरा नहीं लगता था। जीवन की उठा पटक ने उन्हें बहुत सहनशील बना दिया था। यही मास्टरजी अपने गुस्से और रौद्र रूप और जेलर जैसे अनुशासन के लिए मशहूर थे। जिस स्कूल, कॉलेज में पढ़ाया और हेडमास्टरी

की, वहाँ पढ़े छात्र आज भी उनका नाम आने पर एक वाक्य कहने से नहीं चूकते, "अरे वो! उनको तो दूर से ही देखने पर होश उड़ जाते थे, अगर बुला भेजा तो सिट्टी-पिट्टी गुम हो जाती थी, और बोलती बंद।"

वैसे यथार्थ में ऐसा था नहीं। उनमें गुस्सा बहुत था और बरदाश्त बहुत कम, लेकिन गुस्सा आता था केवल जीवन के मूल्यों का पालन न करने पर, अनुशासनहीन जीवन व्यतीत करने पर, कुसंगति में उठने-बैठने पर, टाइम टेबल या दिनचर्या में ढीलम ढाली करने पर और नंबर कम आने पर। इनमें से कहीं वे गलत भी नहीं थे। बच्चे बचपन से नियमपूर्वक जीना नहीं सीखेंगे तो बड़े हो जाने पर कैसे सीखेंगे। दिनचर्या का पालन न करने से समय की महत्ता नहीं जान सकेंगे और जीवन मूल्यों की अवहेलना उन्हें अच्छा इनसान बनने से रोकेगी। अच्छे नंबर आना तो हर एक का सपना भी होता है और हसरत भी। नौकरी पेशा और मध्यम वर्ग के लिए ज़रूरत भी, क्योंकि जीवन-यापन के लिए नंबर, प्रमाण-पत्र ही उपलब्ध हो सकते थे। सिफ़ारिशी चिट्ठी, भेंट के लिए रुपए और उपहार उनकी सोच और पहुँच, दोनों के बाहर थे।

बहुत छोटी-छोटी बातों पर या दिन भर में किसी-न-किसी बात पर, कोई-न-कोई नियमों को न माने, या न मानने की सोचे, या अपने मन की करने लग जाए, ऐसी एक-न-एक घटना हर दिन प्रायः हो ही जाती थी तो बुरा भी लगता था, गुस्सा भी आता था और मन भी खराब होता था। दफ़्तर में उनका रुआब तानाशाह जैसा था। घर में कुछ सदस्यों के साथ पूरी तरह तानाशाह थे, और कुछ के साथ काफ़ी नरम पर मन में मैल या कुटिलता नहीं थी। परिवार, समाज और देश की बहुत फ़िक्र रहती थी। सादा जीवन था और उच्च विचार। बहुत भाग्यवादी हों, ऐसा नहीं पर भाग्य को न मानें, ऐसा भी नहीं। लोगों के काम आना उनको अच्छा लगता था लोग उन्हें अच्छा कहें उन्हें बहुत भाता था, पर किसी से कभी कुछ लेते नहीं थे।

मास्टरजी दफ़्तर से लौटने के बाद, हाथ-मुँह धोने के बाद, कपड़े बदलने से पहले, सीधे अपने माता-पिता के कमरे में जाते थे। दोनों तरफ़ की ख़ुशी देखते ही बनती थी। मास्टरजी प्रायः इस बात को दोहराते रहते थे,

किसी–न–किसी संदर्भ में कि वे अपने को श्रवण जैसा मानते हैं। अपने माता-पिता की सेवा में वे पूरे तरह से समर्पित थे। पूरे दिन के अंतराल के बाद, अपने नाती पोते वाले पुत्र को देखकर उनके माता–पिता भूल जाते थे कि अब उनका पुत्र उन पर आश्रित नहीं है, लेकिन उनके लिए तो अभी भी वह उनका बालक ही था। अपने बेटे को देखते ही दोनों की चुप का बाँध टूट जाता था। शुरू हो जाती थी, सारे दिन की राम कथा, शुरू से अंत तक सुनना–सुनाना, अपनी प्रतिक्रिया देना, सुझाव देना, अपने साथ हुए अनुभवों की घटनाओं की चर्चा करना, आज के बदले हुए हालात जो बद से बदतर होते जा रहे हैं, उनकी बातें करना, दिन भर की हर छोटी–बड़ी बात को बेटे के साथ बाँटना। कई सारी शिकायतें, व्यथा को सुनाने की चाह और यथासंभव सुनाने से अपने को रोकने का प्रयत्न, मानो यह हर दिन का नियम जैसा बन गया था।

कभी झलकती थी अपने वृद्ध होने की लाचारी और कभी झलकती थी ममता, मानो उनका बेटा, स्कूल से थका–हारा लौटा है, भूखा है और सारे दिन की हर घटना सुनाने को बेताब है। वे दोनों श्रवण के माता–पिता कि तरह आँखों से लाचार नहीं थे न उनकी बहू उन्हें श्रवण की पत्नी की तरह कष्ट देती थी या सताती थी।

वह उनके खाने–पीने का इंतज़ाम ठीक से करती थी फिर भी उनका बेटा अपने को श्रवण मानता था और उनकी हर ज़रूरत अपने आप पूरी करने की कोशिश में तत्पर रहता था। संभवत: कहीं मन के किसी कोने में अनकही, दबी–छुपी इच्छा भी थी कि बच्चे जैसा देखेंगे वैसा ही करेंगे। मेरा भी बुढ़ापा आएगा। मेरे बच्चे अगर हमारी, अपने बूढ़े माता–पिता की देखभाल नहीं करेंगे तो हम कैसे जियेंगे, हमारा बुढ़ापा कैसे कटेगा। स्वाभिमानी और आदर्शवादी मास्टरजी और उनकी पत्नी एक और इच्छा भी रखते थे कि जब तक ज़िम्मेदारी पूरी न हो जाए, मृत्यु न आए और जब आए तब हमारी चलती–फिरती दशा में ही मृत्यु आए। आश्रित और बिस्तर पर लाचार, उठने–बैठने, चलने–फिरने से मोहताज बचे–खुचे फेंके हुए रोटी के टुकड़े? ऐसा लाचार जीवन? सोचकर ही असहनीय लगता था।

यह बात भी सत्य है कि वे अपनी सीमित आय में भी कभी भी अपने माता-पिता को खाने से लाचार नहीं रखते थे, बल्कि इस लायक कतर-ब्योंत करते थे कि एक मिठाई का टुकड़ा ला सकें हर दिन, क्योंकि उनके पिता को खाना खाने के बाद मीठे का शौक़ था। माँ को तो शौक़ था हलवा पूरी, खीर, भाँति-भाँति के अचार के साथ पराँठा, मठरी, चूड़ा मूँगफली और भी न जाने क्या-क्या खाने का। अदल-बदलकर दिन भर, थोड़ी-थोड़ी देर में खाने की इच्छा होती थी। मास्टरजी ने कई डिब्बों में नाश्ता तरह-तरह का, उनके बिस्तर के पास रखा था। खाएँ न खाएँ, पर डिब्बों को खोल-खोलकर देख लेने भर से कम तृप्ति नहीं थी, आधी चाह तो इतने भर से पूरी हो जाती थी, बाकी आधी पड़ोस, मोहल्ले वालों के आने पर उनके इतना भर कह देने से कि क्या बेटा पैदा किया है। कई जन्मों के पुण्यों के प्रताप से यह दिन नसीब होता है कि इतना सेवा भाव बेटे के मन में है। कितना नाश्ते खाने का सामान तुम्हारे पास रखा रहता है। कभी किसी का मुँह नहीं ताकना पड़ता है। दफ़्तर से सीधा तुम्हारे पास आता है और यहीं बैठा रहता है, तुम दोनों की सेवा में। हम तो बेटे का मुँह देखने को तरस जाते हैं, बातें करना तो बहुत दूर की बात है। खाने-पीने के लिए नौकरों की चिरौरी करते रहो। मास्टरजी के माता-पिता यह सब सुनकर तनकर बैठ जाते थे, चेहरे पर गर्व से मुसकान आ जाती थी, थोड़ी देर के लिए ही सही, पर अपने दुःख दर्द, गरीबी, निराशा, सबकुछ भूल जाते थे।

मास्टरजी को मालूम था, जीवन जीना है, ज़िम्मेदारी पूरी करनी है, आकस्मिक घटनाओं और परिस्थितियों के लिए कुछ जोड़ना भी है। पैसा हमारी ज़रूरत है ज़िंदगी जीने के लिए, किंतु पैसा हमारे जीवन का उद्देश्य नहीं है। पैसा हमारे ऊपर हावी हो जाए, पैसा जोड़ते-जोड़ते बाकी सब तोड़ते जाएँ, यह उन्हें गँवारा नहीं था। वह जिन परिस्थितियों में आजतक रहे थे, पैसा उनके लिए बहुत मायने रखता था। पुत्र-पुत्री को पढ़ाना, उनकी शादी करना जीवन की ज़िम्मेदारी, गृहस्थी का भार उन्हें ही सँभालना था। पर उनके पास अधिक पैसा होता तो क्या वह कुछ अलग जीवन जीते? शायद नहीं। उनका

व्यक्तित्व ही नहीं था ऐसा। ज़िंदगी की ज़रूरतें पूरी हो जाएँ, केवल उतना खर्च करो, व्यर्थ कि चर्चा गोष्ठी में मत पड़ो। देश, समाज की उन्नति के लिए प्रयत्नशील रहो, अपने ऊपर कम-से-कम खर्च करो यही उनके जीवन के आदर्श थे।

धीरे-धीरे परिवार, नातेदारों और पहचानवालों में उनकी अच्छाई की चर्चा होने लगी थी, पर केवल चर्चा। चार लोग बैठते थे तो बातें करते थे— मास्टरजी का जीवन आदर्श जीवन है, वगैरह वगैरह। उन लोगों में से किसी ने भी अपने घरों में सादगी और मितव्ययिता का अनुसरण किया हो, कभी सुनने में नहीं आया। उनके भाई-बहन धन कमाने में, लोगों का फ़ायदा उठाने में, बढ़िया रख-रखाव, दिखावा शान-शौक़त में माहिर थे। मास्टरजी उनसे ख़ूब प्रेम से हँसते-बोलते थे, उनके काम आते थे, उनकी हर छोटी-छोटी दिक्कतों में भी बढ़-बढ़कर मदद करते थे। उनको हमेशा अपना मानते थे, पर उनके घर जाकर कभी नहीं रह सके। उन लोगों के परिवार का तौर-तरीका मास्टरजी को जरा भी नहीं भाता था। कहते नहीं थे, बस मन में तकलीफ़ महसूस कर-करके ऊपर से ख़ुश रहने के गुर सीख लिये थे।

मास्टरजी ने सोचा था कि अपने बच्चों में इस तरह की सोच नहीं आने देंगे। अपने आदर्शों के अनुरूप उन्हें ढालेंगे। बहुत जतन से अपने बच्चों को पाला। बहुत जद्दोजहद करनी पड़ी। पत्नी न तो अधिक पढ़ी-लिखी थीं, न स्वस्थ रहती थीं। ऐसे में दफ़्तर सँभालो, घर सँभालो, सगे-संबंधी सँभालो और बच्चे सँभालो। बहुत-बहुत मुश्किल था। उसपर बच्चों को ज़माने से भी सँभालो। अमीर रिश्तेदारों से बच्चे हीन भावना से ग्रसित न हो जाएँ, यह चिंता हमेशा बनी रहती थी। इसलिए हर समय उन्हें ज़िंदगी सिखाते रहते थे। मास्टरजी के ऊपर हर तरफ़ से आँधी तूफान की चोट रहती थी, पर उन्हें हिम्मत हारते कभी नहीं देखा। बहुत मायूस रहते, पर कोई आ जाए, मिल जाए कभी भी कहीं भी, तुरंत हँसने-बोलने लगते, अपनी चिंता भूल, उसकी तकलीफ़ों के बारे में सोचने लगते, सलाह देते, धीरज देते, पूरी तन्मयता से उसकी बातें सुनते।

मास्टरजी की लड़की बड़ी हो गई थी, उसकी शादी बहुत बड़ी समस्या हो गई। बहुत दौड़-धूप के बाद जैसे-तैसे उसकी शादी हुई, वह अपने घर यानी अपने ससुराल चली गई। मास्टरजी का दृढ़ मानना था कि एक बार लड़की का ब्याह हो गया, अब मायके से उसका कुछ ख़ास संबंध नहीं रहना चाहिए। न उसे इस घर की बातों में पड़ना चाहिए, न उसे यहाँ से कुछ मिलना चाहिए। हिंदू धर्म एक जीवन पद्धति है, एक तरीका है जीवन का, जो बहुत सोच-समझकर हमारे ऋषि मुनियों ने बनाया था। उनका मानना था कि कुल केवल पुत्र से ही चलता है, और पुत्र के पुत्र, उसके पुत्र, इसी तरह समाज चलना चाहिए। घर की संपत्ति बाहर नहीं जानी चाहिए। किंतु यदि पुत्र कुपुत्र निकले तो संपत्ति धन-दौलत ज़मीन-जायदाद घर के अन्य योग्य सदस्य के काम आनी अथवा समाज के काम आनी चाहिए। पैतृक संपत्ति के सहारे जीना उनके सिद्धांतों के ख़िलाफ़ था, मास्टरजी ने अपने बेटों के साथ बहुत मेहनत करी, पल-पल उन्हें सिखाते रहे रिश्ते नाते कैसे निभाओ, कैसे घर में घर के सदस्य बनकर रहो, यानी घर के कामों में भागीदार बनो। केवल पाना मत सीखो।

घर के दरवाज़े हर रिश्तेदार नातेदार, संगी-साथी जानकार सबके लिए खुले थे। घर में जो भी बनता था—सादी दाल रोटी, कभी आलू, या पालक या लौकी की तरकारी भी बन जाती थी, उसे सब लोग मिल-बाँटकर खाते थे। प्याज़, लहसुन कभी घर में आया भी नहीं, न बाहर जाकर खाना खाया गया, क्योंकि होटल रेस्टोरेंट में खाना अनुचित भी था और निंदनीय भी। कोई मजबूरन ढाबे या रेलवे स्टेशन पर खाए तो उसे बहुत ही बेचारा—हालात का मारा समझा जाता था। पार्टी देने दिवाने का आज जैसा दौर नहीं था। कभी कोई भेंट करने, मिलने आए तो बाहर बैठक या बरामदे में ही पानी या शक्कर वाला मीठा पानी आवभगत में दे दिया जाता था। अपने सगे-संबंधी के आने से घर के खानपान में कोई फ़र्क नहीं पड़ता था, सबकुछ यथावत् रहता। शादी-ब्याह में भी खाना बिल्कुल पारंपरिक होता था। प्याज़ लहसुन से परहेज़ 100 प्रतिशत था।

वह मानते थे और बच्चो को सिखाते थे कि सबको खाना बनाना आना चाहिए, बरतन धोने में रोज़ाना मदद करो, अपने कपड़े अपने आप धोना, उन्हें सुखाने को फैलाना, सूखने पर उठाकर ठीक जगह पर रखना, साफ़-सफ़ाई, घर के हर एक काम में मदद किया करो। माँ नौकरानी नहीं है। माँ है, तुम्हारी जननी—तुम्हें जन्म दिया है। उसके ऊपर काम थोपो मत, हाथ बँटाओ, मिल-जुलकर काम करने से घर में अच्छा माहौल रहता है, एक-दूसरे के लिए आदर और प्यार बढ़ता है। किसी एक पर पूरे घर का भार डाल देने से केवल नुकसान होता है। घर चलाना कोई खेल नहीं है, यह बात शुरू से समझनी ज़रूरी है। इसी तरह से हर दिन वे बातें सिखाते रहते थे।

लोग रश्क करने लगे, क्योंकि उनके बच्चे अच्छे और लायक निकले। उन्हें गर्व होता था। ज़िंदगी का सुंदर रूप मन भाने लगा। पर सबै दिन जात न एक समान। उनको धक्का लगा, जब उनके पुत्र ने उन्हें जवाब देना शुरू कर दिया। रात-रात दोस्तों के साथ आवारा की तरह फिरने लगा। लड़के-लड़की साथ में मँडराते थे। एक उम्र में ऐसा आकर्षण स्वाभाविक है, किंतु हर घर के अपने नियम होते हैं। मास्टरजी ने सपने में भी ऐसा नहीं सोचा था, जिस घर में प्याज़ तक नहीं आए, उस घर का बेटा छिप-छिपकर अंडा, चिड़िया और मांसाहारी भोजन खाएगा, सिगरेट शराब का सेवन करेगा। हतप्रभ रह गए। जैसे भूचाल आ गया हो, बहुत कोशिश की कि किसी तरह बेटे को समझा सकें, पर केवल लाचारी और मायूसी हाथ लगी। अंत में उन्होंने समझौता कर लिया। बेटे से कह दिया, जब लौटना हो रात में तब लौटो, चाभी अपने पास रखो, एक चाभी घर में रहेगी। बाहर से ताला लगा दिया जाएगा। वे सो तो सकेंगे। कम-से-कम रात भर चहल कदमी तो नहीं करनी पड़ेगी। चिंता के मारे न नींद आती थी, न मन शांत रहता था। अकेले में हताश निराश बैठकर आँसू बहाना ही अब एक सहारा था।

मास्टरजी के घर में आकर रहनेवालों की कभी कोई कमी नहीं थी, पर वे कभी स्वयं कहीं जा कर रहें हो, संभव ही नहीं हुआ। बहुत जल्दी बुरा मानना, उनके स्वभाव की विशेषता थी, किंतु एक ख़ूबी के साथ कभी

जग ज़ाहिर नहीं करते थे। अधिक स्वाभिमानी होने के कारण मन को ठेस भी जल्दी लग जाती थी, उनके चरित्र की एक और विशेषता थी कि उनके बिना बोले, बिना कहे उनके मन की बात सबको मालूम पड़ जानी चाहिए। जिसके कारण उन्हें बहुत दुःखदाई अनुभव होते रहे, क्योंकि बहुत कम लोग मन की बात समझते हैं और उनमें इतनी इच्छा, संवेदनशीलता होती भी नहीं कि समझ सकें।

कुछ समय बीता, लड़के ने उन्हें एक और सदमा दिया—वह किसी लड़की के प्यार में पागल हो चुका था और धमकी दे रहा था कि अगर घरवालों को, मास्टरजी को यह रिश्ता मंज़ूर नहीं है तो वह छत से कूद जाएगा। आखिर मास्टरजी थे तो एक पिता, दिल टूट गया। समझ ही नहीं पाए कि अब क्या करें। लड़का धमकी दे कि इस के अलावा दूसरी लड़की से शादी नहीं करेगा तो एक बात है किंतु जान देने की, मरने की, कूदने की धमकी दे तो बात अलग हो जाती है। अपने दूसरे बेटे के लिए लड़की वह ख़ुद देखभाल कर लाए थे और यही उनके घर की रीति थी। आज स्थिति ऐसी हो गई थी कि सारे रिश्तेदार उनपर ख़ूब हँसने लगे। जिन मास्टरजी की समाज में इतनी प्रतिष्ठा थी, उनकी खिल्ली उड़ने लगी। अब उनका एक ही काम था, हर रोज़ लंबी-लंबी चिट्ठियाँ, अपने बेटा-बहू को लिखना। मन भी हलका हो जाता था और कुछ करने में व्यस्त भी रहते थे, नहीं तो निराशा के गर्त में डूबते मास्टरजी को सहारा ही नहीं मिल रहा था। आत्महत्या की सोची, लेकिन पत्नी बेसहारा हो जाती।

गांधीवादी, आदर्शों को, जीवन मूल्यों को माननेवाला आत्महत्या को कायरता मानता है। वे कायर नहीं थे ऐसा करना पलायनवाद की निशानी है। वे ज़िंदगी से फिर से जूझने को तैयार हो गए, छाती पर पत्थर रख लिया। शादी-ब्याह बिल्कुल उसी तरह से हुआ जैसा उनके बेटे ने और उसकी होनेवाली पत्नी ने चाहा। जीवन उन्हें और क्या-क्या दिखाएगा, ऐसा कुछ उन्हें झेलना पड़ेगा, उन्होंने कभी कल्पना भी नहीं की थी। घर में अब उनका कुछ भी नहीं रह गया। कमरा भी दे दिया और स्वाधीनता भी। घर में प्याज़ आने

लगा। माँ नौकरानी बन गई। दोस्तों का आना जाना, ऊटपटांग बातें, खाना-पीना, मौज-मस्ती, शोर-शराबा—वह सबकुछ होने लगा, जो उनकी बरदाश्त के बाहर था।

राहत की साँस ली जब उघड़े सिर वाली बहू और बेटा अलग हो गए। बेटा तो अपने स्वयं के वश में ही नहीं था तो माता-पिता को क्या मान देता। सावन के अंधे को सबकुछ हरा-ही-हरा नज़र आता है। वह पूरी तरह से पत्नीमय था। मास्टरजी ने किसी तरह अपने को सँभाला, पर एक करारा थप्पड़ पड़ा, जब बेटा-बहू ने अपनी बेटी के जन्म का उत्सव मनाने के लिए कार्ड छपवाया और मास्टरजी की तरफ़ से निमंत्रण भेजा गया, उनको इस बात से बहुत आघात पहुँचा। हालात ऐसे होते जा रहे थे कि मास्टरजी को लगने लगा कि ऐसे कपूत को जन्म देकर उन्होंने भारी अपराध किया है। कहाँ तो वह समाज में मिसाल बने हुए थे, कहाँ आज आगे-पीछे, कानाफूसी या खुल्लमखुल्ला उनके घर की धज्जियाँ उड़ने लगी थीं। माहौल कड़वा और बदरंग होता जा रहा था। हर दिन, हर पल असहनीय होता जा रहा था। खबर मिली बेटा तबादले पर दूसरे शहर गया। राहत की साँस लेकर मास्टरजी ने गृहस्थी की बाकी ज़िम्मेदारियों में मन लगाया। पर अभी तो बहुत परीक्षा बाकी थी। जब भी उनके बेटे का नौकर भाग जाए या फिर छुट्टी चला जाए तो वह माँ को लेने पहुँच जाता था। माँ बहुत रोती थी, उसके साथ उसके घर नहीं जाना चाहती थी।

माँ को सब मालूम रहता है। माँ अपने बच्चों के लिए हर हाल में हर पल उनके लिए सबकुछ करने को तैयार रहती है, किंतु कौन सी माँ नौकर की जगह लेना पसंद करेगी, ख़ासकर तब जब उसकी कोई मजबूरी न हो, उसके पति ज़िंदा हो, अपना घर अपनी छत हो और इज़्ज़त देनेवाले दूसरे बहू बेटे हों! माँ अपने बेटे के घर में मदद करने के लिए यूँ तो हमेशा तत्पर रहती है, किंतु केवल जब भी नौकर के चले जाने पर, नौकर के न रहने पर बेटे को उसकी यानी माँ की याद आए, तब माँ के मन के अंदर पीड़ा होनी स्वाभाविक है, पर मास्टरजी ठहरे आदर्शवादी। कहते थे पूत-कपूत हो या सपूत, घर के

किसी भी सदस्य को ज़रूरत है, हम मदद कर सकने की परिस्थिति में हैं तो हम ज़रूर मदद करेंगे। ऐसा बार-बार होने लगा। जैसे ही नौकर आ जाए माँ को वापस उसके घर में छोड़ आओ। जब नौकर चला जाए या और कोई दिक्कत हो तब माँ उनका घर, बच्चा, रसोई सँभाले। पूरे घर की ज़िम्मेदारी अकेले उठा ले। अकेली पड़ी रहे। बीमार शरीर, अकेलेपन और दुःखी मन के साथ, अकेली पड़ी रहे। उसका केवल दिल ही नहीं रोता था, आत्मा तक रो जाती थी, ख़ासकर जब बेटा-बहू आपस में छिछोरा प्रेम प्रदर्शन करते थे। मानो माँ अंधी, बहरी, नासमझ है। इतनी पीड़ा जब असहनीय हो गई, दिल ने भी कहा कि अब और नहीं, वह और धक्के खाने को तैयार नहीं। बस साँस की डोर ने साथ छोड़ दिया। खड़ी-खड़ी माँ धराशाई हो गई, निष्प्राण शरीर—अब कैसी मन की पीड़ा? मुक्ति मिल गई।

इतनी अचानक हो गया सब कि किसी को कुछ सूझ ही नहीं रहा था। मास्टरजी तो पहले से ही टूटे हुए थे, अब तो वह पूरी तरह हिल गए। साथ रहने में जो एक-दूसरे की बहुत सारी, छोटी-बड़ी ढेरों कमियाँ दिखाई देती हैं, साथ छूटने पर वो सारी-की-सारी बेमानी और ग़ैर ज़रूरी लगने लगती हैं। अब मास्टरजी की चिट्ठियों में अपनी पत्नी के जाने का ग़म भी शामिल रहता था। बार-बार दोहराने लगे अपनी पत्नी के संदर्भ में, अपनी हर दिन की लिखी चिट्ठियों में अवश्य लिखते थे कि उनका जाना, यानी बच्चों की माँ का जाना बहुत खलता है। उनमें छल-कपट नहीं था। वे सरल स्वभाव की थीं। कम में गुज़ारा करना जानती थी। उन्हें जीवन में सुख नहीं मिला आदि-आदि। पर मास्टरजी ने हिम्मत नहीं हारी। बस एक निश्चय कर लिया कि अपना कुछ भी सामान, घर की चीज़ें, मकान-दुकान, यानी छोटी बड़ी कोई भी चीज़ इस कपूत को और अपनी ब्याही लड़की को नहीं देंगे। जो दे दिया अब तक, सो दे दिया। अब नहीं। उनकी लड़की-दामाद और उनके परिवार ने भी मास्टरजी को नीचा दिखाने, अपमान करने में कोई कसर नहीं छोड़ी थी। अपने इस निश्चय को उन्होंने ज़ाहिर भी किया, लिखा भी और इस पर चर्चा भी की, पर अपना निश्चय बदलना स्वीकार नहीं किया। निश्चय लेने के बाद एक

अलग ही रूप में मास्टरजी ढल गए थे। ऊर्जावान बदलाव सामने आया। अब मास्टरजी थे—अधिक ख़ुशमिज़ाज, जीवन से संतुष्ट और अपनी तरह की सोच रखनेवालों के साथ सारा-सारा दिन देश समाज पर चर्चा करना, उनका रोज़ का नियम हो गया। ख़ुद खाना बनाने लगे, ख़ुद जीना सीख गए, लेकिन उनका वंश आगे बढ़े, इस इच्छा में कोई बदलाव नहीं हुआ।

मास्टरजी दत्तक पुत्र के सख्त ख़िलाफ़ थे। वो मानते थे कि पुराने ज़माने में राजगद्दी के लिए ऐसा करना राष्ट्र हित में होता था, राजगद्दी को बचाने के लिए ऐसा करना मुनासिब था, किंतु केवल पुत्र की अभिलाषा में दत्तक पुत्र के संबंध में सोचना भी वह गलत मानते थे। साधारण गृहस्थ के लिए विशेष रूप से इसको वो उचित नहीं मानते थे। संतान होने के बावजूद लड़का गोद लेना उन्हें अनुचित लगता था। ख़ासकर रिश्तेदारी में से दत्तक पुत्र तो उन्हें कतई मंज़ूर नहीं था। उनकी सोच में कोई कमी नहीं थी। जीवन के अनेक उतार-चढ़ाव देखे थे, अपने परिवार में भी और बाहर भी। समाज के सभी वर्गों को देखा समझा था। संतानहीनता मन को तड़पाती है, सच है। अनजान बच्चा गोद लेना फिर भी उन्हें मंज़ूर था, पर किसी संबंधी का नहीं। ऐसा इस कारण, क्योंकि लोग भाई, बहन, रिश्तेदार का बच्चा लेना अपना अधिकार मानते थे। वे भूल जाते थे कि उस बच्चे की माता के मन को बहुत पीड़ा होती है, लेकिन परिवार का दबाव, लोक लाज, शर्मा हुज़ूरी के रहते उसकी कोई सुनता नहीं है। रिश्तों में दरार की संभावना और प्रायः उस बच्चे के मन पर गहरी कड़वी छाप पड़ जाती है। मास्टरजी अपने चारों ओर होते हुए बदलाव को देख रहे थे। चर्चा भी करते थे। आशंकित भी रहते थे आनेवाले समय के दुष्परिणामों को सोचकर परेशान भी हो जाते थे, किंतु विवश थे। उनके हाथों में क्या था ? वह केवल प्रयत्न कर सकते थे। उससे अधिक कुछ नहीं।

उन्होंने तय कर लिया कि वे स्कूल चलाएँगे। बचपन से सही मूल्यों का विकास, सही संस्कार, सही शिक्षा और सही आचार-विचार, बच्चों को मिले। ज्ञान के साथ, इस पर ज़ोर देंगे। अपना योगदान अच्छे मूल्यों वाले समाज के लिए भरपूर करेंगे।

अब मास्टरजी का ज़्यादा समय इस योजना को अंजाम देने के लिए सोचने में निकलने लगा। किसकी मदद मिल सकेगी, कौन इस तरह की रूपरेखा में साथ दे सकता है, उन सब लोगों से चर्चा करने लगे, जिन्हें अनुभव था। क्या-क्या अड़चनें आ सकती हैं, क्या-क्या ज़रूरते होंगी, बहुत बड़ी योजना थी। कई चुनौतियाँ थीं, पर वे ख़ुश रहने लगे। जीवन में कोई लक्ष्य मिल जाए तो जीवन जीने के लिए नई ऊर्जा मिल जाती है।

मास्टरजी ने तय कर लिया, अपना सबकुछ अपने पोतों को देंगे, जिन पर उन्हें बेहद नाज़ था। केवल इसलिए नहीं कि वो उनका वंश चलाएँगे, वरन् इसलिए क्योंकि उनमें वे सभी आदर्शों और उच्च चारित्रिक विशेषताएँ देख रहे थे।

मास्टरजी एक तो स्वयं अध्यापक रह चुके थे, वह भी आदर्शवादी अध्यापक जिसके लिए गुणवत्ता पहले आती है, पैसा बाद में। दूसरे वे मनोविज्ञान के ज्ञाता भी थे। तीसरे वे काफ़ी सही पारखी थे। अच्छे-बुरे लोगों की समझ रखते थे। व्यक्तिगत रूप में वे पुरखों से मिली जायदाद नहीं लेना चाहते थे। उनका मानना था कि पुश्तैनी मिली हुई जायदाद धरोहर है। उसे उसी रूप में रखनी चाहिए। उसे खोना गँवाना भी ठीक नहीं। अपना जीवन अपनी कमाई से ही जीना चाहिए, उनके अनुसार हर व्यक्ति को यह अधिकार होना चाहिए कि वह अपनी कमाई और अपनी जायदाद किसे दे। हर बच्चे को देना भी ज़रूरी नहीं। अपनी मेहनत से कमाई जोड़ी धन संपत्ति का फ़ैसला उसकी अपनी मरज़ी से होना चाहिए।

उन्होंने तय कर लिया, स्कूल की आधार शिला रखकर, पक्की नींव डालकर इमारत खड़ी कर देंगे। अच्छे संस्कारवान उत्तम चरित्र वाले, कर्तव्य परायण सादगी से किंतु सही जीवन जीनेवाले पौध रूपी बच्चों का यहाँ निर्माण होगा। इस इमारत को भव्यता और मज़बूती का रूप उनके पोते देंगे।

जीने के लिए उन्हें दिशा मिल गई। अपनी पुत्री-दामाद, नाते-नाती के व्यवहार से वे क्षुब्ध हो चुके थे। कोई संबंध न चाहते हुए भी एक मुखौटा हमेशा लगाए रहते थे। या यूँ कहें, समाज में रहने में बहुत कुछ सहना पड़ता

है। अंदर से मन कुछ भी कहे, ऊपर से हँसना-बोलना मजबूरी हो जाती है। झेल रहे थे। अपने को इस कदर इस योजना और समाज-सुधार की दिशा में लगा लिया था कि बेटे, बेटी से मिलीं तकलीफ़ें अंदर दबा लीं थीं। बार-बार दोहराते थे कि गड़े मुर्दे उखाड़ने से क्या फ़ायदा, बास आएगी। वे रात-रात जागकर लंबी-लंबी चिट्ठियाँ लिखते थे बेटा, बहू, पोतों को। ज़िंदगी कैसे जियो, क्या चुनो क्या नहीं। उन्नति क्या है, कर्तव्य क्या है। पढ़ाई का महत्त्व, परिवार का महत्त्व। ख़ासो आम अनेकानेक विषयों पर अच्छा ख़ासा ज्ञान था, उसे बाँटने की कोशिश करते थे। बस वर्जित थी दो लोगों की चर्चा।

जीवन की गति ठीक चल रही थी। एक दिन एक चिठ्ठी आई, जिसे पढ़कर वह व्यथित व्याकुल अशांत और तनावग्रस्त हो गए, पर ऊपर से संयत बने रहने की चेष्ठा करते रहे, पर उनका दिल इस आघात को नहीं सह पाया कि जिससे उन्होंने आतंरिक रूप से अपने को अलग कर लिया था, केवल बाहरी रूप में समाज के लिए चला रहे थे, वह अपने परिवार सहित उनके घर में एक ही छत के नीचे रहने आ रहा था। उसके आने से कुछ पहले—चंद मिनट पहले, प्रभु ने उनकी सुन ली। उन्हें बुला लिया। जो मास्टरजी जीवन भर हर चुनौती का सामना करने को तैयार रहे दिल पर पड़ी इस हथौड़े की मार न झेल सके। आखिर में जीवन से हार गए। पर क्या वाक़ई, वे जीवन से हार गए?

ज़िंदगी भर मास्टरजी जिन मूल्यों की चर्चा करते रहे, वो मौखिक नहीं थे वे उन्हें जीते थे। अपने आदर्शों से समझौता करना मुश्किल पड़ता था, पर परिवार को सँभालने, जोड़े रखने के लिए कभी-कभी समझौता करना भी पड़ा। दुःखदायी था। मन को चीर देता था। उनकी इच्छा ज़रूर बनी रही कि उनकी इच्छाओं को सम्मान मिलेगा। तिनका-तिनका जोड़ा उनका आशियाना केवल उन लोगों को सुपुर्द किया जाए, जिन्हें वे सुपुर्द करना चाहें। अभावों की ज़िंदगी के बीच छोटी-बड़ी ज़रूरतें, गृहस्थी का सामान जो धीरे-धीरे, बहुत संघर्षों के बाद उन्होंने जोड़ा था, उसे लेने के लिए दावेदार न खड़े हो जाएँ। वो, जिनके होने से उन्हें तकलीफ़, लज्जा, लाचारी का समय देखना

पड़ा, जिनके व्यवहार, आचरण और लोभ ने उन्हें जीवन से उदासीन कर दिया। वे लोग कभी अपने रहे होंगे, अब नहीं। अलगाव मानना आ गया था। मास्टरजी त्याग में विश्वास रखते थे और कई बार कहते थे, "दूसरों के काम आए, बहुत अच्छा। जिसके पास है, उसने दिया बहुत अच्छा, पर जिसने अपने ऊपर कटौती करके त्याग किया, उसका त्याग सच्ची मदद है और उसका ऋण कभी नहीं चुकाया जा सकता है।"

मास्टरजी का यूँ अचानक चले जाना—सुनकर विश्वास ही नहीं हुआ। सबकुछ सामान्य था। दिन भर हर दिन की तरह मिलते-मिलाते रहे। कहीं कुछ भी तो असहज नहीं था। उसी तरह हँसते-बोलते रहे। यह तो उनके न रहने के बाद उनकी आखिरी चिट्ठी आने पर ही मालूम पड़ा कि वे अपने को सहज नहीं रख पा रहे थे। अंदर-ही-अंदर घुट रहे थे। अपने जीवनकाल में वे अब उन लोगों का सामना नहीं करना चाह रहे थे, जिन्होंने उनके घर-परिवार को तार-तार कर दिया था।

समाज को ऐसे कई मास्टरजी की ज़रूरत हमेशा ही पड़ती रहेगी, जो बुराइयों का सामना करने को तैयार रहें और समाज को जीने लायक बनाने में सशक्त भागीदार बनें। मास्टरजी जीवन से हारे नहीं थे। वे मृत्यु में भी जीत गए थे। उनके चेहरे पर जीत की मुसकान थी।

□

लाल कोठी

पड़ोस की कोठी कई वर्षों से खाली पड़ी थी। इतनी बड़ी कोठी कि उसमें 50 लोग आराम से रह लें। दो मंजिली कोठी, अंदर बड़ा-सा आँगन, बाहर बरामदा, बगीचा, बहुत सारे कमरे और बहुत सारी छोटी-छोटी कोठरियाँ। सड़क के एक छोर से दूसरे छोर तक यह अकेली कोठी थी, जो इतनी बड़ी थी। पुरानी हो चुकी थी, इसकी रँगाई-पुताई सब धुल-धुलाकर बदरंग हो चुकी थी। फिर भी उसका नाम अभी भी था—लाल कोठी। शायद अंग्रेज़ों के ज़माने में सब कोठियाँ लाल रंग की ही होती थीं।

उस ज़माने में इस कोठी के आस-पास और कुछ भी नहीं था। सामने भी और सड़क के पास भी खाली मैदान। वे सबलोग, जो किसी अच्छे-ऊँचे पद पर आसीन थे या पढ़े-लिखे थे या अपने व्यवसाय में समर्थ और समृद्ध थे, उन सबके पास बड़ी-बड़ी कोठियाँ होती थीं। उनके घर में काम करनेवाले भी आस-पास की कोठरियों में रहा करते थे। जब जिसकी ज़रूरत पड़ती थी, बुलवा भेजते थे या वह अपने आप ही समय से पहुँच जाता था। हुक्म-उदूली करना बहुत बुरा माना जाता था। कोई सोचता भी नहीं था कि उसके कारण या अन्य किसी भी वजह से कोठी में रहनेवालों को परेशानी या दिक्कत महसूस हो। उन्हीं के सहारे तो उन्हें कोठरी मिली थी। खाना-पीना मिल रहा था। उनके परिवार की गुज़र-बसर हो रही थी। उन्हीं के घर से मिले कपड़े-लत्तों पर तो उनका परिवार ज़िंदा था। हर तीज-त्योहार, शादी-ब्याह और अन्य रौनक

के दिनों में इन सब लोगों को भी तो शामिल होने का अवसर मिलता था। बड़ी कोठी में रहनेवालों के लिए काम करने में भी तो शान थी। उनके अपने समाज में उनका रुतबा ऊँचा था। ज़िंदगी का तरीका बिल्कुल ही अलग था। धीरे-धीरे वक्त के साथ सबकुछ बदल रहा था। कोठी में रहनेवाले भी बदल रहे थे। तौर-तरीके बदल रहे थे। सोच बदल रही थी।

एक दिन पता चला कि कोठी किसी और ने खरीद ली है। सस्ते में मिल गई। नए मकान मालिक का भरा-पूरा परिवार है। आने-जानेवाले लोग हैं। रिश्तेदारी अच्छी-ख़ासी है, सो उन्हें काफ़ी बड़ी जगह की ज़रूरत थी। एक दिन ट्रक में लदकर उनका सामान भी आ गया। सामान तो कुछ ख़ास था नहीं। जैसा साधारणतया होता है, घर की ज़रूरतें—कुरसी-मेज़, बैठनेवाली आराम कुरसियाँ, कपड़े रखने के ट्रंक/बक्से, तखत—बान की और निवाड़ की, 2-3 खाटें, लोटा-बाल्टी, रसोईघर के बरतन, छतरी, पानी भरने का ड्रम, आब गरमा, पत्थर की दो पाटों वाली आटा पीसने की चक्की, सिलबट्टा, सिलाई की मशीन, पढ़ने की मेज़ आदि सामान। इसके अलावा बहुत सारी किताबें और ढेरों फ़ाइलें। एक साइकिल भी थी। सामान कैसा भी हो—नया-पुराना, महँगा-सस्ता, बढ़िया-साधारण, जिसका होता है, वही जानता है उसकी अहमियत। ईमानदार, नौकरी पेशा लोगों के लिए छोटी-बड़ी हर वस्तु की खरीदारी के पीछे न मालूम कितने वाद-विवाद, तर्क, घर खर्च की कतर-ब्योंत, बजट को सँभालना आदि जुड़ा रहता था। कितनी-कितनी मुश्किलों से कुछ भी सामान जोड़ा जाता है। अपने सामान से एक अजीब तरह का अपनापन और मोह भी हो जाता है। हर खरीदारी के पीछे एक यादगार वार्त्तालाप जुड़ जाता है। एक दिन यही छोटी-बड़ी बातें/घटनाएँ उस घर का इतिहास बन जाती हैं।

घरों में हर दिन आमतौर पर बड़ी गृहस्थी वालों के घर कुछ-न-कुछ ज़रूरत लगी ही रहती है। प्राय: उन घरों में सामान भी बहुत सँभालकर रखा जाता है। वैसे भी तब के ज़माने और अब के ज़माने, इन दोनों में इतना फ़र्क हो चुका है कि स्वयं न देखा हो तो सुनने पर जल्दी विश्वास न आए। किताबों

की बातें झूठी लगती थीं, पर सच तो सच ही रहता है। रईस तब भी होते थे, जो बड़े ठाठ-बाट से रहते थे और रईस आज भी हैं। पहले कुछ गिने-चुने लोग ही रईस होते थे। उनके बूते ही रंगीला समाज भी चलता था, क्योंकि हर उत्सव का सारा व्यय और इंतज़ाम उनके द्वारा दी गई धनराशि के द्वारा ही संपन्न होता था। उनके द्वारा तरह-तरह के इनाम और प्रोत्साहन-राशि की घोषणा भी की जाती थी।

यह भी सच है कि ज़्यादातर लोग—आम जनता सीधी-सादी, सरल ज़िंदगी जीना पसंद करते थे। फ़िज़ूल के और गैर—ज़रूरी खर्चों को अमीरों के चोंचले माना जाता था।

बच्चों के लालन-पालन, परवरिश और देखभाल पर ध्यान दिया जाता था। उसका एक बहुत महत्त्वपूर्ण हिस्सा था, इस बात की जानकारी रखना कि बच्चे किससे मिलें, क्या बातें करें, क्या पढ़ें, क्या खाएँ, कब सोएँ, कब उठें। बच्चे भी इससे अलग कुछ नहीं सोचते थे। हर छोटी-बड़ी बात पूरे घर की रज़ामंदी से होती थी। यदि सूई-धागा तक भी खरीदा जाता था तो घर में सबको मालूम रहता था।

रईसों की कोठी में साधारण स्तर के नौकरी पेशा लोग आ रहे हैं, पहले तो यही बड़ी हैरानी की बात थी। फिर सब मिल-जुलकर रहनेवाला संयुक्त परिवार है, यह उससे भी अधिक हैरानी की बात थी, क्योंकि समय तो बहुत तेजी से बदल रहा था, परंतु इनके यहाँ तो ऐसा लग रहा था, मानो समय दस्तक दे-देकर दरवाज़े पर ही सो गया था, जैसे नए ज़माने का असर हुआ ही नहीं था। उनके यहाँ पुराने रीति-रिवाज़ ही चल रहे थे। उनमें से कुछ रिवाज़ तो इतने कठिन थे कि देखकर विश्वास ही नहीं होता था कि इस तरह के नियम-कानून आज भी घरों में लागू हैं और उनका पालन भी हो रहा है। बहुत अचंभा होता था।

अड़ोस-पड़ोस में उठने-बैठने, बेमतलब किसी के घर आने-जाने का माहौल नहीं था। घर के काम और घर की ज़िम्मेदारियों के बाद समय किसके पास था ? आने-जानेवाले लोग बाहर के बरामदे में रखी कुरसियों पर ही बैठते

थे। जैसा जिसका संबंध—पानी-चाय-शरबत, सब बाहर ही भेज दिया जाता था। घर के अंदर केवल घर के सदस्य ही आते थे। उस समय के जीवन का स्वरूप आज के स्वरूप से बहुत भिन्न था। संपर्क रखना, संबंध बनाना और उन्हें निभाना, लोगों से मिलना-जुलना, दुआ-सलाम, इन सबकी बहुत अहमियत थी। सड़क पर जितने भी मकान थे, दुकानें थीं, फेरी वाले थे, सब चेहरे से सबको पहचानते थे और कुछ-न-कुछ संबोधन से 'राम-राम' भी होती थी। कोई 'बाबूजी' तो कोई 'भाईजी', कोई 'बाबू साहेब', कोई 'काका' तो कोई 'भैयाजी', कोई 'बबुआ' तो कोई 'लल्ला-मुनवा', 'छोटे', 'बड़कू' और कोई केवल 'ओ रे', 'ऐ छोरे' कहलाते थे। उसी तरह स्त्रियों के लिए भी अनेक संबोधन थे—बीबीजी, बहूरानी, भाभीजी, बड़की भाभी, माताजी, बहनजी, काकी, फ़लाने की महतारी, फ़लाने की माई, अम्मा, मालकिन और भी न जाने क्या-क्या रिश्ते-नाते जोड़कर संबोधन प्रचलित थे। बहुत ही भाईचारे का माहौल, बहुत अपनापन और बहुत सामाजिक माहौल था। अपने लिए न कोई जीता था, न उस जीने को अच्छा माना जाता था, बल्कि कभी-कभी यूँ हर बाहरवाले का या हर घरवाले का घर की हर बात, हर घटना और घर के हर व्यक्ति पर पैनी निगाह रखना परेशान करने लगता था।

इस घर में प्राणी तो कम थे, लेकिन संगी-साथी, रिश्तेदारों का आना-जाना अधिक था। विवाह-संबंध कैसे होंगे, जब तक लोगों को लड़के-लड़की के बारे में पता नहीं होगा? अपने आप जीवनसाथी ढूँढ़ लेना, न बहुत अच्छा माना जाता था और न प्रचलित था। इसके अलावा, आमतौर पर लड़के-लड़की का साथ में उठना-बैठना, मेल-मिलाप ही संभव नहीं होता था तो रिश्ता जोड़ना तो बहुत दूर की बात है। घर के बड़े यह ज़िम्मेदारी उठाते थे। लोगों के आने-जाने और विभिन्न विषयों पर चर्चा के दौरान शादी लायक युवक-युवती के बारे में भी लोगों को मालूम चलता था। इसी तरह पढ़ाई और नौकरी में मदद मिलती थी। बहुत से लोग अपने अनुभव बाँटते थे। बिना जिए ही एक-दूसरे के अनुभव सुनकर, लोगों से मिलकर ही काफ़ी समझ आ जाती थी, जो आगे आनेवाली ज़िंदगी के लिए तैयार भी कर देती थी और मज़बूत

भी बना देती थी। नौकरी में क्या-क्या दिक्कतें आती हैं, व्यापार में क्या-क्या दिक्कतें आती हैं, वगैरह-वगैरह अनेक पहलुओं की थोड़ी-बहुत जानकारी होने की संभावना बढ़ जाती थी।

बाहर बरामदे की चर्चा में घर के पुरुष और कभी-कभी बच्चे, यानी केवल बेटे शामिल रहते थे। महिलाएँ अंदर ही रहती थीं। इस घर में कभी किसी स्त्री को बिना सिर ढके नहीं देखा गया। केवल घर की बेटियों को छोड़कर बहुएँ, सास, उनकी सास, सब-की-सब अपनी साड़ी के पल्लू सिर पर रखे रहती थीं। यहाँ तक कि सोते समय भी किसी का सिर कभी उघड़ा नहीं रहा।

हर घर के अपने लिखित-अलिखित कानून होते हैं। कभी किसी को बताने की ज़रूरत नहीं पड़ती। अपने आप आचरण में उतर जाते हैं। स्नान-घर से कभी कोई आधे-पौने कपड़ों में नहीं निकलता था—न पुरुष, न स्त्री, न बच्चे। तौलिया बाँधे कोई नहीं मँडराता था। महिलाएँ तो सिर भी ढककर निकलती थीं। यहाँ तक कि निकलने से पहले थोड़ा-सा दरवाज़ा खोलकर देखती थीं कि आस-पास में कोई है तो नहीं, ख़ास कर कोई पुरुष। संभवत: वे कायदे-कानून अच्छे ही थे। वर्तमान समय का उघड़ापन देखकर शर्म से आँखें झुक जाना स्वाभाविक है। आधुनिकता के दौर में भी कुछ बातें अशोभनीय एवं अवांछित हैं। न बड़ों का लिहाज, न छोटों से शर्म।

लोगों का आना-जाना, मेल-जोल, रिश्तेदारी की इस घर में कोई कमी नहीं थी। बच्चे स्कूल जाते, पुरुष काम पर जाते, लेकिन महिलाएँ कभी बाहर न निकलीं। नौकर, महरी, धोबन कोई नहीं था, फिर भी घर में खाना बनने की महक थी, बगीचे में पानी डलता था। बरामदे से उठाकर कुरसियाँ रात में अंदर रखी जाती थीं। सुबह-सवेरे बाहर आ जाती थीं, मानों उनके पाँव लगे हों या पहियें लगे हों। किसी ने ठेला और वे बाहर पहुँच गईं और रात में अपने आप अंदर आ गईं। कपड़े भी सब धुले हुए पहनते थे। ज़ाहिर है कि कपड़े अवश्य धुलते थे। अड़ोस-पड़ोस वालों की तो उत्सुकता बढ़ती ही जाती है, जब तक सबके घरों की राम कहानी न मालूम पड़ जाए। कम-से-कम इतना

तो सभी जानना चाहते हैं कि लोगों के घरों में रोज़ के काम (जिन्हें काम नहीं माना जाता है) कैसे चलते हैं? बाज़ार कौन करता है? नाश्ता-खाना कौन बनाता है? दूध- दही, फल-सब्ज़ी कौन लाता है? अनाज कब आता है? आटा पिसाने आटे की चक्की तक गेहूँ कौन लेकर जाता है? झाड़ू-बुहारी, साफ़-सफ़ाई, बरतन माँझना, कपड़े धोना, मेज़ लगाना-उठाना, बिस्तर ठीक करना दोनों वक्त सुबह और रात में और न जाने कितने अनगिनत घर के ढेरों काम हर दिन कौन करता है? ये सारे घर के काम किस तरह से होते हैं? ये सभी तो ज़िंदगी का हिस्सा हैं। सभी सीखने पड़ते हैं। एक-दूसरे के जीवन से हम सीखते हैं और अपने रास्ते तलाश करते हैं।

ज़िंदगी जीना किताबें नहीं सिखातीं। दूसरों के जीवन के अनुभव देखकर-सुनकर-समझकर अपना जीवन जीकर ही ज़िंदगी जीना सीखते हैं। फिर भी, हर एक की ज़िंदगी बिल्कुल अलग लगती है। रोज़ाना के छोटे-छोटे घर के काम कौन करता है? घर के काम पर तो नौकर आसानी से नहीं ठहरते हैं। चोरी करते हैं। गृहिणी को क्या-क्या नहीं सहना पड़ता है? वाद-विवाद होते हैं। चिल्ल-पों होती है। कभी-कभार गाली-गलौज और मार-पिटाई तक की नौबत आ जाती है।

इस घर से कभी ऐसी किसी भी आवाज़ का न आना बहुत हैरानी का विषय बना रहता था। कौतूहल, जिज्ञासा, दूसरों के घरों में ताक-झाँक करने की मानवीय कमज़ोरी के कारण अनेक हो सकते हैं। घर-घर चर्चा का विषय बनता जा रहा था कि शायद इस घर में कोई महिला न हो। शायद घर में कुछ अशुभ हो चुका है, किंतु घर के मुखिया कभी-न-कभी बरामदे की बैठक में से अपने बड़े बेटे को भूले-भटके कह बैठते थे, "जाओ, अपनी अम्मा से कह दो नाश्ता-चाय भेज दें या आज खाना जल्दी होगा। बाहर जाना है।" सो, घर में महिलाएँ तो अवश्य थीं।

कभी चर्चा होती कि अगर महिलाएँ हैं तो कभी दिखाई क्यों नहीं देतीं? क्या बिस्तर पर हैं? डॉक्टर का आना तो कभी मालूम नहीं पड़ा। लोगों ने मन-ही-मन अनुमान लगा लिया कि देखने-सुनने में ठीक नहीं होंगी। कोई

भारी-भरकम कमी ज़रूर होगी, जिसके कारण वे अंदर ही रहती हैं। लोग अचंभे से देखा करते कि जब भी लोग बाहर जाते हैं, बाहर के दरवाज़े पर ताला लगाकर जाते हैं और ताला खोलकर अंदर आते हैं। पहले के समय में घंटी का प्रचलन नहीं था। दरवाज़े पर थप-थप करके आवाज़ लगाना, कुंडी खड़काना या केवल संबोधन से पुकारकर दरवाज़ा खोलने को कहते थे। 'मैजिक आई' का प्रचलन नहीं था। लोग अंदर से ही खिड़की से झाँककर बाहर कौन है, यह देख लेते थे और फिर दरवाज़ा खोलते थे। ज़्यादातर घरों में आँगन का दरवाज़ा तो दिन भर खुला ही रहता था, यानी पल्ला भिड़ा रहता था। साँकल-कुंडी खुली रहती थीं। ऐसे कोई किसी के घर में आता-जाता भी नहीं था, जब तक कि ख़ूब घनिष्ठता नहीं हो। महरी, धोबी, ग्वाले को छोड़ कोई यूँ ही नहीं आता था, पर वे लोग भी घर में घुसने से पहले ही अपना पूरा परिचय देने लगते, 'राम-राम', 'राधे-राधे' करते आते थे, लेकिन इस घर के आँगन का दरवाज़ा हमेशा बंद रहता था।

आने-जानेवाले रिश्तेदारों में महिलाएँ होती थीं। किसी से ननद का रिश्ता, किसी से जेठानी का, किसी से देवरानी का रिश्ता बन जाता है। मोहल्लेवाले आने-जानेवालों को अच्छी तरह से पहचानने लगते हैं। ऐसे में एक दिन जब एक महिला बाहर निकली और दो-तीन घंटों के बाद थोड़ी सब्ज़ी-भाजी के साथ वापस लौटीं तो लोगों की उत्सुकता बढ़ गई। जाते समय भी उसके साथ में एक बच्चा था और लौटते समय भी। वह बच्चा तो वैसे रोज़ ही स्कूल से आकर अपने आप ताला खोलकर घर में घुसता था। देखने में बहुत अजीब लगता था कि बच्चा स्कूल से लौटे रहा है और ताला स्वयं खोलकर अंदर जाए। बहुत समय बाद पता चला कि यह क्यों होता था और किस मजबूरी के कारण यह समाधान ढूँढ़ा गया था। लोगों की तो आदत ही होती है अटकलें लगाने की। खाली दिमाग शैतान का घर। बहुत माथा-पच्ची करने के बाद उन सबने सोचा, सबसे अच्छा रहेगा कि अगली बार महिला से पूछ लेंगे या बच्चे से पूछ लेंगे।

कुछ दिनों बाद अवसर मिल गया। जैसे ही वह महिला बाहर निकलीं, दो महिलाएँ उनके पीछे लग गईं, देखने के लिए कि वह कहाँ जा रही हैं।

फिर समय देखकर बातें करेंगे। महिला ने थोड़ी सब्ज़ी, कुछ नाश्ता खरीदा, रास्ते में मनिहारिन को रोककर दर्जन भर चूड़ी पहनीं और फिर लौट आईं। घर आते-आते उन दोनों महिलाओं को बातचीत शुरू करने की हिम्मत आ गई। "आपको देखा नहीं इतने दिन? आप घर में ही रहती हैं? हम लोग यहाँ पड़ोस में रहती हैं। आपके साथ आपका पोता है या किसी रिश्तेदार का बच्चा? आपके साथ ही रहता है?" प्रश्न पर प्रश्न। उन्हें मौक़ा भी नहीं दिया कि वे कुछ जवाब दें, पर कुछ जवाब देना तो ज़रूरी था। "मेरी तबीयत अच्छी नहीं रहती। आज ठीक हूँ तो बाहर निकल आई। चूड़ियाँ पहननी थीं। आलता भी चाहिए था, मिला नहीं। यहाँ का बाज़ार अभी मालूम नहीं है। खाना बनाना है। थोड़ी देर में सब लोग आ जाएँगे।" यह कहते-कहते, वह महिला घर के अंदर चली गईं।

शाम को घर में चर्चा हुई कि दो स्त्रियाँ उनसे ये बातें कर रही थीं, क्योंकि बच्चे ने अपने पिता के लौटने पर घर में दाखिल होते ही उन्हें सबसे पहली बात यह बताई। इतने महीनों बाद उस घर में तनाव, क्रोध और नाराज़गी का समा बँध गया। "क्या ज़रूरत थी सड़क की औरतों से कुछ भी बात करने की? चूड़ियाँ कहाँ से पहनीं? पैसा कहाँ से आया? सब्ज़ी का बचा पैसा लौटाया नहीं और चूड़ियाँ पहन लीं? अपने मन को काबू में रखो। फ़ालतू के शौक़ मत पालो। फ़िज़ूल पैसा बरबाद कर दिया। इतना हाथ खींचकर, हिसाब से चलकर घर की ज़रूरतें पूरी होती हैं। तुम्हारा श्रृंगार ही नहीं पूरा होता। कौन सा त्योहार है? किसके शादी-ब्याह में जाना है? सोच-समझकर खर्च किया करो!"

गृहिणी समझ तो गईं कि उन्हें डाँट पड़ रही है, पर किसलिए यह वह नहीं समझ पा रही थीं। वे अच्छी तरह से जानती थीं कि उनके पति उन्हें पसंद नहीं करते। उनका आपस में कोई वार्त्तालाप या विचारों का आदान-प्रदान भी नहीं होता था। वे इस घर में थीं, क्योंकि ब्याहकर आई थीं। बच्चों को पालना तो उनका ही काम था। वैसे भी शादी के बाद मायका तो पराया हो जाता है। किसी मौके पर, विशेष अवसर पर मायके से बुलावा आए और जाना

हो सके, उतना भर ही रिश्ता बाकी रह जाता है। अपने घर की ज़िम्मेदारियाँ उठानी होती हैं, किंतु जब पति सम्मान न दे और जग-ज़ाहिर नापसंदगी हो तो परिवार के अन्य लोगों का रवैया भी ठीक नहीं रहता।

देखने में वे अच्छी थीं। गोरी थीं, लेकिन शरीर बहुत चौड़ा और भारी था। कम पढ़ी-लिखी, फिर भी चिट्ठी-पत्री लिखना-पढ़ना जानती थीं। उससे ज़्यादा की ज़रूरत गृहिणी को होती भी नहीं। घर बहुत कम में चला लेती थीं। घर की हर ज़रूरत पूरी कर सकने का कौशल था। सिलाई-बुनाई, कढ़ाई करना, साफ़-सफ़ाई, भजन गाना, दुर्गा माँ की पूजा करना, समय से खाना तैयार कर देना, अचार डालना, सबकुछ बड़ी सुघड़ता से करना जानती थीं।

दुर्भाग्य ऐसा कि ये सारी बातें बेमानी हो जाती हैं, जब पति के मन में प्रेमभाव और सम्मान नहीं हो। शादी तो सबकी रज़ामंदी से हुई थी। अच्छे घर की थी। रिश्ता आया और जैसा उस ज़माने में होता था, घर के सदस्यों में से एक-दो लोग लड़की के घर चले जाते थे, उसे भी देख लेते थे, घर भी देख लेते थे अर्थात् घरवालों से भी मिल लेते थे। मिल-मिलाकर, बातचीत के द्वारा जो भी जानकारी लेनी होती थी, लेकर अपने घर आ जाते थे। उनकी दी हुई रिपोर्ट के अनुसार ही वहाँ रिश्ता होता या नहीं होता था। लड़के-लड़की को इस मामले में बीच में नहीं लाया जाता था।

इस संबंध के लिए तो कुछ ज़्यादा ही सोचा गया। एक तो इसलिए कि बड़ी बहू आनी थी। बड़ी बहू अगर मेहनती और सीधी-सादी हो, अच्छे घर की हो तो घर जुड़े रहने की संभावना बहुत बढ़ जाती है। इसके अलावा एक और भी फ़ायदा था। लड़की के पिता नहीं थे। सो, अपनी माँ के साथ अपने भाइयों के घर में रहती थीं, तो मायका जाना अपने आप ही बंद हो जाएगा। इस अनुमान से भी यह रिश्ता अधिक पसंद आ रहा था। माँ अपनी बेटी के साथ लड़की और लड़की के घरवालों को देखने-मिलने गईं और वहीं बात पक्की करके 'हाँ' कर आईं।

लड़के को अपनी बहन पर बहुत भरोसा था। उसे विश्वास था कि वे भाई की पसंद जानती हैं। भाई-बहन में बहुत स्नेह भी था। शादी हो

गई। लड़का कर्तव्य परायण, माता-पिता का हुक़्म माननेवाला और घर की ज़िम्मेदारी समझनेवाला था। उसका दिल टूट गया। शादी उसे बहुत भारी लगने लगी, किंतु आमतौर पर जैसा घरों में सिखाया जाता था कि परिवार के आगे एक की इकाई मायने नहीं रखती। कुछ बड़ा बचाने के लिए छोटे का बलिदान मायने नहीं रखता है, जैसे देश के आगे सेना के एक सिपाही का क्या मोल? वैसे ही परिवार की रक्षा के लिए एक व्यक्ति की कुरबानी क्या, कइयों की कुरबानी मायने नहीं रखती। यहाँ जीवन की कुरबानी नहीं, केवल इच्छाओं की कुरबानी की बात थी। उद्देश्य है कि परिवार न बिखरे। बहन को अनेक बार उलाहना दिया गया कि तुमने मेरा जीवन खराब कर दिया। बहन ने समझाने की बहुत कोशिश की, पर कुछ लाभ नहीं हुआ। उन्हें लड़की की घरेलू कार्य कुशलताओं का महत्त्व समझ में नहीं आ रहा था। उन्हें ख़ूब पढ़ी-लिखी, मुद्दों पर बहस कर सकने की सामर्थ्य रखनेवाली पत्नी चाहिए थी। उन्हें ऐसा साथी चाहिए था, जिसे लेकर वह दोस्तों में शान से बैठें। तकदीर का खेल! उन्हें मिल गईं घरेलू, सरल स्वभाव वाली, जो थोड़े से ज़ेवर, यानी काँच की चूड़ी-पायल-आलता में जीवन की ख़ुशी ढूँढ़ लेती थीं। वे जानती थीं कि अब जीना यहाँ, मरना यहाँ। उनकी अच्छाई की सराहना करनेवाले नहीं थे। सबकी हँसी की पात्र बनती जा रही स्त्री धीरे-धीरे अपने में सिमटने लगीं। घर की बड़ी बहू थीं। घर में बहुत काम रहता था। पैसा कितना था, नहीं था, इस सबसे वे अनभिज्ञ थीं, क्योंकि उनका दर्जा मात्र ज़बरदस्ती थोपा हुआ था। वे घर की सदस्य थीं, केवल सदस्य। अनावश्यक एवं नापसंद सदस्य।

शादी कैसी भी हो, कहीं भी हो, परिवार बढ़ना शुरू हो जाता है। इतनी नापसंदगी के बावजूद परिवार बढ़ता ही गया। मनोवैज्ञानिक रूप से यह क्रिया या तो दूरी कम करती है या स्त्री को और भी लाचार और मजबूर बना देती है। अधिकतर अपने बच्चे के जीवन के लिए माँ कुछ भी करने-सहने के लिए तैयार रहती है। घर के कामों के साथ-साथ उन्हें बच्चों की ज़रूरतों के लिए समय चाहिए था। बच्चे के दादा-दादी का योगदान रहता था कि बच्चे को नहला-धुलाकर तैयार करके उनकी गोद में दे दो, वे बच्चा सँभाल लेंगे और

माँ निश्चिंत होकर घर सँभाले। बहुत सहारा था। फिर भी, माँ का मन भी तो करता है अपने बच्चे को गोदी में लेने को, उससे खेलने को, बातें करने को। वह नहीं होता था। यह कमी दु:खदाई थी। दिन निकलते गए। दूसरा बच्चा आया। तीसरा बच्चा आया। जचकी में कुछ हो गया, उनकी श्रवण-शक्ति ख़त्म हो गई। लापरवाही थी या होनी, कोई नहीं जान पाया। बच्चे तो घर में ही पैदा होते थे। माँ को नाली पर बैठा दो, बच्चा अपने आप ही हो जाता था। नाल काटने भर के लिए दाई की ज़रूरत पड़ती थी।

अब पहले से भी अधिक तकलीफ़ें बढ़ गईं। पहले भी उससे बोलने के लिए केवल उनके छोटे बच्चे ही थे, जो भूख लगने पर दाल-रोटी के लिए उनके पास आते थे। अब उनके न सुन सकने के कारण उसमें भी बाधा आ गई। बच्चे बहुत जल्दी सब बातें समझ जाते हैं और अपनी बात समझाने के लिए रास्ते निकाल लेते हैं। इशारों से अपनी बातें कहना सीख गए, लेकिन बड़े-बूढ़ों की ज़रूरतें कैसे पूरी हों, यह समस्या हो गई। वे लोग अपने कमरे में बैठे या सोए रहते थे। खाने-पीने या और दूसरी ज़रूरतों को पूरा कैसे करें? चिल्ला-चिल्लाकर बोलें, तब भी शायद सुनाई न पड़े। वृद्धावस्था में चिल्लाने की शक्ति भी नहीं रह जाती है। कमरे भी ख़ूब बड़े-बड़े और अलग-अलग थे।

परिवार की सार्थकता तभी है, जब सब लोग एक-दूसरे के लिए करें। कोई-न-कोई तरीका तो निकालना ही था। बहुत सी बातें इशारों से नहीं समझा सकते। वार्त्तालाप ज़रूरी है। हल निकालना ज़रूरी था। हल निकाला गया। उनकी सुनने की समस्या थी, बोलने की समस्या तो नहीं थी। सो, हल निकला कि जिन बातों का जवाब चाहिए हो, कोई सूचना देनी हो या कोई हिदायत देनी हो, वह सब लिखकर होगी। शुरू-शुरू में तो बहुत ही कठिन रहा, धीरे-धीरे सब अभ्यस्त हो गए और अब रिकॉर्ड भी हो, गया वरना पहले तो हर बात के लिए हाथ हिला देती थीं—यानी मुझे नहीं मालूम।

कुछ दिनों तक काग़ज़-पेंसिल से काम चलाया, किंतु जल्दी ही उसकी नाकामयाबी साबित हो गई। वे तो काग़ज़ ही झाड़ू में फेंक देती थीं। कभी

कहतीं कि पेंसिल का लिखा समझ में नहीं आया। कभी कहतीं कि काग़ज़ कहीं उड़ गया इत्यादि। किसने कब क्या कहा, इसकी कोई अहमियत नहीं रह गई। तय हुआ कि अब से एक नोट बुक और पेन इस्तेमाल किया जाएगा। एक समस्या का निदान करो, तो दूसरी समस्या सामने आ जाती थी।

ज़िंदगी भी कोई रेशमी सड़क तो है नहीं कि नरम, कोमल रास्ते पर फिसलते हुए मुकाम पा लेंगे। बहुत झंझावात सामने आते हैं। मनुष्य एक सामाजिक प्राणी है। उसका लोगों से मिलने, बातें करने का मन करता है। इस घर में वे पूरी तरह से अलग-थलग पड़ गई थीं। रिश्तेदार, मित्र गण, जान-पहचान के लोग आते थे, सब बैठकर बातें करते थे, पर वे सबके बीच में होकर भी नहीं होती थीं। अपने बिस्तर पर या रसोई घर में या घर में कहीं और किसी काम में लगी रहती थीं। किसी के मन में ख़याल तक नहीं आता था कि उन्हें भी सबके बीच में आकर बैठने के लिए कहें, घर में आते समय और जाते समय उनसे 'नमस्ते' हो गई, उनको उतने में तृप्त रहना होता था।

कुछ समय बीता, चौथा बच्चा आ गया। वह, जब तक चलने लायक हुआ, एक और संतान-सुख मिल गया। वह पहले ही काम के बोझ से दब चुकी थीं। परिवार बड़ा था, आने-जानेवाले लोग बहुत थे। पहले से तीन बच्चे और अब दो छोटे-छोटे बच्चों के साथ वे चौबीसों घंटे लगी रहती थीं। बड़े बच्चे उनकी कितनी मदद कर सकते थे और क्या मदद? वे तीनों भी अभी बच्चे ही थे। इन सबके बाद भी हर बात पर उन्हें कोई-न-कोई उलाहना ज़रूर सुनने को मिल जाता था। अकेलापन कम होने के स्थान पर बढ़ने लगा। उनकी व्यथा इतनी बढ़ने लगी, इतनी घुटन महसूस होती थी कि जब चाहे तब वे घर से बाहर निकल जाती थीं। थैला उठाया, खरीदारी करने चली गईं। कभी सब्ज़ी, कभी दूध, कभी गेहूँ, कभी मसाले, कभी कुछ, कभी कुछ। उनका वार्तालाप केंद्रित हो गया दुकानदारों के साथ। दूकान पर कोई भी अनजान मिल जाता, उससे ही अपने दुःख-दर्द, व्यथा-पीड़ा बाँटने लगीं। जैसे-जैसे लोगों को समझ में आया, वे उसका फ़ायदा उठाने लगे। मोलभाव के बिना रोज़ाना की ज़रूरतों का सामान खरीदने का रिवाज़ ही नहीं था। ऐसी खरीदारी

न दुकानदार को सुहाती थी, न खरीदार को। ज़रूरत से ज़्यादा सामान खरीद लिया जाता था, क्योंकि दुकानदार कुछ-न-कुछ प्रलोभन अवश्य देता था। इतना सारा सामान ले आतीं कि सब फेंक दिया जाता। इतनी खपत हो सके, संभव नहीं था।

कच्ची कैरी शुरू हुई, अचार डालना है, इसलिए ढेरों कच्ची अमियाँ ले आती थीं। कौन सा अचार डलेगा, कैसा अचार डलेगा, मसाले कौन लाएगा? कैरी कौन साफ़ करेगा? मर्तबान कहाँ से आएँगे? आम छीलने-काटने की मेहनत कौन करेगा? इन सबके बारे में न सोचती, न सलाह करती, न ध्यान देती थीं। इसी तरह से नीबू आ जाते। कभी कटहल आ जाता। कभी लाल मिर्च आ जाती। कभी कुछ तो कभी कुछ। ऐसा नहीं कि कभी भी अचार नहीं डाला गया, नहीं खाया गया। वह बहुत अच्छा अचार डाला करती थीं। जब अचार पड़ता, सब बड़े चाव से खाते थे, पर उसे सहेजकर रखना होता था। गीली चम्मच, गंदी चम्मच, अशुद्ध हाथों से न छुआ जाए आदि अनेक सावधानियाँ बरतनी ज़रूरी होती थीं। अब उसमें ढील शुरू हो गई। सावधानी तो दूर, लापरवाही होने लगी। कभी फफूँद लग जाती, कभी कुछ और हो जाता। हर बार नुकसान अवश्य होता था।

ऐसे ही सब्ज़ी का हाल होता या तो आलू ही बनता रहता या पालक, मेथी, चौलाई के पत्ते पड़े रहते, सूख जाते, सड़ जाते और फेंक दिए जाते थे। थोड़ी सस्ती सब्ज़ी के चक्कर में फूल गोभी, पत्ता गोभी वगैरह कीड़ों वाली आ जातीं।

रोज़ाना की छोटी-छोटी बातें धीरे-धीरे बहुत बड़ी बनती जा रहीं थीं। पहले टोका-टाकी, फिर उलाहना, फिर विवाद, फिर डाँट-फटकार फिर अपशब्दों से अपमान होने लगा। वह धीरे-धीरे सबके रवैये को समझने लगीं और अपना व्यवहार बदलने लगीं। अब उनकी कोई ज़िम्मेदारी नहीं रह गई। अपने लिए खाना बनातीं, खातीं और सो जातीं। कभी सड़क पर निकल जाती। समय-बे-समय बिना किसी की परवाह किए कभी भी किधर भी निकल जातीं।

कभी सवेरा भी नहीं होता, पौ फटने से पहले ही बाहर निकल जातीं। कुछ देर में दूध लेकर लौट आतीं। कभी दूध न लाकर घूमने चली जातीं। सड़कों पर लगती सब्ज़ी-फलों की दुकानें, लोगों का आना-जाना, रिक्शा-साइकिल की घंटी की आवाज़ें, हाथ गाड़ी वालों की पुकार, मोटरगाड़ी-स्कूटर के हॉर्न की आवाज़ें, स्कूल जाते बच्चों की बातों की आवाज़ें, हँसने-खिलखिलाने की आवाज़ें—तरह-तरह के शोर उनको जीवन से जोड़ते थे। जीने की हिम्मत देते थे और महसूस कराने में समर्थ थे कि वह जीवित हैं। घर के अंदर तो वे बेजान सी अकेली रहती थीं। खाना खाया नहीं खाया, सोईं, नहीं सोईं, क्या सोचती रहती हैं, कैसे दिन और रात गुज़ारती हैं, कभी कोई नहीं पूछता था। अस्तित्वहीन अस्तित्व—निराश, हताश, मायूस, लाचार प्राणी। दिन भर पड़ी रहें, सोती रहें। रात में उठकर खाती रहें या रात भर पड़ी करवटें बदलती रहें या दिन भर खाती रहें और घूमतीं रहें, कोई ध्यान नहीं देता था। समय पर सबका नाश्ता-खाना तैयार कर दें, घर के सारे काम ठीक से हो जाएँ, इसकी चिंता सब करते थे।

धीरे-धीरे उन्होंने बोलना शुरू किया। जो भी घर आए—रिश्तेदार, रिश्तेदारों का रिश्तेदार, मेहमान, अजनबी, कोई भी, जो भी सामने हो उनसे अपने दिल के दुःखड़े, जीवन भर के हज़ारों अनुभव बताने लगीं, सुनाने लगीं। किसी-किसी को सुनने में रास आता था। दूसरे के घर की अंदरूनी बातें पता चलती थीं। किसी-किसी को व्यर्थ का वार्त्तालाप लगता था, किंतु जब वे बोलती थीं, थमती नहीं थीं, बाँध के फाटक मानो खुल जाते थे और बाँध का सारा पानी तेज रफ़्तार में बहने लगता था।

उनका दिल बहुत साफ़ और बड़ा था। मन में कुछ नहीं रखती थीं। देवर, जेठ, ननद, किसी के यहाँ कुछ भी अच्छा हो, बच्चे पास हो जाएँ, शादी तय हो जाए, किसी की नौकरी लग जाए तो मंदिर जाकर दुर्गा माता को प्रसाद चढ़ाती थीं। उनके अपने घर में कुछ अच्छा हो, किसी को फ़र्क नहीं पड़ता था। उन्होंने इसका बुरा कभी नहीं माना।

ज़िंदगी ऐसी आसानी से कहाँ चलती है? उनके बच्चे पढ़कर नौकरी

करने लगे। दूसरे-दूसरे शहरों में चले गए। रह गए केवल दो प्राणी, वह स्वयं और उनके रिटायर्ड पति। रुपए-पैसे की तंगी सदा से रही। बच्चे उन लोगों के लिए जो भी करना चाहते, उन्हें रोक दिया जाता, मना कर दिया जाता। वे अपनी पेंशन में जीने का फ़ैसला कर लिया। घर अपना था। फिर भी खाना, बिजली, पानी, ईंधन-गैस का खर्च तो होना ही था। कितनी भी सादगी से रहें, लेकिन कुछ नाश्ता-खाना तो प्रतिदिन बनना आवश्यक था। गृहस्थी है, कोई-न-कोई परेशानी तो आती ही रहती थी।

आने-जानेवालों की आवभगत में चाय-बिस्कुट, नमकीन-मिठाई का इंतज़ाम ज़रूरी हो जाता था। अपने घर में अपने आप बहुत कम दाल-रोटी में भी रह सकते हैं, लेकिन दूसरों के लिए सब्ज़ी ज़रूरी हो जाती थी। कुछ पैसा ऐसे समय के लिए बचाकर रखना पड़ता था। वे दोनों बहुत सादा जीवन जी रहे थे। चाय, बिस्कुट, पाव का नाश्ता, दोपहर को दाल-रोटी और रात को डबल रोटी और दूध हो जाता था। काम चल रहा था, लेकिन दोनों के बीच कोई संवाद नहीं था, बातचीत ही नहीं थी तो चाय भी दो बार अलग-अलग बनती थी। रोटी सेकते-सेकते वे कहीं और चली जातीं थीं। गैस का चूल्हा था। गैस बंद नहीं करती थीं। तवा चढ़ा रहता था। बहुत खतरा रहता था, ईंधन की बरबादी अलग होती थी।

बातचीत नहीं थी। वे बोलती नहीं थी पर अब तो वह सुनकर भी नहीं सुनती थीं। जिस घर से बरसों किसी भी तरह की ज़ोर से बोलने की आवाज़ नहीं आई, वहाँ से अब रोज़ क्रोध से भरी आवाज़ें आने लगीं। जितना उससे कहा जाता था कि वह लापरवाही बंद कर दें, इतनी गैर-ज़िम्मेदार न बने, अपना ही घर बरबाद हो जाएगा, उतनी अधिक लापरवाही से वे रहने लगीं। कपड़े भिगो दिए तो कई-कई दिन पड़े रहते। पानी में पड़े गल जाते, बरबाद हो जाते। जिस गृहिणी ने पाई-पाई जोड़कर, बहुत कम में बहुत मेहनत से अपनी गृहस्थी चलाई, उनकी आँखों के सामने सामान बरबाद होता, फेंका जाता और वे बड़ी बेफ़िक्री से मुँह मोड़ लेतीं। उनसे कोई कुछ भी कह ले, कैसे भी बोल ले, कितनी भी खरी-खोटी सुना दे, उन्हें रत्ती भर भी फ़र्क नहीं

पड़ता था। उनकी कोई प्रतिक्रया ही नहीं होती थी। केवल मुसकराती रहती थीं और कभी-कभी अपने में बुदबुदाती रहती थीं, लेकिन केवल तब, जब वे नितांत अकेली हों। कोई आस-पास आ जाए तो वह भी बंद, मानो मौन-व्रत धारण कर लिया हो। उन्हें लिखने-पढ़ने का शौक़ कभी नहीं रहा। अखबार या कहानी की किताब भी नहीं पढ़ती थीं। कढ़ाई करना, स्वेटर बुनना, कपड़े सिलाई करना, कपड़ों की मरम्मत करना, इन सब में रुचि थी। समय के साथ, उम्र के साथ वह सब भी छूट गया। अब उसकी ज़रूरत भी नहीं पड़ती थी, ऐसा कहना अधिक ठीक होगा। कभी उन्होंने रेडियो सुना हो; गाने सुने हों, शायद नहीं। ऐसा चलन ही नहीं था। दुर्गा माता का जाप करती रहती थीं, उन्हें वह पूरा-का-पूरा कंठस्थ था।

बाल-बच्चों से भरा-पूरा परिवार, फिर भी इतना सूनापन कि देखनेवाला निराशा के गर्त में डूब जाए। हर दिन, हर रात ऐसे ही निकल जाती थी। मायके से संबंध ख़त्म हो जाना स्वाभाविक था। माता-पिता के रहते ही मायका मायका रहता है, उनके बाद तो सब पराया हो जाता है।

"तुम इतना जो मुसकरा रही हो, क्या ग़म है, जो छुपा रही हो।" उन पर यह गाना पूरी तरह लागू होता था। जब भी कोई हर समय मुसकराता रहे तो वह हमेशा सकारात्मक सोच की निशानी नहीं होती, बल्कि बहुत ही घनीभूत पीड़ा की निशानी होती है। आत्मा भी पीड़ा से छलनी हो गई है, ऐसी स्थिति की निशानी है।

ससुराल में भी सब अपने में ही व्यस्त थे। अगर कभी कोई उनके घर में दखल देता तो केवल उनके पति के बारे में चिंतित होता। उनके पति के लिए सबकी सहानुभूति रहती और जो भी आदेश-नसीहतें देता, इनको देता। उन्हें समझाया जाता, सिखाया जाता और कायदे से रहने को कहा जाता।

उनके बच्चों ने बहुत प्रयास किया कि वे अपने को इतना अलग-अलग न कर लें। सबके बीच में उठे-बैठें अपने मन की बातें साझा करें, पर उन्होंने सारे मोह छोड़ दिए थे। उनकी गृहस्थी में सबकी चली, पर उनकी कभी नहीं चली। जब तब रिश्तेदारों का आना-जाना लगा रहता, तब वे लोग प्राय:

इकट्ठे होते, हँसी-मज़ाक होता, खाना-पीना होता। सब होता, पर मानो उनके होने का अहसास किसी को भी नहीं होता था। उनकी जीने की इच्छा ही नहीं रह गई थी। एक दिन अचानक ही वे चली गईं। मिनट भर में सब समाप्त हो गया। शांति-पाठ में लोग इकट्ठे हुए, फिर सब अपने-अपने घर चले गए। अब वहाँ सन्नाटा छा गया था। किसी ने उनके पति की आवाज़ भी कभी नहीं सुनी। लोगों ने कई बार उनको बरामदे में बैठे देखा। वे अकेले ही रहते रहे। इतनी बड़ी लाल कोठी अपने सूनेपन और बेरौनक दीवारों के साथ अभी भी वहीं खड़ी है।

□

बाबूजी

बाबूजी नहीं रहे। खबर देखते-ही-देखते आग की तरह पूरे शहर में फैल गई। पूरा शहर ठहर-सा गया। जो उन्हें जानते थे, वे दुःख में डूब गए। जो उन्हें नहीं जानते थे, पर नाम सुना था, वे भी दुःखी हो गए और जो बाकी बचे—जो न उनसे कभी मिले थे, न उन्हें जानते थे, न उनके बारे में सुना था—अन्य सब लोगों को इतना दुःखी देखकर उन्हें समझ में नहीं आ रहा था कि किसी पराए के लिए सबकी आँखें इतनी नम क्यों हैं? उत्सुकतावश ही सही, पर अब वे सभी लोग बाबूजी के बारे में जानना चाह रहे थे। जो लोग उनसे उस पूरे दिन में किसी-न-किसी समय मिले थे, उन्हें तो इस खबर पर विश्वास ही नहीं हो रहा था।

बाबूजी भले-चंगे थे। हर रोज़ की तरह ही लोगों से मिले थे, बातें की थीं। लोगों को निर्देश दिए थे। जिनको अपनी समस्या का समाधान चाहिए था, उनकी समस्या सुलझाने का प्रयास किया था। उनका बताया समाधान हमेशा कारगर होता था। बाबूजी अनेक सामाजिक और शैक्षणिक संस्थाओं से जुड़े हुए थे। उनमें से बहुत-से लोगों की संस्थाओं से जुड़ी समस्याओं को सुलझाना, लोगों के झगड़े दूर करना, सब मिलकर काम कर सकें—ऐसा माहौल तैयार करना, अर्थ व्यवस्था यानी धन राशि का इंतज़ाम और उसका हिसाब रखना, हर एक को उसी के अनुरूप, उसकी काबिलीयत को देखते हुए किसी-न-किसी काम में लगाना, आपसी रंजिशों को दूर करना, मनमुटाव

मिटाना, किसी के साथ अन्याय न हो जाए, इसका विशेष ध्यान रखना, बहुत ही मितव्ययिता से सभी काम पूरे हो जाएँ, कहीं भी किसी तरह की फ़िज़ूलखर्ची न हो, इस तरह की सैकड़ों-हज़ारों छोटी-बड़ी बातों से जुड़े हुए बाबूजी नहीं रहे। विश्वास ही नहीं हो रहा था। उनके निवास स्थल पर लोगों की भीड़ लगने लगी। कोई भी अपने को रोकने में समर्थ नहीं था। शहर तो मानो पूरी तरह से बंद हो गया। लोग अपनी दुकानों के शटर गिराकर आ गए। दफ़्तर जाने के बजाय लोग उनके घर पर पहुँच रहे थे। उनके साथ के लोग, शोकाकुल लोग धीरे-धीरे सभी इकठ्ठे हो रहे थे।

यह तब का ज़माना था, जब बहुत ही कम, गिने-चुने लोगों को टेलीफ़ोन उपलब्ध थे। मोबाइल फ़ोन, सेल फ़ोन क्या होते हैं, किसी ने शायद कभी सपने में भी नहीं सोचा होगा कि एक समय ऐसा आएगा कि चलते-फिरते हुए भी लोग फ़ोन पर बातें कर सकेंगे और ऐसे फ़ोन बाज़ार में छा जाएँगे। उन दिनों केवल लैंडलाइन फ़ोन होते थे। बहुत ही कम लोगों इतनी बड़ी सुविधा हासिल थी। फ़ोन लक्जरी में शामिल था। स्थानीय कॉल के अलावा यदि दूसरे शहर में किसी से बात करनी हो तो ऑपरेटर से कॉल मिलवानी पड़ती थी, जिसे मिलने में कुछ घंटों से लेकर एक-दो दिन भी लग जाते थे। केवल तीन मिनट मिलते थे, लेकिन खर्च बहुत ज़्यादा होता था। तीन मिनट के बाद और तीन मिनट बात करनी हो तो कॉल बढ़ाने के लिए अनुरोध करना पड़ता था। ज़्यादातर तो वार्त्तालाप 'आवाज़ आ रही है? नहीं आ रही?' कहते-सुनते या ऑपरेटर की बार-बार चेतावनी कि अब इतने मिनट हो गए, इस सब में ही समय ख़त्म हो जाता था। और फिर बिना बात किए ही फ़ोन लाइन कट जाती थी। स्थानीय कॉल हो या दूसरे शहर में, हर कॉल करने से पहले लोग दस बार सोचते थे। दूसरे शहर की कॉल बुक करने के बाद पूरा कुनबा फ़ोन के चारों ओर बैठा रहता था। किसी को नहीं मालूम रहता था कि कब लाइन मिल जाएगी? ऑपरेटर के कहते ही कि 'आपने कॉल बुक की थी, बात करिए' मीटर शुरू हो जाता था। बहुत अलग ज़माना था। कंप्यूटर नहीं थे कि ऑनलाइन न्यूज देखी जा सके, जिसके द्वारा हर समय पूरे दिन और

पूरी रात संसार के हर कोने-कोने के समाचार मिलते रहें। आज मिनट-मिनट की छोटी-बड़ी खबर किसी-न-किसी रूप में लोगों तक पहुँचती रहती हैं। न टी.वी., न मीडिया, न रिपोर्टर, न इंटरनेट, न कोरियर, न स्पीड पोस्ट, इनमें से कुछ भी नहीं था। चिट्ठी-पत्री और यदि बहुत जल्दी हो तो तार द्वारा खबर भेजी जाती थी। अधिकांशत: लोग जब एक-दूसरे से मिलते थे तो जिसे जो खबर या सूचना देनी होती थी, अपने हिसाब से अपनी जान-पहचान के लोगों में दे दी जाती थी। इनमें से कोई भी संचार माध्यम नहीं था, फिर भी हवा की तीव्र गति से यह दु:खद खबर लोगों तक पहुँच रही थी।

बाबूजी का न रहना—कोई अपने आपको रोक ही नहीं सका। सब चाहते थे कि वे बता सकें कि बाबूजी के लिए उनके मन में क्या भाव थे, वे कैसा खालीपन महसूस कर रहे थे और बाबूजी का उनके जीवन में क्या स्थान था। सब उनको अपना मानते थे। बाबूजी की कोठी के दरवाज़े किसी के लिए हर समय खुले रहते थे। उनकी कोठी बहुत बड़ी थी। उनकी आय तो अधिक नहीं थी, पर उनके मन में एक बात सदा से रही कि उनका पूरा परिवार जिसमें समा जाए, ऐसी कोठी होनी चाहिए। उनके लिए परिवार का मतलब केवल उनकी पत्नी और उनके बच्चे ही नहीं थे या केवल पत्नी के मायके वाले, जैसा आजकल रवैया बन रहा है उनके परिवार के अंग थे। उनके परिवार में सब शामिल थे, उनके भाई-बहन और उन भाई-बहनों के परिवार, भाई-बहन के बच्चों के बच्चे और उन बच्चों के परिवार। दूरदराज के सगे-संबंधी, जान-पहचानवाले और साथ ही उनके गाँव से आनेवाला हर जना उन्हें अपना ही लगता था। इतने बड़े कुनबे के लिए बड़ी छत की ज़रूरत में संदेह ही कहाँ था?

बाबूजी उत्तर प्रदेश के छोटे-से गाँव के रहनेवाले थे। वो बेटों में सबसे बड़े थे। उनसे छोटे चार भाई और थे। उनसे दो बड़ी बहनें थीं। उनके पिता की परचून की दूकान थी। वह ईमानदारी से दुकानदारी करते थे, इसलिए ग्राहक काफ़ी थे, पर मुनाफ़ा बहुत कम था। परिवार बड़ा था। बहनों की शादी हो चुकी थी। इनमें से एक शादी के बाद नहीं रहीं। दूसरे के पति नहीं रहे और वह

वापस अपने पिता के घर लौट आईं। माँ भी बहुत मेहनती थीं, लेकिन पैसे की कमी के कारण पिता ने बच्चों को पढ़ाने का काम भी शुरू कर दिया। साधारण लोगों की ज़रूरतें बहुत ही साधारण होती हैं।

बिल्कुल अलग युग था। वक्त भी उन दिनों ऐसा था कि लोगों में मेहनत और संतोष का जज़्बा बहुत ऊँचा रहता था। ऊँचे तो उठना चाहते थे, पर दूसरों के बल पर नहीं, केवल अपने बल, अपनी सामर्थ्य, अपनी मेहनत, कौशल/कुशलता और लगन द्वारा। सभी ऐसे हों, ऐसा तो ज़माने में कभी नहीं हुआ तो अब कैसे होता, किंतु ऐसे लोगों की समाज में बहुत इज़्ज़त थी। सारे में उनकी चर्चा होती थी, मिसाल दी जाती थी और उनसे जुड़ने में लोग अपने को ख़ुशनसीब मानते थे।

छोटी जगह थी। सीधे-सरल लोग थे। मिल-जुलकर रहते थे। एक-दूसरे के मददगार थे। समय-असमय एक-दूसरे का सहारा बनते थे। गृहस्थी और समाज के प्रति अपनी ज़िम्मेदारी निभाने की भरसक कोशिश रहती थी।

अंग्रेज़ी हुकूमत थी। अंग्रेज़ी भाषा का जानना बहुत बड़ी उपलब्धि मानी जाती थी। शिक्षा का प्रसार हो रहा था, लेकिन आम आदमी अपने रीति-रिवाज़, वंश, गोत्र, कुल, कुनबे, नियम-कानून में काफ़ी जकड़ा हुआ था। समाज में विषमताएँ फैल चुकी थीं—प्रथाएँ-कुप्रथाएँ बन रही थीं। धर्म का मतलब बदलने लगा था। कट्टर पूजा पाठ, लेन-देन, बात-बात में गरीब और कमज़ोर को सताना मानो जीवन का अंग बन चुका था। देश की गुलामी और फ़िरंगियों का राज, सभी पिस रहे थे। हालात कैसे भी हों, जीवन तो जीना ही होता है। वक्त किसी के लिए नहीं ठहरता। उसे कोई कैद नहीं कर सकता और न ही वह कभी वापस लाया जा सकता है।

एक दिन गंगाजी में नहाते-खेलते बच्चों में से कुछ बच्चे डूबने लगे। बच्चे गहरे में चले गए या अचानक पानी बढ़ गया, यह तो कभी नहीं पता चला। गाँव के बच्चे गंगाजी में रोज़ाना ही नहाते, तैरते, खेलते, मस्ती करते और नदी पार करते थे। बाबूजी के पिता परोपकारी जीव थे। आनन-फानन में नदी की धारा में कूद पड़े और एक के बाद एक करके सभी बच्चों को किनारे पर ले

आए सिवाय एक बच्चे के। वह उनका अपना बेटा था। उसे बचाने की सभी कोशिशें नाकाम रहीं।

दुर्भाग्य पहले से आहट नहीं देता। चेतावनी नहीं देता। न्योता मिलने की इंतज़ार नहीं करता। प्रतिकूल समय बस आ जाता है। बच्चा भी बह गया और वो स्वयं भी किनारे न पहुँच सके। जो बच्चे उनके कुछ नहीं लगते थे वो सब बच्चे उनके द्वारा बचा लिये गए थे। जो उनका अपना था, न वह बचा, न स्वयं वह बचे। उनके न बचने से जो विपत्तियाँ आईं, उसका अनुमान लगाना आसान नहीं। कमानेवाला चला गया। उनकी पत्नी बेसहारा हो गईं। साथ ही, बेटी और बेटे बेसहारा हो गए। कमाई का कोई साधन नहीं था। इस दुर्घटना के समय बाबूजी की उम्र रही होगी लगभग 16 वर्ष की। उनसे छोटे चार भाई थे। सभी कम उम्र के थे। सबसे छोटा लगभग दो वर्ष का था। उनका न अपना घर था, न अपना आशियाना। न पैसा, न पूँजी। अब अचानक इतनी भारी ज़िम्मेदारी, पर बाबूजी तो बाबूजी थे। बाबूजी मज़बूत कंधों वाले थे।

रातोंरात बाबूजी को घर का मुखिया बनना पड़ा। बिना हिम्मत हारे उन्हें आगे बढ़ना था। भविष्य की चिंता, परिवार की चिंता, सबको सँभालना, रहने-खाने का इंतज़ाम करना, सबको पढ़ाना-लिखाना, रोज़मर्रा की ज़रूरतों का सामान जुटाना और यह सब जुटाना था, बिना छत, बिना धन, बिना अन्न और बिना किसी सहारे, बिना किसी मदद की उम्मीद के उन्होंने अकेले, नितांत अकेले हर मोर्चे पर कमान सँभाल ली। उन दिनों का ज़माना आज के ज़माने से हर रूप में बहुत ही अलग था। उस समय न तो बैंक होते थे, न बैंक में जमा पूँजी। केवल साहूकार होते थे लेन-देन के लिए। साहूकार ब्याज पर पैसा उधार देते थे। ज़मीन-ज़ेवर गिरवी रखकर उधार देते थे। ब्याज इतना लेते थे कि उधार लेनेवाला ब्याज ही नहीं चुका पाता था। मूल तक पहुँचने में कभी-कभी ज़िंदगी ख़त्म हो जाती थी।

उधार लेने की हिम्मत जुटाना ही अपने आप में बड़ी भारी चुनौती होती थी। उधार मिल भी गया तो चुकाया कैसे जाएगा? सूद चढ़ता ही जाता था। उन्हें तो तुरंत ही पैसा कमाकर घर में चूल्हे-चौके का बंदोबस्त करना था।

उनका परिवार ऊँचे खानदान का माना जाता था। खानदान और रुतबा केवल धन-दौलत और ठाठ-बाट से नहीं आँका जाता था। खानदान विचारों, चाल-चलन और कर्मों से भी तय होता था।

बाबूजी ने बगैर किसी बात की परवाह के तय कर लिया कि पढ़ाई से बाकी बचे समय में वह मेहनत-मज़दूरी करेंगे। उन्होंने ईंटें ढोने का काम किया। लकड़ी फाड़ने का काम किया, लेकिन हिम्मत नहीं हारी। कच्ची उम्र थी। ऐसी उम्र, जिसमें मौज-मस्ती की इच्छा होती है। संगी-साथी क्या कहेंगे, इस बात की फ़िक्र होती है। सपने देखने की, कुछ बनने, कुछ करने, कुछ पाने की चाह होती है। उन्हें संकोच होता, यदि साथ के लोग मज़दूरी करते देखें या खिल्ली उड़ाएँ। सो, बाबूजी घर के पिछवाड़े में जाकर लकड़ी काटते थे, ताकि साथ में पढ़नेवाले लड़के जब सड़क से निकलें तो उन्हें न देख सकें।

एक दिन उनकी माँ ने देखा। वह समझ गईं और बुलाकर कुछ समझाया। वह उनका गुरु मंत्र बन गया। माँ ने पहले तो उनसे पूछा कि वह छिपकर लकड़ी क्यों काट रहे हैं और फिर उनसे पूछा कि क्या वह कोई शर्मनाक/नीचा काम कर रहे हैं? अगर जवाब 'हाँ' है तो ऐसा काम फौरन छोड़ दो, जहाँ शर्मिंदा होना पड़े और अगर जवाब 'नहीं' है तो फिर क्यों मुँह छिपाना? हर काम को इज़्ज़त की निगाह से देखो। जो काम कर रहा है, उसे इज़्ज़त की निगाह से देखो। कोई भी काम छोटा/नीचा नहीं होता है। दोष हमारी नज़र में होता है। तुम ऐसे आदर्श बनो कि लोग तुमसे सीखें।

बस, यही गुरु मंत्र लेकर उन्होंने ऐसा जीवन जिया कि आज उनके संसार से चले जाने के पचास साल बाद भी लोग उन्हें नहीं भूले। उनको श्रद्धा और इज़्ज़त से याद करते हैं। उनका उदाहरण दे-देकर अपने बच्चों को ज़िंदगी की सीख देते हैं। बच्चे सच्चे उदाहरण से जल्दी सीखते है।

बाबूजी बहुत सबेरे उठ जाते। पूरे दिन की ज़रूरतों के लिए पानी भरकर लाते। दो जून खाना होता था—रोटी का और साथ में नमक। कभी-कभी हरी मिर्च और प्याज़ काटकर रोटी के साथ ख़ूब चस्के लेकर खाते थे। ख़ुद भी

ख़ुश रहते और पूरे घर को भी ख़ुश रखते थे। छोटे भाई भी रातोंरात हालात के मुताबिक ढल गए। बड़े भाई को अपना पिता, गुरु, भगवान् मानने लगे। स्कूल में जो भी पढ़ाया जाता, उससे भी ज़्यादा मेहनत करने लगे। पैसे की तंगी में कोई फ़र्क नहीं आया। सब जी तोड़ मेहनत से अपना-अपना काम करते। माता घर के काम सँभालतीं। सब भाई अपने से छोटे भाई को सँभालते, उन्हें पढ़ाई में मदद करते।

दुनिया में रहने लायक बनने के लिए ज़िंदगी के तूफानों से भागकर कोई लायक नहीं बनता। उनका सामना करना ही पड़ता है। हारी-बीमारी भी हर घर में लगी रहती है। ऐसे में जब छोटा भाई बुखार में तप रहा था और उसकी परीक्षाएँ चल रही थीं, तब बाबूजी उसे कंधे पर बैठाकर ले जाते। पूरे समय बाहर बैठे रहते और परीक्षा समाप्त होते ही उसे वापस कंधे पर बैठाकर घर ले आते, केवल इसलिए कि उसका साल बरबाद न चला जाए, परीक्षा में उसका उपस्थित रहना ज़रूरी था। सभी भाई यह सबकुछ देख-सुनकर बड़े हो रहे थे। दूसरे की परवाह और उनके सुख-दुःख में भागीदारी, इस प्रकार की भावनाएँ उनके चरित्र में पनपती जा रही थीं। माँ के किसी आदेश, किसी आज्ञा में कभी किसी प्रश्न की गुंजाइश नहीं थी। सही मायने में माँ की आज्ञा के स्थान पर माँ की इच्छा कहना अधिक उपयुक्त है। माँ का कहा उन्हें ईश्वर का कहना प्रतीत होता था। शिकायतों और फरमाइशों का दूर-दूर तक नाम नहीं था। सब मिल-बाँटकर रहना सीख रहे थे। ऐसे समय भी आए, जब खाने के नाम पर सूखी रोटी भी पुरती नहीं थी। स्वाभाविक था कि माँ यूँ ही बिना खाए रह जाती। बच्चे देखते थे। छोटे थे, समझ नहीं पाते थे कि उन्हें ऐसे में क्या करना है, पर मन दुःखी होता था। देखते कि बाबूजी अपना हिस्सा भी माँ को दे देते थे। बहाना बनाते थे। बहाना तो कोई भी हो सकता है। मन नहीं है। भूख नहीं है। आज स्कूल से आते-आते रास्ते में अमरुद तोड़कर खा लिया। माँ क्या न जानती थी ? आँखों में आँसू भर आते, पर प्रभु को सौ-सौ धन्यवाद देती, ऐसी संतान के लिए। धीरे-धीरे छोटे भाइयों ने भी सीख लिया। जब तक सबको न मिले, कोई एक टुकड़ा भी रोटी का नहीं खाता था। ऐसी बातें कहाँ

छिपती हैं? समाज के सभी लोग मदद को तैयार थे। सो, आते-जाते दुआ-सलाम, राज़ी-ख़ुशी की जानकारी आम बात थी। इस परिवार को देखकर सब लोग आत्मविभोर हो जाते।

समय बीत रहा था। पढ़ाई के लिए बड़े शहर जाना लाज़मी होता जा रहा था। सभी भाई ख़ूब मन लगाकर पढ़ाई कर रहे थे और अच्छे नंबर से उत्तीर्ण होते थे। आगे बढ़ रहे थे। माँ की और बड़े-बुजुर्गों की सलाह पर बाबूजी अपना कुनबा लेकर शहर आ गए। किराए का घर था। छोटा था, पर उससे फ़र्क क्या पड़ता है? दस-बीस कमरे हों और दिल में जगह न हो तो किस काम के कमरे? दो छोटे कमरे थे, उसमें उनका परिवार बिना दिक्कतों के रहने लगा। एक संदूकची में सबके कपड़े आ जाते थे और एक में रसोई का सामान। दरी-चादर, तकिए एक तरफ़ रख दिए जाते थे। रात में उन्हें फ़र्श पर फैलाकर सोने के लिए इंतज़ाम हो जाता था।

बाबूजी ने वकालत की पढ़ाई शुरू कर दी। वह ग्रेजुएट हो गए थे। दूसरे दो भाइयों को इंजीनियरिंग में दाखिला दिला दिया। छोटे भाई बढ़िया स्कूल में भर्ती थे। खर्च बहुत बढ़ गए। बाबूजी की मेहनत भी और बढ़ गई। इतना खर्च उठाना सरल नहीं था। सो, भाइयों ने भी पढ़ाना शुरू कर दिया। पढ़ाई में अच्छे अंक और लगन द्वारा सबको छात्रवृत्ति भी मिलने लगी। साथ ही, उनके समाज ने सर्वसम्मति से इन बच्चों की शिक्षा में मदद करने का फ़ैसला ले लिया। समय कोई भी हो, वर्तमान समय हो अथवा 100 साल पहले का, मानव मन में भावनाएँ, इच्छाएँ, चाहत, सपने तब भी थे और आज भी हैं। उनके रूप में फ़र्क हुआ है, जो स्वाभाविक है। बदलाव शाश्वत् सत्य है, किंतु नव रस तब भी थे, नव रस आज भी हैं। उनके साथ के लड़के फ्री समय में मौज-मस्ती करते, दोस्ती करते, खेलते-कूदते, पतंगें उड़ाते, घूमते-फिरते, गप्पें मारते, पर इस परिवार के लड़के अपने मन पर नियंत्रण रखते।

बाबूजी वकील बन गए। वकालत चलने और चल निकलने में समय लगता है। पहले दिन से तो मुवक्किल आते नहीं। इसके साथ बाबूजी ने यह भी तय कर रखा था कि उनके पुराने गाँव से कोई भी आया तो उससे फ़ीस

नहीं लेंगे और उसका ठहरने खाने का इंतज़ाम भी अपने पास ही करेंगे। यह निर्णय सही था या गलत, कौन जाने, पर जब तक, जिए वह उस पर अमल किया।

समय लगा। धीरे-धीरे उनकी वकालत चल निकली। माँ-बहन और अन्य रिश्तेदारों ने मिलकर उनका ब्याह पक्का कर दिया। वह ज़माना ऐसा था, जिसमें घर के सदस्य, नाई, पंडित आदि कोई भी शादी योग्य उम्र वाले लड़के-लड़कियों की जानकारी एक-दूसरे को देते थे और घर के बड़े बात पक्की कर देते थे। लगभग सभी रिश्ते ऐसे ही होते थे। शादियाँ सफ़ल भी रहतीं। उनके बच्चे भी होते और पूरा परिवार साथ में रहता।

ब्याह हो गया। माता-पिता की अकेली लड़की, लाड़-प्यार में पली, माँ की दुलारी, पिता की लाडली ब्याह होकर ससुराल आ गई। अभावग्रस्त परिवार, कोई सुख-सुविधा नहीं, ऐसी ससुराल की कल्पना नहीं की थी। उन दिनों लड़की के लिए चौथी, पाँचवीं कक्षा की पढ़ाई बहुत मायने रखती थी। छोटी उम्र, बारह-चौदह साल की, जिसमें आँखें सपने देखना, जीना पसंद करती हैं। दिल में अरमान जागते हैं। मन नाचना-गाना, झूमना चाहता है, लेकिन उन्हें संस्कार ऐसे मिले थे कि ज़िम्मेदारी पहले है। अपने मन को अपने वश में रखना उन्हें आता था। उनके आने से घर में एक प्राणी और बढ़ गया, खाना खाने के लिए। और अधिक पैसा कमाना ज़रूरी हो गया। घर के हज़ारों काम, झाड़ू-बुहारी, गोबर लीपना, चूल्हा जलाना, कपड़े धोना, बरतन धोना, गेहूँ साफ़ कर, धोकर, सुखाकर चक्की चलाना और अनाज पीसना, दालें-मसाले साफ़ करके उन्हें ठीक से सिंगा कर के रखना, कपड़े सिलना, कपड़ों की मरम्मत, स्वेटर बुनना और सबके लिए खाना बनाना, दिन भर काम में लगे रहना। कब दिन होता था कब रात होती थी, कभी पता ही नहीं चलता था।

मायके से कभी-कभार कोई भेंट करने के लिए आ जाता था। वह वापस जाने पर बाबूजी के घर की सच्चाई बखान कर देता था और माँ रो पड़ती थी। फिर पति से शिकवे-शिकायतें शुरू हो जाती थीं। क्या देखा था ? लड़की नरक में फेंक दी। जवाब मिलता, लड़का देखा था। उसमें कोई ऐब नहीं है।

इतने गुण हैं कि गिनती भूल जाओगी। तुम्हारी लड़की को मैं ज़मींदार के यहाँ ब्याह सकता था। जानती हो क्या होता? वह शराब के नशे में और ऐयाशी में लिप्त रहता। तुम्हारी लड़की रोती रहती। यहाँ पर उसे परिवार मिला है। पति ऐसा है, जो माँ पर जान छिड़कता है। भाइयों को अपने बच्चों जैसा सँभालता है। जो अपनी माँ को सम्मान और प्यार देता है वह पत्नी को भी देगा। क्या हुआ, अगर दिन भर काम में लगी रहती है? अपने हाथों से अपना घर सँभाल रही है। तुमसे शिकायत नहीं कर रही। तुम क्यों दुःखी हो रही हो? और तुम्हें कौन रोकता है? तीज-त्योहार पर जी भरकर दिया करो। उसका अपमान भी नहीं होगा और तुम्हारा जी भी ठीक रहेगा।

देखते-देखते दूसरे भाई की सरकारी नौकरी लग गई। वह 'इंजीनियर साहब' कहलाते थे। यह संबोधन सुनकर गर्व और ख़ुशी से बाबूजी का जी भर आता था। बाबूजी भी अब 'वकील साहब' कहलाने लगे। दूसरे छोटे भाई भी इंजीनियरिंग पढ़ रहे थे। वक्त पलट रहा था। बुरे दिनों से डरने के स्थान पर अपने धैर्य, सिद्धांतों और जी तोड़ मेहनत के द्वारा जीवन सँवारने का यत्न कर रहे थे। मेहनत रंग ला रही थी।

बाबूजी ने मकान बदल लिया था। सबसे अच्छे इलाके में ख़ूब बड़ी कोठी किराए पर ले ली। उन्हें मालूम था, अच्छों की संगति सुखदाई होती है। समाज पढ़े-लिखे, पद-प्रतिष्ठा के अधिकारी सुसंस्कृत पारिवारिक लोगों को सम्मान देता है। बुरी संगति में पाँव फिसलने का डर बहुत अधिक रहता है। ऐसा नहीं है कि अच्छों की संगति में रहकर बिना यत्न के कोई अच्छा बन जाएगा, पर अवसर अच्छे बनने के बढ़ जाते हैं।

साफ़-सुथरा स्थान, सड़क-पानी की सहूलियत और कोठी के चारों ओर बड़े बड़े मैदान और उसके चारों तरफ़ चहारदीवारी। आस-पास में सब ऐसी ही बड़ी-बड़ी कोठियोंवाले लोग रहते थे। सभी पढ़े-लिखे थे। नौकरी पेशा और वैदिक सभ्यता को माननेवाले थे। वैदिक सभ्यता का मतलब किसी ख़ास धर्म से नहीं होता, बल्कि जीवन जीने के एक ख़ास तरीके से होता है, जिसमें कोई मूर्ति पूजा चढ़ावा, दिखावा नहीं है बल्कि ऐसी जीवन

शैली, जिसके अनुकरण से मानव अपने जीवन को, अपने घर को, परिवार को, अपने समाज को ही ऐसा बना ले मानो वहाँ देवता बसते हों। जिस घर में बड़े-बूढ़ों को सम्मान मिले, उनकी देखभाल हो, उनकी हर इच्छा का मान हो, उनकी पसंद-नापसंद का ख़याल हो और हर तरह से हर एक की कोशिश रहे कि किसी बात से उनका दिल न दुःखे। उन्हें कभी अकेलापन न लगे। उन्हें कभी खाने-पीने की कमी महसूस न हो। ऐसा घर अपेक्षित है। बाबूजी सही ज़िंदगी जीने में जितना विश्वास रखते थे, उतना ही वह पूरे परिवार का मिल-जुलकर जीने में विश्वास रखते थे। बाबूजी का पूरा परिवार आर्य समाजी था। आर्य समाज के नियमों को मानता था। इस कारण सब लोग जानते और मानते थे कि कोई अदृश्य विराट् परम अलौकिक शक्ति है, जो इस सृष्टि को चला रही है। हमारे कर्मों का लेखा-जोखा भी रख रही है। हमारा जीवन, यह मानव जीवन अनमोल है। हममें तर्क बुद्धि है। सोचने-समझने की शक्ति है। साथ ही, अपने कर्तव्यों का पालन करना और हर दिन अपने को पहले से बेहतर बनाना हमारा धर्म है।

पंचतत्त्व—क्षिति जल पावक गगन समीरा के बिना यह संसार नष्ट हो जाएगा। उन प्राकृतिक संपदाओं का संतुलन बना रहे, ऐसा जीवन जीना ज़रूरी है। इस हेतु यज्ञ/होम/हवन करने की पद्धति बनी, जिसमें इन्हीं पाँच तत्त्वों को नमन करने के साथ वातावरण को शुद्ध रखने का उद्देश्य है।

सारा परिवार साथ में रहता है, फिर भी हर व्यक्ति भिन्न होता है। बाबूजी के एक भाई ने नियम बनाया कि प्रत्येक रविवार, प्रातः काल घर में हवन होगा, जिसमें सबकी भागीदारी और उपस्थिति अनिवार्य है। सप्ताह के अन्य दिन समय तय करना संभव नहीं हो रहा था तो सप्ताह में एक दिन अनिवार्य कर दिया गया। बाकी दिन हवन हो, कौन उपस्थित रह सके, न रह सके, इन सब उलझनों को उठाया ही नहीं गया।

प्रत्येक रविवार को अति सुंदर, पवित्र वातावरण बन जाता था। सब लोग नहा-धोकर, तैयार होकर हवन की तैयारी में लग जाते थे। छोटे बच्चों में उत्साह प्रबल था। यज्ञ की ऋचाएँ ठीक से बोल सकना अपने आप में कठिन

है। सीखनी पड़ती हैं। अभ्यास करना पड़ता है। होड़ लगती थी कि कौन शुद्ध बोले और शाबाशी मिले। उत्साह इसलिए भी रहता था, क्योंकि घी और सामग्री डालने से समिधा की लौ, ऊपर उठती लपटें न केवल सुंदर लगती थीं, वरन् एक अनूठा पवित्र वातावरण लगने लगता था। बच्चों को तो सामग्री अर्पण में बहुत ही मज़ा आता था। उसके बाद पूरा खानदान 'ॐ जय जगदीश हरे' यह प्रार्थना करता था। तत्पश्चात् दो-तीन भजन गाए जाते थे, जिन्हें गाने के लिए बाबूजी के भाई किसी को भी कह देते थे। सो, सब लोग तैयारी करके आते थे। शुरू की पंक्ति के बाद सब लोग सम्वेत स्वर में गाते थे। मात्र अर्चना, आराधना, प्रार्थना, धन्यवाद के भाव जाग्रत् होते हों, ऐसा नहीं था। अनजाने में ही, लेकिन सबके साथ उठना-बैठना, तौर-तरीके, सहनशीलता, आत्मविश्वास, झिझक न रहना, सीखने और बेहतर करने की लगन भी अपने आप आ जाती थी।

आरती गाते समय घंटी बजाई जाती थी और सब उपस्थित लोग लय के साथ ताली बजाते थे। ऐसा करने से तन-मन का कल्याण होता था। तन का इसलिए, क्योंकि हथेली में जो स्पंदन होते हैं, वह acupressure के अनुसार बहुत सी बीमारियों को दूर करते हैं। मन का इसलिए, क्योंकि एकाग्रता, तन्मयता और अदृश्य शक्ति के अस्तित्व का भान हमें विनम्रता और नमन करने की याद दिलाता रहता है। छोटी-बड़ी कुछ सीखें भी दी जाती थीं। किसी दोहे, चौपाई का अर्थ समझाया जाता था। ज़िंदगी के बारे में धरातल पर व्यावहारिक बातों की चर्चा होती थी। बिना पाठशाला की इस पाठशाला से जितनी ज़िंदगी सीखी जाती थी, उतनी न किसी किताब से, न क्लास रूम की पढ़ाई से सीखी जा सकती थी। आर्य समाज के दसों नियम दोहराए जाते थे। केवल दोहराने के लिए नहीं, वरन ग्रहण करने के लिए भी। धीरे-धीरे कम या ज़्यादा या संपूर्ण चरित्र में उतर जाते थे।

अंत में सब लोग गरम हलवा खाते थे। सबको हलवा मिल जाने के बाद यदि बच गया तो और ले सकते थे। बच्चों को ज़्यादा आस रहती थी। कुछ ही देर पहले सुने शब्दों को याद करके बच्चे बड़ों से पूछते, "आपके

लिए और ले आएँ?" बड़े अपने बड़प्पन में सदा ही कहते, "नहीं बेटा, तुम खाओ।" ज़िंदगी में त्याग, आदर, स्नेह और अपनापन के भाव वहीं से शुरू होने लगते थे।

परिवार बढ़ रहा था। दूसरे भाई का विवाह बहुत ऊँची हैसियत वाले खानदान में हुआ। दूसरे दोनों छोटे भी इंजीनियर बन गए। सबसे छोटा भाई आई.सी.एस. में सफ़ल हो गया। एक-एक करके सबके विवाह निश्चित हुए। सबके संबंध उन प्रतिष्ठित घरानों में हुए, जिनका नाम शहर में यशस्वी था। मुश्किल हालातों में पले हुए, अभावग्रस्त ज़िंदगी जीकर बड़े हुए इन भाइयों के लिए ऊँचे पदों पर आसीन पिता अपनी कन्याओं के रिश्ते के लिए तत्पर थे।

तब और अब की सोच में ज़मीन-आसमान का अंतर था। उस युग में सबसे ज़रूरी होता था, लड़के का चरित्र यानी चारित्रिक गुण। उच्च कोटि की सोच है या निम्न कोटि या मध्य कोटि की? मध्य कोटि में भी तब जाते थे, जब हताश हो जाएँ किंतु निम्न कोटि के चरित्र को सब नापसंद करते थे। उच्च कोटि का चरित्रवान लड़का ईमानदार, मेहनती, सत्यवादी, परोपकारी, निस्स्वार्थी, नारी का सम्मान, बड़ों की सेवा, बच्चों से स्नेह करने वाला, मितव्ययी, धीर-गंभीर, कर्तव्य परायण और विशाल हृदय वाला, सरल स्वभाव वाला माना जाता था।

साथ ही, देखा जाता था कहीं कोई व्यसन तो नहीं है, जैसे बीड़ी-सिगरेट, मदिरा पान, ताश-जुए की लत, मित्रों के बीच में जीवन का समय व्यर्थ वार्त्तालाप में नष्ट न करता हो। सामान्य परिवार का गुणी, विद्वान्, लायक लड़का कहीं ज़्यादा स्वीकार था, बजाय धनाढ्य परिवार के बिगड़ैल निकम्मे पुत्र।

बहू लाते समय भी जो मापदंड थे, उनमें सर्वोच्च था अच्छे संस्कार, आचरण, स्वभाव, ज़िम्मेदारी उठाने की क्षमता और खानदान। रूप-रंग हो तो सोने पे सुहागा।

शादी का अर्थ भिन्न था। शादी का आधार भिन्न था। शादी का महत्त्व भिन्न था। विवाह जीवन का अभिन्न अंग और आश्रम धर्म का महत्त्वपूर्ण

आश्रम था। ब्रह्मचर्य आश्रम में ज्ञान बढ़ाना, ज़िंदगी जीने के लिए हर गुण, विद्या, कौशल सीखने का महत्त्व था। आगे की ज़िंदगी के लिए अपने को तैयार करना महत्त्वपूर्ण था। उसके पश्चात् ही गृहस्थ बनते थे।

गृहस्थाश्रम सही मायने में अगले आनेवाले दो आश्रमों का आरंभ था। तीन पुश्तें हर परिवार में सदा साथ रहती थीं, एक ही छत के नीचे। जवान पुत्र धन अर्जन करता। उसकी पत्नी गृहस्थी सँभालती और माता-पिता बेटे के बच्चों को सँभालने, देखभाल करने में मदद करते। बेटे-बहू को भी हर दिन की नई चिंताओं, बाधाओं, घटनाओं और समस्याओं से अपने अनुभव द्वारा जीवन सिखाते। उनकी हिम्मत बढ़ाते। हर सदस्य एक-दूसरे पर आधारित, एक-दूसरे का सहारा, 'हम सब साथ हैं' ऐसी मानसिकता बढ़ाने में सहयोग देता था।

बाबूजी का परिवार न केवल इसकी जीती-जागती मिसाल था, बल्कि उससे कहीं ज़्यादा था। उनके साथ तो उनके भाइयों का परिवार भी साथ में रहता था। बाबूजी के सब भाइयों का विवाह संपन्न हो गया था। सब मिलकर रहने लगे थे। धीरे-धीरे परिवार बढ़ने लगे। घर में ख़ूब रौनक रहती थी। भाइयों को तबादले के कारण शहर छोड़ना पड़ता था, लेकिन उनके बच्चे नहीं जाते थे। वो सब यहीं बाबूजी के घर में रहते थे। उनकी पढ़ाई-लिखाई इसी घर में रहकर होती थी।

बाबूजी की बहन का विवाह हो गया था, पर वह निःसंतान रहीं। कल क्या होगा, कोई नहीं जानता। पति की मृत्यु के बाद वह अपने मायके वापस आ गईं। बाबूजी बहुत उदार और विशाल हृदय वाले थे। बहन को कभी ऐसा नहीं लगने दिया कि अब यह घर उनका नहीं है। अपने भाइयों पर जान छिड़कनेवाली बहन विधाता के इस क्रूर न्याय से कभी उबर नहीं सकीं। उनके मन में इतनी कड़वाहट भर गई, इतना आक्रोश, इतनी उदासीनता कि वह सबसे कट गईं। अपनी माँ से भी खार खाए रहती थीं। माँ बहुत कोशिश करती थीं कि किसी भी तरह उन्हें वापस परिवार से जोड़ सकें, उनके उग्र हो गए प्रचंड स्वभाव को शीतल कर सकें, उनका दुःख कम कर सकें। हर कोशिश

व्यर्थ जाती थी। फिर भी, कोशिश जारी थी। बाबूजी सुबह-शाम बहन के साथ बातें करने की कोशिश करते। बाबूजी की माँ किसी की पकाई रसोई स्वीकार नहीं करतीं थीं। अपना खाना, पुत्री का खाना स्वयं पकाती थीं, दोनों समय। बाबूजी बहन को साथ लेकर कभी तरकारी काटने में मदद करते, कभी चूल्हा फूँकने में, कभी कपड़े धोने में, कभी घर के अन्य कामों में। कोशिश करते रहे कि बहन को किसी तरह जोड़ सकें। धीरे-धीरे बहन थोड़ी देर के लिए आकर बैठने लगीं। कभी भाई से लेकर स्वयं काम कर देती थीं। कभी भाई को कुछ सुना भी देती थीं, पर बाबूजी ने कभी पलटकर कुछ नहीं कहा।

वह समय आज के युग से बहुत भिन्न था। किसी के घर में बिजली आ जाए तो बहुत बड़ी बात थी। बिजली के स्टोव, हीटर आदि कुछ नहीं होते थे। किसी के पास बिजली से चलनेवाला पंखा हो, ऐसे लोग बहुत कम थे। छत से लटकनेवाला पंखा दो ब्लेड का होता था। उसकी रॉड बहुत लंबी होती थी, क्योंकि छत बहुत ऊँचाई पर होती थी। धीरे-धीरे तीन ब्लेड, चार ब्लेड के पंखे भी बनने लगे। बाबूजी ने भी कुछ कमरों में लंबी छड़ वाले पंखे लगवा लिये। घर में उत्सव का माहौल हो गया। सबके कहने पर बाबूजी ने मेज़ पर रखनेवाला एक पंखा भी खरीद लिया, जिससे एक ही पंखे से काम हो गया। जहाँ पर सब लोग इकट्ठे बैठते, बातें करते, वहाँ कोने में स्टूल या छोटी मेज़ पर पंखा रख दिया जाता। ज़्यादा लोग होते तो बटन दबाकर उसे घुमानेवाला बना दिया जाता। सब लोग पंखे की अपनी तरफ़ आने और हवा का झोंका देने की प्रतीक्षा करते थे। सबको अपनी हिस्से की समान हवा सही अंतराल पर मिल जाती थी।

रसोईघर में पंखा कभी नहीं लगता था। छोटी-सी कोठरीनुमा रसोई होती थी। लकड़ी फूँक-फूँककर चूल्हे की आग सुलगाई जाती थी। ख़ूब धुआँ रहता था। आँखों से पानी बहने लगता था। उसमें पंखा कहाँ फिट बैठता? मेज़ पर रखनेवाला एक पंखा ही पूरे घर के लिए काफ़ी था। जहाँ पूरा परिवार बैठे या कोई मिलने-मिलानेवाले आएँ तो वहाँ रख दिया जाता था। बिजली की बचत भी होती थी।

बाबूजी की माँ खाना भी बहुत अच्छा बनाती थीं और लड्डू, मिठाई, नमकीन नाश्ता भी। थोड़ी मात्रा में बनाती थीं। भरा-पूरा घर था। इतने सारे सदस्य थे कि यदि वो सबको देने लगतीं तो सारा दिन बनाती ही रहतीं। बाबूजी की माँ चौथी पीढ़ी देख रही थीं। पर उस उम्र में भी मेहनत में कमी नहीं थी। इतना नाश्ता-लड्डू बनाने का खर्च भी बहुत बढ़ जाता। कोई विशेष अवसर हो, तीज-त्योहार हो, जचकी हुई हो, ख़ास कोई आया हो तब वह अधिक लड्डू और नमकीन बनातीं, किंतु कुछ भी हो जाए, बाबूजी को बुलाकर उन्हें खिलाए बगैर वह कभी नहीं खाती थीं।

देश में आज़ादी के नारे ज़ोर पकड़ रहे थे। 'अंग्रेज़ भारत छोड़ो' विचार ज़ोर पकड़ रहा था और वह एक आंदोलन में बदल गया था। क्या बच्चा क्या बूढ़ा, क्या गरीब क्या अमीर, सब इस यज्ञ कुंड की आहुति बनने को तैयार थे। बाबूजी और उनकी पत्नी पूरी तरह देशभक्त थे। गोरे कहाँ मौक़ा छोड़ते थे अपनी ताकत दिखाने का? एक तरफ़ से सबको बंदी बनाने में पल भर की देरी नहीं होती थी। बाबूजी और उनकी पत्नी को भी अनेकों बार लंबे समय के लिए बंदी बनाकर जेल में रखा गया। सादा जीवन बितानेवाले, सादा खाना खानेवाले, सादा पहनने ओढ़नेवाले लोग। उस पर देश की आज़ादी के लिए कारागृह। उन्होंने कभी कोई शिकायत नहीं की। हर बार पहले से भी अधिक और मज़बूत, अनुशासित और संयमित बनकर बाहर आए। देश आज़ाद हो गया। बाबूजी को सरकार बड़ा पद देना चाहती थी। उनका चयन भी हो गया, पर उन्होंने नहीं स्वीकार किया। देशभक्त भत्ता देने के लिए उनका नाम तय हुआ तो उन्होंने उसे भी स्वीकार नहीं किया। कोई भी सर्टिफ़िकेट, तमगा और प्रशस्ति-पत्र लेने से भी इनकार कर दिया। उनका कहना था कि हर देशवासी का कर्तव्य है कि वह अपने देश के काम आए। वही सबसे बड़ा धर्म है। हमने अपना कर्तव्य निभाया। इसमें विशेष क्या किया? अपने धर्म का पालन करने में कैसा इनाम?

बाबूजी के बच्चे भी उस आदर्शवादी विचारधारा वाले वातावरण में पल रहे थे। सकारात्मक प्रभाव तो पड़ना ही था। बाबूजी के भाइयों के बच्चे भी

उनके साथ ही रहते थे। वह कैसे इस प्रभाव से अछूते रह जाते? पचास से भी अधिक लोगों का परिवार एक साथ रह रहा था। हर उम्र के लोग थे। नन्हे बच्चे से लेकर नब्बे से ऊपर की आयु वाले एक छत के नीचे रहते थे। ख़ूब शोर, बातचीत, हँसना-गाना, चिल्ला-चिल्ली सबकुछ। जिसने ऐसा माहौल देखा-जाना वही समझ सकता है उन रिश्तों की गरमाहट और ख़ूबसूरती। बाबूजी और उनकी पत्नी के जेल जाने पर सभी सदस्य अपने आप सहसा ज़िम्मेदार और परिपक्व हो जाते थे। देश के बारे में चर्चा तो हर समय होती थी और सब उसमें भागीदार होते थे।

बाबूजी कभी फ़ालतू पचड़ों में नहीं पड़े। फिर भी, सबकी खोज-खबर रखते थे। वे बहुत मेहनती, ईमानदार, मददगार और सादगी से जीवन जीनेवाले इनसान थे। शादियों की फ़िज़ूलखर्ची से बचते थे, पर बिरादरी और समाज के सभी नियमों, रीति-रिवाज़ों का पालन करते थे। दहेज प्रथा के ख़िलाफ़ उनके सिद्धांत केवल बोलने के लिए नहीं थे। उन्होंने करके दिखाया। अपने बच्चों, अपने भाइयों के बच्चों, बच्चों के बच्चों के विवाह में न तो कभी माँग की और न कभी माँगनेवालों के यहाँ इस कुल की कन्याओं का संबंध किया। शादियों में ख़ूब रौनक रहती थी। सभी सगे-संबंधी सम्मिलित होते थे। रौनक बढ़ाते थे और शादी उत्सव बन जाती थी। शादियों में आनेवाले मेहमान काफी-काफी दिनों तक रहते थे। सब यूँ हिल-मिलकर रहते थे, मानो जन्म से ही साथ रहते हों। ख़ुशनुमा माहौल रहता था।

बाबूजी का दैनिक जीवन सादगीपूर्ण था। जितना हो सके, दूसरों के काम आते थे। किसी की भी मदद के लिए कभी भी तैयार रहते थे। समाज और शहर में इतने लोगों के मददगार रहे थे कि उनके न रहने की खबर ने सबको स्तब्ध कर दिया। उनके दर्शन को लालायित लोग सबकुछ भूलकर उनके निवास स्थान पर एकत्र होते गए। महान् लोगों की चरण रज भी तीर्थ स्थल के समान होती है। भोलेनाथ की भभूत, दुर्गा माँ का सिंदूर, मस्तक पर लगाने से जो भाव आते हैं और उसे लगानेवाले चाहते है कि उनका वरदहस्त सदा हम पर बना रहे। वही भाव बाबूजी के चरण स्पर्श और चरण रज लेने

में आते थे। सब एक-दूसरे को अपने व्यक्तिगत अनुभव बाँट रहे थे। बहुतों को उनके बारे में बहुत कम पता था। धीरे-धीरे उनकी सादगी, बड़प्पन, देश प्रेम, कर्तव्य-निष्ठा और संवेदनशीलता की परतें-दर-परतें खुलती गईं और वह आदर्श रूप में हमारे मन में बस गए।

बाबूजी जैसे श्रेष्ठ इनसान भी होते हैं, यह देखकर-जानकर लोगों का इनसानियत पर विश्वास फिर से स्थापित होने लगता है।

□

36 का आँकड़ा

मिसेज सिंहल का अपने जान-पहचान वालों और महकमे में, जहाँ उनके पति सरकारी अफ़सर तैनात थे (बिजली विभाग में), भारी दबदबा और रुआब था। उनके पिता भी सरकारी डॉक्टर थे। बड़ी कोठी और कोठी के साथ बाग-बगीचे और उन सबके साथ दर्जन भर सेवक-कर्मचारी, माली, चौकीदार इत्यादि बिना मिले ही मिल जाते थे। कोठी और बगीचे की देख-रेख, साफ़-सफ़ाई, साहब के लिए घोड़ा और घोड़े से जुता हुआ ताँगा और ताँगेवाला, इनके अलावा और भी कई लोग उनके हुक़्म की तामील करने को तैयार खड़े रहते थे। ये सभी कर्मचारी सरकारी काम के लिए रखे जाते थे। अंग्रेज़ों के समय में उन्होंने अपनी ताकत और ज़ुल्म के तहत, अपने आराम के लिए इन कर्मचारियों को अपने पैरों की धूल से भी बदतर बना दिया था। अंग्रेज़ों के चले जाने के बाद भी यह रवैया और तरीका चलता चला आया। बहुत सारे अफ़सर इसे अपना जन्मसिद्ध अधिकार मानते हुए अपने घर और व्यक्तिगत कामों के लिए इन सरकारी सुविधाओं का उपभोग करते रहे। उन कर्मचारियों के रहने के लिए उसी अहाते में अनेक कोठरियाँ थीं। प्रत्येक कर्मचारी अपने परिवार के साथ रहना चाहता था। इस कारण वह कोठी का हर काम करने को बाध्य था। अफ़सरों को मिलीं ये सभी सुविधाएँ यूँ देखने-सुनने में बहुत सामान्य लगती थीं, किंतु ग़ैर सरकारी अफ़सरों, अन्य लोगों से पूछें तो पता चलता था कि इन सामान्य सुविधाओं के न रहने पर

जीवन कितना असामान्य लगता था? किसी कारणवश इन ख़ास सरकारी अफ़सरों को अगर कुछ दिन के लिए ये सारी सुविधाएँ न मिलें तो उनका पारिवारिक जीवन जहन्नुम बन जाता था। सुबह से रात तक केवल हाय हाय। कितना काम? कौन करेगा? कैसे होगा? ठाठ-बाट की आरामवाली ज़िंदगी अचानक नरक बन जाती थी।

दुनियादारी में अनुभवी डॉक्टर साहब ने अपनी सभी कन्याओं का विवाह सरकारी नौकरी वाले लड़कों के साथ ही किया, किंतु मिसेज सिंहल जैसी किस्मत वाली अन्य कोई बहन नहीं थी। देश को सदियों की गुलामी के बाद तभी-तभी आज़ादी मिली थी, लेकिन प्रथाएँ चलती चली आ रही थीं। 11-12 वर्ष की उम्र हो जाए और लड़की के हाथ पीले न हों तो घरवालों की नींद हराम हो जाती थी। सरकारी क्लास वन-का अफ़सर बनने के लिए लड़के की उम्र कम-से-कम 23-24 की हो जाती थी। लड़के-लड़की में उम्र का अंतर ज़्यादा है या कम, यह ख़ास मायने नहीं रखता था, बल्कि लड़के से लड़की की उम्र काफ़ी कम हो तो वह रिश्ता अच्छा माना जाता था। घरवालों की और विशेषकर माता-पिता की इच्छा होती थी कि उनकी लड़की राजरानी बनकर रहे। आमतौर पर लड़के से बड़ी उम्र की लड़की से रिश्ता नहीं जोड़ा जाता था। वैसे तो डॉक्टर साहब की सभी कन्याएँ दुनियादारी में पारंगत थीं, लेकिन मिसेज सिंहल की तो बात ही कुछ और थी।

देखने-सुनने में ठीक थीं। 12-13 की उम्र में यौवन की आरंभिक अवस्था, बढ़िया कपड़े, रंगीन सपनों में मग्न, ज़िंदगी के तनाव, चिंता से दूर, नृत्य-संगीत और सहेलियों के साथ बातचीत में व्यस्त आकर्षक कन्या, प्रायः ऐसी कन्या सबके मन को भाती थी। उनका विवाह तय हो गया। उनकी टक्कर का संभ्रांत सम्मानित परिवार, खानदानी अमीर, ढेर सारी ज़मीन-जायदाद से भरपूर, पढ़े-लिखे, नौकरी पेशा वालों का परिवार था। ऐसे परिवार का छोटा सुपुत्र। लड़के का रूप-रंग कौन देखता था? नौकरी होनी चाहिए। लड़का इंजीनियर था। वह भी सरकारी नौकरी में और उसके ऊपर बिजली-पानी विभाग में। जब चाहे जिसकी चाहे बिजली-पानी बंद करा दें। ऐसे में

हाथ जोड़े लोगों की लंबी कतार लग जाए, उनसे फ़रियाद करने के लिए। उम्र भी ठीक थी। 25-26 के लगभग उम्र थी। अंतर ठीक था। वह 13 साल की होनेवाली थीं। ज़्यादा अंतर उत्तम माना जाता था। विवाह हो गया। उनके साथ ख़ूब सामान आया। उस उम्र में पहनने-ओढ़ने का स्वाभाविक शौक़ होता है। उन्हें सजने-सँवरने का विशेष शौक़ था। गहने-कपड़ों से विशेष लगाव था। उनका एक नियम था। बिना पूरा श्रृंगार किए वह अपने कमरे से बाहर कभी नहीं निकलीं। यह नियम शुरू से अंत तक बना रहा। हर दिन यूँ सजतीं मानो आज ही ब्याह के आई हों। नई-नवेली ब्याहता की बात नहीं है, जीवन पर्यंत उनका सजने का उत्साह कभी कम नहीं हुआ।

साल भर में जितने तीज-त्योहार, शादी-ब्याह के अवसर, सालगिरह हो या मायके जाना हो, उन्होंने कभी भी वही, एक बार पहनी हुई साड़ी दोबारा नहीं पहनी। मायके से वह जब लौटतीं तब भी कई नई साड़ियाँ लेकर आती और जब मायके जातीं तब यहाँ से, अपनी ससुराल से नई-नई साड़ियाँ लेकर जातीं। शान का सवाल था। अपने लिए गहने भी ख़ूब गढ़वातीं, एक-से-एक नए डिजाइन के, एक-से-एक ख़ूबसूरत। इसमें भी कोई शक़ नहीं कि लोग इंतज़ार करते थे, देखने की चाह रहती थी कि आज वह कौन सा नया ज़ेवर और कौन सी नई साड़ी पहनेंगी? सुंदरता देखने में कौन संकोच करता है? सुंदर कुछ भी हो, सुंदरता के सब कायल हैं।

मिसेज सिंहल को तो पाउडर, लिपस्टिक लगानी भी आती थी। नाखून रँगना आता था। अपने केश तरह-तरह से बांधना, सँवारना अच्छी तरह से आता था। उनके पिता के मिलनेवालों में बहुत-से अंग्रेज़ और उनकी मेम थीं। उन्हें देख उनसे पूछकर वह सीख गई थीं।

शादी के बाद उन्होंने बहुत जल्दी अपनी जगह हासिल कर ली। उनकी हर बात मानी जाती थी। वह सबसे ख़ूब बोलती थीं। कृत्रिम मीठा बोलना उनके व्यक्तित्व की ख़ूबी थी। कोई भी रिश्तेदार आता, तो उसकी आवभगत, सेवा-टहल में कोई कमी नहीं रहती। उन्हें स्वयं तो कुछ भी नहीं करना पड़ता था, किंतु कर्मचारियों से काम लेना उन्हें भलीभाँति आता था। वह चौथे नंबर

की बहू थीं। सबसे छोटी होने के कारण उनकी गलती होने पर भी कोई उन्हें कुछ नहीं कहता था। "अभी छोटी है, नई है, सीख रही है, सीख जाएगी, खेलने-खाने के दिन हैं, अभी नहीं करेगी तो यह सब कब करेगी? एक बार बच्चा आ जाए गोद में, अपने आप गृहस्थी सँभालना सीख लेगी।" किसी-न-किसी वाक्य से उनकी हर भूल दर-गुज़र कर दी जाती थी।

कभी-कभी तीनों बड़ी बहुओं के मन में यह विचार आता कि हम तीनों भी इसी उम्र में ब्याह कर आई थीं, लेकिन हमारे ऊपर तो सख्त पहरा रहता था। जो कुछ भी हो, वह बिना किसी मेहनत के मुखिया बन बैठी थीं। अपने सजने-सँवरने का ऐसा सिक्का जमा दिया था कि तीनों बड़े जेठ अपनी पत्नियों को जब-तब उनके सलीकेदार न होने के लिए काफ़ी कुछ सुनाने लगे थे। उन तीनों में से किसी के पास न कोठी थी, न नौकर-चाकर और न अधिक आमदनी। कभी नई साड़ी लेकर दी हो, कभी गहना, रुपया-पैसा दिया हो, ऐसा कभी नहीं हुआ। वे तीनों बहुएँ पूरा-पूरा दिन चूल्हा-चक्की गृहस्थी सँभालती रहती थीं। बढ़िया साड़ी और सोने या कुंदन का सेट पहनकर पंखे की हवा में बैठकर कहानियों की किताब पढ़ें, आराम फरमाएँ और घर का सब काम सुचारु रूप से चलता रहे, उनमें से किसी को ऐसा दिन नसीब नहीं हुआ। हाँ, बात-बात पर उलाहना-फटकार अवश्य मिलती रही।

पुरुष कमाते थे, स्त्रियाँ घर सँभालती थीं। दोनों के काम भिन्न थे। दोनों की ज़िम्मेदारी भिन्न थीं। दोनों ही महत्त्वपूर्ण थे। धन अर्जन के बिना गृहस्थी कैसे चल सकती थी? यदि गृहस्थी सँभालने की ज़िम्मेदारी न ली जाए तो धन अपने आप में क्या करेगा? आज तक न सिक्का खाया गया है और न काग़ज़ का रुपया। धन की कम ज़्यादा कमाई हो सकती है, किंतु गृहस्थी समय की पाबंदी, योजनाबद्ध रूप और हर सेकंड की मेहनत से ही चलती है। स्त्री के हाथ में धन नहीं दिया जाता था। उनकी फ़ेहरिस्त के अनुसार ज़रूरत का हर सामान मँगवा दिया जाता था।

मिसेज सिंहल ने पति का वेतन अपने अधिकार में ले लिया। अब सारा हिसाब-किताब, लेन-देन, खर्च-बचत उनके हाथ में था। कुत्ता भी

रोटी देनेवाले के सामने अपनी दुम हिलाता है। इस घर के प्राणी पशु जाति के नहीं थे सभी मनुष्य जाति के थे। उनके पति से नीचे पद वाले अफ़सर, कर्मचारी, बाबू, सेवक, माली, और उनके साथ उनके परिवार के सदस्य, सबकी हैसियत कुत्ते जैसी ही हो गई थी। सबकी रोटी का टुकड़ा मेम साहब के हाथ में था। वेतन रोक दिया, नौकरी से निकलवा दिया तो क्या करेंगे? हाथ जोड़े खड़े रहने, उनके इशारों पर नाचने, जो कहें, जब कहें, जैसा कहें, तुरंत पालन करने में ही खैरियत थी। इनकी मानो या साहब की मानो, एक की बात तो माननी ज़रूरी थी। सोचने लगते, जब साहब उनके आगे कभी कुछ नहीं बोलते तो हम कौन हैं?

कोठी बड़ी थी। पीछे के मैदान में ढेरों साग-सब्ज़ियाँ लगाई गई थीं। सामने की तरफ़ ख़ूब बड़ा लॉन था, जहाँ फूल लगे थे। एक तरफ़ के मैदान में बैडमिंटन खेलने के लिए कोर्ट बनाया गया था। दूसरी तरफ़ फलों के ढेरों पेड़ लगे थे। पूरा दिन लोग उनकी देख-रेख में लगे रहते थे।

गरमियों के मौसम में बेला/मोगरा, जूही, चमेली की महक सारे वातावरण में फैल जाती थी। सुबह-सुबह फूल चुनकर घर में लाकर रखे जाते थे। फूलदान में नए फूल लगाए जाते थे। झाड़ू-बुहारी, झाड़-पोंछ, फ़र्श पर पोंछा लगना, बिस्तर ठीक करना कई घंटों का काम था। पोंछा तब तक लगवाया जाता था, जब तक फ़र्श आईने की तरह चमकने न लगे और उसमें अपना चेहरा स्पष्ट रूप से दिखना ज़रूरी था। एक कोना या कहीं कोई हिस्सा छूटने पर उस कर्मचारी की खैर नहीं रहती थी। शुरू-शुरू में कर्मचारी मुस्तैदी से काम करते थे, फिर ढील छोड़ देते थे, जैसा हर जगह होता है। ऐसा होने पर उनके सुपरवाइज़र को बता दिया जाता था। फलस्वरूप, उन्हें आगाह कर दिया जाता था कि या तो उनका तबादला हो जाएगा या वेतन रोक लिया जाएगा। ऐसा काम बरदाश्त नहीं होगा। यह मात्र चेतावनी नहीं थी, ऐसा किया गया। शीघ्र ही सब चेत गए और चौकन्ने होकर दोगुनी मेहनत से काम करने लगे।

शादी के तीन साल कैसे बीत गए, पता भी नहीं चला। एक दिन नए

मेहमान के आने की खबर से उसके आने की तैयारी शुरू हो गई। नौ महीने ख़ूब आवभगत, आराम, चहल-पहल में गुज़रे। पिता बड़े डॉक्टर थे। जचकी के लिए अपने साथ ले गए। केवल डॉक्टर होने से विधि का विधान नहीं बदल जाता। बच्चा खोने का दु:ख लिखा था। जो लिखा है, वह भोगना पड़ता है। सबका दिल उदास हुआ। मायके में बड़ी-बड़ी तैयारियाँ हो रही थीं। सब बंद कर दी गईं। ससुराल में खबर पहुँची, उदासी छा गई। घर के बड़े दु:ख की गहराई समझते थे। छोटे बेटे को लेकर माँ बहू के मायके जाने के लिए निकल गईं। वहाँ पहुँचकर सबसे मिलीं। बहू को धीरज बँधाया, दिलासा दिलाया। समाज में कितनों के साथ ऐसा घटा है, उन उदाहरणों और उन लोगों के बारे में बताकर सांत्वना दी। उन्हें मालूम था, यह दारुण दु:ख है। कहना आसान है, उसे सहना झेलना कठिन है। नौ महीने बच्चे की आस में अपने को माँ रूप में ढालने की तैयारी कर लेने के बाद इतना बड़ा आघात? हिम्मत कहाँ से लाए? पति-पत्नी दोनों प्रभावित होते हैं। दोनों को अपने में हिम्मत इकट्ठी करके आगे बढ़ना ज़रूरी था। जब वह शारीरिक और मानसिक रूप से कुछ स्थिर हुईं, तब ससुराल वापस आ गईं।

साल बीतते-बीतते दिन पूरे हो गए। इस बार पैर भारी होने की खबर सुनकर सब चुप रहे। समय पर सब हुआ पर अफ़सोस! बच्चा मृत पैदा हुआ। उन्हें बताने की किसी में भी हिम्मत नहीं थी। मालूम था कि वह संतुलन खो बैठेंगी, लेकिन छुपाना भी कितनी देर संभव था? वही हुआ जिसकी आशंका थी। उनका संतुलन ऐसा बिगड़ा कि तुरंत उपचार कराना पड़ा। सँभलते-सँभलते एक साल लग गया। बच्चे की चर्चा कोई नहीं करता था। बच्चे के लिए कपड़े, चादर की सिलाई-कढ़ाई की जो भी तैयारी चल रही थी, संदूक में छिपा दी गई। सब कोशिश करते थे सामान्य बने रहने की, पर कोशिश केवल कोशिश ही रह जाती थी। किसी-न-किसी रूप में प्राय: बात-बात में कोई बात निकल आती थी और वातावरण गमगीन बन जाता था।

समय तो कैसे भी बीतता ही जाता है। कभी उदासी में, कभी निराशा में, कभी आशा और उम्मीदों का दामन थामकर जीने की कोशिश में कुछ साल

निकल गए। जैसे ही ख़ुशखबरी की सूचना दी, घर के बड़ों ने देवी माँ के मंदिर में जाकर मन्नत माँगी। घर में दैनिक पूजा का कार्यक्रम शुरू हो गया। जब तक संभव होगा, इस बात की जानकारी किसी को भी नहीं दी जाएगी। चाहे-अनचाहे किसी की बुरी नज़र का साया पड़ सकता है। घर के सभी कर्मचारियों को सख्त हिदायत दी गई कि यदि घर की कोई भी बात कहीं बाहर पहुँची तो सबको बरख़ास्त कर दिया जाएगा। इतने नौकरों में किसने किसको बताया, मालूम करना असंभव है, इसलिए एक भी नहीं छूटेगा। वह ज़माना अलग था। अफ़सर का दबदबा बहुत था। सबने मुँह सी लिये।

घर में एक कन्या का आगमन हुआ। सब ठीक रहा। फिर भी कोई जश्न नहीं हुआ। वहम के रहते, अनहोनी के डर से कोई ख़ुशी नहीं मनाई गई। तय हुआ कि जो कुछ करना है, तीन महीने बाद करेंगे। बच्ची कुछ बड़ी हो जाए। बच्ची को नए कपड़े नहीं पहनाए जाएँगे। कोई रस्म, कोई लेन-देन नहीं होगा। छह महीने पूरे होने पर बहुत चाव से अन्न प्राशन, कर्ण छेदन और नामकरण की रस्म हुई। सबको न्योता भेजा गया। भोज हुआ। मिठाई बँटी। रिश्तेदारी निभाई गई। तब तक बच्ची बैठने, मुसकराने, पहचानने लगी थी। पिछले दुःख दूर हो गए थे। याद करने की ज़रूरत भी क्या थी?

बच्ची के आने से इतना फ़र्क आ गया घर में कि सब लोग उससे खेलते रहते, ख़ुश रहते। दो साल के अंदर एक बेटा हो गया। पूरा घर निहाल हो गया। जगराता-सा रहने लगा। छोटे-छोटे अवसर ढूँढ़-ढूँढ़कर घर में दावतें होने लगीं। आनेवालों की कोई कमी नहीं थी। बिरादरी वाले, पहचान वाले, सरकारी विभाग वाले, सगे-संबंधी और अनेक मित्रगण, सब आने को उत्सुक रहते थे। बड़े लोगों, धनवान लोगों और शक्तिशाली लोगों से सभी अपनी घनिष्ठता दिखाना-बढ़ाना चाहते हैं। कोई भी खाली हाथ नहीं आता था। कभी बड़े, कभी छोटे उपहार लेकर आते थे। घर के लिए, बच्चों के लिए तरह-तरह के सामान जुड़ने लगे। "बनारस गए थे, लाल मिर्च का अचार और आलू के पापड़ लाए थे। सोचा, थोड़े आपके लिए भी ले लूँ।" आगरा से भैया आए थे। बहुत सारी दालमोठ, पेठा ले आए। "हम लोग तो इतना नहीं खा सकेंगे। थोड़ा

आपके लिए ले आए।" "इलाहबाद से अमरूद आए थे।" "आम की टोकरी आई थी।" शंडीले के लड्डू आए हैं। "लखनऊ से लैला की उँगलियाँ यानी पतली वाली भिंडी की तरकारी और मजनू की पसलियाँ, ख़ासमख़ास ककड़ी, दशहरी आम और ख़ास खरबूजे मँगवाए थे।" हर शहर की कोई-न-कोई ख़ास चीज़ या तो कोई भेजता या ख़ुद लाते या किसी से मँगाते। उसमें से थोड़ी-सी यानी आधी से अधिक साहब के घर भेजी जाती। धीरे-धीरे लखनऊ की चिकन की साड़ी, बनारसी ज़री वाली साड़ी, जयपुर, जोधपुर, उदयपुर की बाँधनी, बंधेज, लहरिया, कलकत्ता की टंगैल, धनिया खाली, ढाकाई, ओडिशा, हैदराबाद, चेन्नई, बेंगलुरु की बढ़िया रेशमी साड़ियाँ भी आने लगीं।

जैसे-जैसे साहब के घर में पसंद आनेवाली चीज़ों के बारे में बात एक से दूसरे को मालूम पड़ी और अधिक लोग सम्मान और स्नेह के वशीभूत हो कर छोटे-मोटे सामान लाने लगे। उसके बाद फ़िरोज़ाबाद में चूड़ियाँ बहुत सुंदर थीं। जोधपुर जैसी चाँदी की पायल कहीं नहीं मिल सकती। चाँदी की गिलसिया कटोरी चम्मच तो इतनी मन भाईं कि अपने गुड्डे की याद आ गई। लोग लाते रहे। छोटी बहू लेती रहीं। छोटी चीज़ों के बाद बड़ी चीज़ों के उपहार का सिलसिला चलता रहा।

साहब का तबादला हर तीन साल में हो जाता था। एक नया मेहमान भी आ जाता था। बेटे के बाद और दो कन्याओं का जन्म हुआ। बच्चों की शिक्षा बहुत महँगे स्कूलों में हुई। साहब का ओहदा ऊँचा था। उनके रहन-सहन से अमीरी झलकती थी।

साहब जहाँ भी जाते, मेमसाहब की धाक जम जाती थी। हर शाम क्लब जाना, ताश खेलना, गप्पबाजी करना, लोगों से मिलना-मिलाना और हफ़्ते में दो-तीन बार किसी-न-किसी वजह से दावत भी हो जाती थी। साहब की नौकरी में दौरे पर भी जाना ज़रूरी था। उन सब जगहों पर घर जैसी सुख-सुविधाएँ नहीं होती थीं। ठहरने के लिए डाक बंगला होता था, जिसकी देखभाल के लिए एक चौकीदार होता था। साहब के आने की खबर मिलते ही उनकी सेवा की तैयारियाँ शुरू हो जातीं थीं। गरमी का मौसम हो तो खस

और कूलर का इंतज़ाम किया जाता था। सर्दियाँ हों तो अंगीठियों का इंतज़ाम, जिनसे गरमाहट तो हो जाएगी, लेकिन आग लगने का खतरा नहीं था। सब्ज़ी-फल, दूध-दही, नमकीन-मिठाई का इंतज़ाम, सबकुछ एकदम बढ़िया तरीके से होना ज़रूरी था, इस कारण इस सबके लिए कई लोग काम पर लग जाते थे। कहीं कोई चूक हो गई मेमसाहब कुछ कम ख़ुश लगीं या किसी बच्चे ने शिकायत कर दी तो उसके लिए ज़िम्मेदार व्यक्ति, व्यक्तियों की शामत आ जाती थी। धुकधुकी लगी रहती थी कि अब न जाने क्या होगा? इतनी तैयारियों के लिए पैसा कहाँ से आया, किसने खर्च किया, इन सबके बारे में न तो साहब ने कभी पूछा और न पूछने की ज़रूरत ही समझी।

गरमी की छुट्टियों में किसी एक बेटे के घर अपने पूरे कुनबे के साथ साहब के माता-पिता एकत्रित होते थे। सब अपने पूरे परिवार के साथ आते। रौनक रहती। सब साथ-साथ बड़े हो रहे थे। लगाव स्वाभाविक था और संकोच भी स्वाभाविक था। छोटे बेटे के यहाँ दुनिया जहान की सुविधाएँ थीं। ढेरों नौकर-चाकर थे। किसी को कुछ काम करने की ज़रूरत नहीं होती थी। मौज-मस्ती, आराम तलबी, खाते-खेलते दिन निकल जाते थे। अन्य बेटों के यहाँ सुविधाएँ कम थीं। आमदनी सीमित थी। नौकर चाकर नहीं थे। थोड़ा-बहुत काम सबको करने की ज़रूरत होती थी। उतना दावती खाना बनाना संभव नहीं होता था। मौसम की तकलीफ़ें झेलनी ज़रूरी हो जाती थीं। फिर भी, सब में मेलजोल बना रहा। घर के बड़ों के आगे कोई कुछ नहीं बोलता था, न बेटे न बहू। जब तक माता-पिता रहे, रिश्ते सँभालते रहे। हालात तो तब बिगड़ने लगे जब बहुओं ने काम में हाथ नहीं बँटाया। सारा भार एक कंधे पर आ पड़ा, लेकिन यह उस समय, उनकी पीढ़ी में कम हुआ। आगे वाली पीढ़ी में अधिक होने लगा। सोच में बदलाव आ गया था। उनका सोचना कहना था कि हम लोग यहाँ मौज-मस्ती के लिए आए हैं, काम करने के लिए नहीं वरना हमारा घर अच्छा था।

बेटे-बेटियों की शादी की उम्र हो रही थी। दादा-दादी ने हल्ला मचाना शुरू कर दिया, "क्या कर रहे हो? अभी पैदा हुए हैं क्या? लड़की ताड़-सी

बड़ी हो गई है और अभी घर में बैठी है। पढ़ रही है। अभी और आगे पढ़ाई करेगी? पढ़ाई से गृहस्थी चलेगी क्या? कौन-सा स्कूल दाल-रोटी बनाना सिखाता है? स्कूल जाकर बच्चा होता है क्या? बच्चा नहीं होगा तो गृहस्थी कैसे जमेगी? धर्म-कर्म सब भुला बैठे हो। अभी तो हम हैं तब यह हालत है। हम नहीं रहेंगे तो तुम अपनी ज़िम्मेदारी कभी पूरी नहीं करोगे।

"लड़के कमाऊ हो गए हैं। अकेले रहेंगे तो दोस्ती में पड़ जाएँगे। होटलों में खाना, सिगरेट-शराब, ताश-जुआ, सिनेमा, आवारागर्दी—कोई भी खराब आदत सीख सकते हैं। ऐसा हो गया तो केवल हाथ मलोगे। समय नहीं लौटेगा। सारी कमाई उड़ा देंगे। धीरे-धीरे आदत पड़ जाएगी अपने मन से रहने की। फिर शादी भारी पड़ जाएगी। निभाना नहीं हो सकेगा। कभी वंश के बारे में भी सोचा है? लड़कियों की शादी हो जाएगी। पराए घर चली जाएँगी। लड़कों की शादी नहीं करोगे? गृहस्थी नहीं होगी। बच्चे नहीं होंगे। तुम्हारे साथ वंश ख़त्म? हमने पाल-पोसकर मेहनत करके तुम लोगों को बड़ा किया, क्या ये दिन देखने को? हमारा वंश नहीं चले? इस खानदान का नाम लेनेवाले कहाँ से होंगे? तुम लोगों को पढ़ाया-लिखाया, इंजीनियर बनाया जीविका अर्जन करने लायक बनाया तो क्या यह क्या हमारी भूल है? अगर न पढ़ाते तो अब तक पड़पोते-पड़पोतियों से घर भर गया होता। कान में सीसा घोल लिया है क्या? दिन में दस बार समझाते हैं, लेकिन तुम लोगों के कान पर जूँ नहीं रेंगती।"

हर दिन, हर समय ऐसी ही बातें चलती रहतीं थीं। एक दिन उन्होंने फ़रमान जारी कर दिया। "20/21 वर्ष की लड़की और 25/26 का लड़का अगर बिना शादी के रहें तो हम दोनों काशीवास को चले जाएँगे। सारा ज़ेवर, जो तुम लोगों को पूरी ज़िंदगी मिलता रहा, वह हाल के हाल हमें वापस दे दो। शादी के समय तुम्हें दिया था। तुम्हारा नहीं हो गया है।"

भाग-दौड़ शुरू हुई। लड़कियों के ब्याह की बात चलाई गई। समय सीमा तय कर दी गई। अन्य सभी बातें ग़ैर ज़रूरी हो गईं। अच्छे घर की लड़कियों के रिश्ते तय हो जाना कठिन नहीं होता था। सबको एक-दूसरे के

बारे में मालूम रहता था। अपने स्तर और समान सोच वाले परिवारों में ही रिश्ते जोड़े जाते थे। ऐसे परिवार, जो न बहुत अमीर और शान-शौक़त वाले हों, और न ही बदहाल हालत हों। शादियाँ तय होती गईं। तीनों भाइयों की शादी के लायक उम्र की लड़कियों की शादियाँ हो गईं। छोटे बेटे की लड़की के लिए छोटी बहू को कोई जँच नहीं रहा था। जब बात छेड़ो वह कहतीं, "देख तो रहे हैं। ऐसे ही कहीं भी, किसी से भी तो रिश्ता तय नहीं कर देंगे? तब तक लड़कों की शादियाँ क्यों रोकी जा रही हैं?" उनकी बात उचित लगी। सबका ध्यान लड़कों के लिए लड़की ढूँढ़ने में लग गया। शादी तय हो गई।

हर शादी में छोटी बहू ज़ेवर-साड़ी की खरीदारी की ज़िम्मेवारी लेना पसंद करती थीं। घर के दूसरे काम उनकी जिठानियाँ सँभाल लेती थीं। वह ठाठ-बाट से रहती थीं। उन्हें नए-नए कपड़ों की समझ थी। अमीर समाज में उठना-बैठना था। सबकी रज़ामंदी हो या न हो, वह आगे बढ़कर लेन-देन की बातों में अपने आप ही अगुवा और सर्वेसर्वा बन जाती थीं। इस बार भी ऐसा हुआ। उन्होंने आगे बढ़कर ज़िम्मा ले लिया। खरीदारी के लिए जब रुपए की बात आई तो तय हुआ कि लड़के अलग रह रहे हैं। उनसे पैसा माँगने की जगह क्यों न बिल ही उनको भेज दिया जाए? यह सुझाव सबको पसंद आया।

यूँ तो हर शादी में वह दुल्हन जैसी साड़ी और ज़ेवर अपने लिए भी बनवाती थीं, पर लड़के की शादी में बात थोड़ी फ़र्क थी। बिल लड़का चुकाएगा तो इस बार अपनी खरीदारी का बिल भी साथ में ही करवा दिया। न हींग लगी न फिटकरी, रंग चोखा ही चोखा।

हर शादी में ज़ेवर की बात ज़रूर उठती। खानदान की मुखिया बड़ी दादी अम्मा हर बार फिर फिर दोहरातीं। "मेरा ज़ेवर तुम लोग वापस करोगी या नहीं?" सभी बहुएँ चुप लगा जातीं, क्योंकि उनके पास तो ज़ेवर रहा ही नहीं। शादी होकर बहू आती, उसे ज़ेवर चढ़ाया जाता। अगर घर के बड़े चाहें तो वह रख सकती थी, पहन सकती थी, तब तक जब तक दूसरी बहू न आ जाए। थोड़ा ज़ेवर दूसरी बहुओं को पहनने के लिए दिया जा सकता था। बाकी करीब-करीब सारा ज़ेवर नई बहू को दे दिया जाता। ऐसा करते-

करते सारी चीज़ें, सारा–का–सारा ज़ेवर सबसे छोटी बहू के पास पहुँच गया। कितना भी बड़े कहें, लेकिन छोटी बहू कभी किसी को उस ज़ेवर को हाथ भी नहीं लगाने देती थीं।

पोते की शादी थी। दादी के अरमान थे कि अपना ज़ेवर अपने हाथों उसकी बहू के हाथ में सौंपे। उसे उन ज़ेवरों से सजी हुई देखे। उन्होंने सख्त हिदायत दे दी कि उनका सारा ज़ेवर उन्हें मिल जाना चाहिए। इस बार बहुओं ने मुँह खोला और बताया कि उनके पास कुछ नहीं है। छोटी बहू से कहा गया। छोटी बहू ने कहा, "शादी के समय लेकर आऊँगी। अभी इधर–उधर हो सकता है।" शादी पर भी वह ज़ेवर नहीं लाईं। पूछने पर सफ़ाई में कहा, "रास्ता ठीक नहीं था। डाकुओं का डर था।" फिर बोलीं, "पग फेरों के लिए बहू जाएगी, तब तक ज़रूर ले आऊँगी।" पग फेरों के समय भी नहीं लाईं। हर बार एक नया बहाना सामने आता था।

कुछ नहीं हुआ। ऐसे ही काफ़ी समय निकल गया। वह दादी से पड़दादी बन गई। जी ख़ुशी के मारे हिलोरें ले रहा था। छोटी बहू से बहुत कहा। कुछ–न–कुछ बहाना सुनने को मिलता था। वह, दादीजी चाहती थीं कि इससे पहले कि उनकी आँखें मुँदें, उससे पहले ही वह अपने हाथों से अपने ज़ेवर पतोहू को और अपने पड़पोते के लिए दे सकें। वो दोनों काशीवास को जाने की बात करने लगे। पतोहू को बुलाकर ज़ेवर से संबंधित सब बातें और अपनी इच्छा विस्तार से समझाईं और कहा, "यह मेरा आदेश है। वह कभी नहीं देगी और तू कभी नहीं माँगेगी। मेरा आदेश न मानकर ठीक नहीं करेगी।" बार–बार सुनने के बाद भी उनकी पतोहू कुछ नहीं कर सकती थी। वह जानती थी कि उन्होंने जब बड़ों का मान नहीं रखा, सम्मान नहीं किया तो उसकी क्यों सुनेगी? ज़ेवर जैसी भौतिक वस्तुओं के लिए रिश्तों में खटास और कहासुनी से क्या मिलेगा?

छोटे बेटे की लड़कियों की शादियाँ भी हो गईं। केवल लड़के की बाकी थी। सबने पल्ला झाड़ लिया। कोई भी खौलते पानी में हाथ क्यों डाले? सबको मालूम था कि केवल एक जने की राय से ही शादी तय हो जाएगी।

लड़का तो वैसे ही परदे के पीछे रहता था। उसकी माँ के मन को कोई लड़की नहीं भा रही थी। कमी तो हर एक में होती है, पर उन्हें बहुत ज़्यादा कमियाँ दिखाई दे रही थीं। बात एक रिश्ते पर आकर अटक गई। क्या करें, क्या न करें, बहुत दुविधा में थीं। दूर-दूर तक कोई अन्य रिश्ता ठीक नहीं लग रहा था। घर ऊँचा था, उन्होंने खातिर-तवज्जो में कोई कमी नहीं रखी। दो बार देखने गईं। हर बार आवभगत से प्रभावित हो गईं। उनके लिए लड़की का रंग-रूप और गृह कार्य में कुशलता बहुत मायने रखता था, लेकिन सब छोड़ना पड़ा। उनमें से कुछ भी नहीं मिला। मन मसोसकर रह गईं। लड़की के पिता की कोठी, ठाठ-बाट, खातिरदारी और आवभगत के सामने अन्य सबकुछ गौण लगने लगा। रिश्ता पक्का कर दिया।

ब्याह हो गया। धूमधाम तो होनी ही थी। पिता बहुत ऊँचे ओहदे पर नियुक्त अफ़सर थे। पलटन-की-पलटन तैयार थी शादी के अवसर पर छोटे-बड़े हर काम को मुस्तैदी से पूरा करने के लिए। लेन-देन भी हो गया। इस बार भी ज़ेवरों की बात उठाई गई। कोई कुछ कह सके, उससे पहले ही बहुत स्पष्ट शब्दों में सबसे छोटी बहू ने कह दिया, "जो भी ज़ेवर मेरे पास है मैं अपने बेटे की बहू को चढ़ाऊँगी।"

अप्रत्याशित थी यह बात। ऐसी बात भी कभी सुनाई जाएगी, किसी ने सोचा नहीं था। ख़ासकर उन बड़ों को सुनाई जाएगी, जिनका ज़ेवर था। मन-मुटाव हुआ। वाद-विवाद हुआ। कहना-सुनना-समझाना सब हुआ, पर वह अडिग थीं। अपने छोटे बेटे से उनकी माता ने कहा, "अपनी घरवाली को समझा ले।" वह बोले, "अम्मा! मैं क्या कर सकता हूँ? तुम अच्छी तरह से जानती हो। हमेशा से हमारा 36 का आँकड़ा रहा है। मैं सदा से चुप रहा हूँ, इसलिए अभी तक गृहस्थी की गाड़ी खींच सका हूँ।" छोटी बहू ने केवल कह दिया हो, ऐसा नहीं था। उन्होंने ऐसा करके दिखा दिया। अपने बेटे की बहू को सारा ज़ेवर चढ़ा दिया। उन्हें लगा, जैसे उन्होंने कोई किला फ़तह कर लिया हो। फ़तह किया या नहीं, दूसरों को बोलने का मौक़ा ज़रूर मिल गया। जब बात खुलती है तो दूर तक जाती है।

अभी तक लोग दबे शब्दों में मेमसाहब के रुआब और दर्प की बातें करते थे। जब साहब रिटायर हुए, बात बदल गई। अब लोग खुले आम बातें करने लगे। उनकी यानी मेमसाहब की चर्चा ज़रूर होती और उनके संबंध में शब्द एक ही था—खड़ूस। कभी कहीं रिश्तेदारी की बात आ जाए तो लोग सीधे पूछ लेते थे, "उस खड़ूस औरत से पहचान है क्या? कोई रिश्तेदारी तो नहीं है ऐसे घर में?"

रिश्ते तोड़ने में क्या देर लगती है? इस बात पर रिश्ते टूटना आसान भी था और संभव भी। बावजूद इसके, रिश्ते बने रहे। मेल-मिलाप चलता रहा। समय कभी-कभी अपने हिसाब से भी जीवन सिखाता है। बहू आई। नई बहू उनसे भी दबंग निकली। मुँहजोरी सब करते थे। वही सब पीठ पीछे ख़ूब हँसते थे। बहुत ऐंठ थी। सारी ज़िंदगी अपना शासन चलाया। अब नहले को दहला मिला। सिट्टी-पिट्टी गुम हो गई। कहाँ चला गया सारा घमंड? लोग देखते और ख़ूब मज़े लेते।

सारा ताम-झाम, नौकरों की कतार, बाबू लोग, अफ़सर लोग, मोटर ड्राइवर, दावतें-न्यौते, तरह-तरह की भेंट, फल-तरकारी, सामान, साड़ी से लेकर दशहरे-दीवाली पर लक्ष्मीजी वाले सोने-चाँदी के सिक्के या मूर्ति, चाँदी के थाल और भी न जाने क्या-क्या? रिटायर होते ही एक झटके में सब सपना बनकर रह गए। बरसों-बरसों की शानो शौक़त वाली ज़िंदगी बदल गई। अपना नौकर रखकर उसका वेतन देना, उनसे काम लेना आसान नहीं था, विशेषकर इसलिए, क्योंकि नौकर को कुछ भी कहना संभव नहीं था। अगले दिन से वह काम पर आना बंद कर देते। पहले तो फ़र्श ऐसे रगड़-रगड़कर पोंछे जाते थे कि अपनी पूरी छबि निहार लो। अब पोंछा हो जाए उतना बहुत था। कभी फ़र्श पर पोंछे का पानी-ही-पानी रह जाता। कभी उस पर पड़ी मिट्टी भी ऐसी ही रह जाती। दबी जुबान से कोमल स्वर में कहने, बताने की कोशिश रहती थी, लेकिन अंदर-ही-अंदर धुकधुकी होने लगती कि कहीं काम न छोड़ दे।

सरकारी नौकरी से रिटायर होने के बाद एक बड़ी समस्या होती है,

घर की। नौकरी में सरकारी आवास मिलते रहे। इन्हें रहने के लिए घर की दिक्कत नहीं हुई। बाप-दादाओं का बड़ा घर था, ले लिया। काम चल गया, किंतु रुआब ठंडा पड़ रहा था। नौकर के रहने के लिए जगह नहीं थी। खर्चा भी बढ़ता और घर में रखने में डर बना रहता। प्राइवेसी भी ख़त्म होती है। आए दिन, लगभग रोज़ाना नौकर, महरी कामवाली को लेकर गरमा-गरमी रहने लगी।

बहू ने कहा कि उसके पास घर चलाने और घर के कामों के लिए समय नहीं है। किसी की हिम्मत नहीं थी उससे कुछ कहने की। तीनों बड़े भाई पहले ही रिटायर हो चुके थे और किराए के मकानों में रह रहे थे। सलाह हुई कि बाप-दादा के मकान में सब रह लें। सब अपनी अपनी गृहस्थी और सामान लेकर आ गए। आने के बाद हक़ीक़त का सामना करना पड़ा। थोड़े दिनों तक तो ठीक-ठाक निभाना हुआ। फिर कुछ रंजिश, कुछ बातचीत बंद होने की नौबत आ गई। तय हुआ कि वरांडों को कमरों में बदल दिया जाए। छत फ़र्श और खंभे पहले से थे। चारों तरफ़ दीवारें, दरवाज़े और खिड़कियाँ लगाकर सबको एक-एक कमरा दे दिया गया। किसी ने कुछ नहीं कहा। उसी में पार्टीशन लगाकर रसोई बन गई। साथ में रहने का जो भी जीवन सोचा था, वह तो नहीं हुआ, परंतु वापस दूसरे शहर लौटने का इरादा ठीक नहीं समझा गया।

अपने बच्चों के साथ समय बिताने, उनसे मिलने, उनके घर में कुछ दिन रहने के लिए वे सब भाई अकसर जाते रहते थे। चाभियाँ छोटे भाई के घर में छोड़ दी जाती थीं। छोटे भाई का पक्का इंतज़ाम था। उनके साथ उनके बेटा-बहू रहते थे। जब भी वे लोग लौटते, कोई-न-कोई चीज़ नहीं मिलती। उनके घर से कोई-न-कोई चीज़ गायब रहती। बुरा मानकर भी कोई बुरा नहीं मानता था। आमतौर पर घर की रोज़मर्रा में आनेवाली चीज़ें होती थीं। मच्छर मारनेवाली नई फ्लिट गन खरीदी गई थी। नौकर से पूछने पर उसने बताया कि छोटी भाभीजी आपके घर से ले गई थीं। बच्चों के खेलने का नया-का-नया पूरा क्रिकेट सेट था। उठ गया। किताबें-कॉपी-कपड़े, चादर, घड़ी, मेज़-कुरसी, कपड़े सुखाने की मज़बूत महँगीवाली विदेशी रस्सी और उन पर

लगानेवाली क्लिप, ताले-चाभी, परदे लगाने की रॉड, कार्पेट-कुशन-तकिए, गमले, गमले रखने के स्टैंड, अनाज रखने के डब्बे, फ़ेहरिस्त ख़त्म नहीं हो सकती। संक्षेप में, कोई भी सामान जब जैसी ज़रूरत हो या न भी हो, ले लिया जाता था। सोच थी कि घर की बात है। अपना घर है। अपने लोग हैं। बाज़ार से खरीदने की क्या ज़रूरत है? बड़े लोग शांत रहकर सब देखते-सुनते, लेकिन कुछ नहीं कहते।

कुछ महीने बच्चों के साथ रहने के बाद जब वो लोग लौटते, अपना बंद घर व्यवस्थित करने में समय लगता। छोटे भाई बड़ी मनुहार से उन लोगों से कहते कि उतने दिन नाश्ता-खाना उनके यानी छोटे के घर में होगा। भाई मान जाते। उन्हें इसमें कोई न माननेवाली बात नहीं लगती थी। यह सब उनकी बहू को बहुत अखरता। एक दिन उसने साफ़-साफ़ कह दिया, "यहाँ हमारे घर में पका-पकाया खाना मिल जाता है तो आराम से दोनों वक्त खाने आ जाते हैं। हम यहाँ नहीं होते तो क्या करते?" उन्होंने कहा, "कोई बात नहीं, तब ब्रेड और चाय से काम चला लेते।" बहू बोली, "चाय? चाय कहाँ से बनाते? गैस तो है नहीं?" उन्होंने उत्तर दिया, "कोई बात नहीं। ब्रेड खा लेते और पानी पी लेते।" वह तुरंत बोली, "तो करते क्यों नहीं ऐसा? हर बार हमारे घर में रहने खाने को आ जाते हैं।"

बात केवल कटु नहीं थी, गलत थी। दिल को चोट पहुँचानेवाली थी। बेहद अपमानजनक थी। वे लोग चुप रह गए। जवाब देना आसान था। जवाब देने से बहुत कुछ सामने आ जाता। एक घर से सामान कैसे दूसरे घर में चला जाता है, वह बात भी आम हो जाती। छोटा भाई संभवतः इन बातों से अनजान था। शायद जानता हो, पर मजबूर था। अपनी गृहस्थी कैसे तोड़े? छोटी महाभारत होने की संभावना थी। अपनी पत्नी से उनका छत्तीस का आँकड़ा था। सबको मालूम था। मिसिज सिंहल स्वयं भी अपनी बहू के व्यवहार से दुःखी थीं, पर औरों के सामने ढाँकती थीं। यहाँ उनके लिए बहू का साथ देना स्वाभाविक था।

बात को रफ़ा-दफ़ा कर सभी भाइयों ने तय किया कि सबकुछ ऐसे ही

चलते रहने देंगे। कोशिश करेंगे कि छोटे के घर रहने खाने का अवसर कम-से-कम रहे। उन सबके बच्चे भी वहाँ कभी-कभी आना चाहते थे, पर जगह की कमी होने के कारण नहीं आते थे। अपने माता-पिता को अपने घर में आकर रहने के लिए कहते रहते थे।

कुछ वर्ष ऐसे ही बीत गए। छोटे और पुराने घर में छोटे की बहू को अच्छा नहीं लगता था। बहू को ख़ुश रखने के लिए महलनुमा नया घर बना। उसमें बगीचा भी था। फूल-पौधों से खिला रहता था। एक दिन बहू का आदेश हुआ, "अब लॉन और पौधों पर पैसा नहीं फूँका जाएगा। साल में कुछ दिन खिलनेवाले फूलों पर पैसा फेंकना व्यर्थ है। इतना ही शौक़ है बगीचे का तो बारह महीने चलनेवाले पौधे लगाइए। ऐसे पौधे, जिनकी देखभाल नहीं करने पड़े। इतनी जगह है तो घर में सब्ज़ियाँ लगाइए। बाहर से सब्ज़ी खरीदने की ज़रूरत नहीं है।" किसी तरह का कोई खर्च उसकी मंज़ूरी और हामी के बगैर संभव नहीं था।

मेमसाहब अब 'माताजी' कहलाने लगीं थीं। जगत् माता बन गई थीं। जमादार से लेकर अफ़सर तक सब उन्हें 'माताजी' कहते थे। उनके हाथ से घर की चाभियाँ भी निकल गईं। धीरे-धीरे उनके ज़ेवर, अच्छी वाली महँगी साड़ियाँ भी उनके पास नहीं रह गईं। उनकी बहू ने सब ले लिया। जीवन ठीक चल रहा था। कुछ कम-ज़्यादा मतभेद घरों में अकसर होते रहते हैं। छोटी-छोटी बातों पर रिश्ते ख़त्म नहीं किए जाते हैं।

एक दिन माताजी गिर गईं। चोट आई। हड्डी टूटी। दिल का दौरा पड़ गया। कई महीने अस्पताल में रहना पड़ा। पूरे दिन की नर्स लगा दी गई। ठीक हो रही थीं। एक दिन लकवा मार गया। कई अंग चपेट में आ गए। हाथ-पैर, बोलना-खाना—सब पर प्रभाव पड़ा। इनसान जब लाचार होता है, तब खीजने लगता है। गुस्सा करता है। रोने लगता है। अवसाद में डूब जाता है। यहाँ भी कुछ ऐसी स्थिति हो गई थी। कहाँ तो शान-शौक़त की ज़िंदगी थी? वह ख़त्म होते-होते कुछ कम शान से जीने की कोशिश चलती रही और अब तो पूरा-का-पूरा नियंत्रण दूसरे के हाथ में चला गया। शासन गया। चाभी गई। धन

गया। जान से प्यारे ज़ेवर गए। जिन भौतिक वस्तुओं के लिए सब उनके लिए क्या-क्या नहीं कहते थे, उनमें से क्या बचा?

उन्हें तसल्ली थी कि पेंशन तो उनके हाथों में आ रही थी। नौकर-चाकर भी उसकी सुनते हैं, जो उन्हें वेतन देता है। अन्य लोग केवल अन्य लोग होते हैं। परिस्थितियाँ इतनी बदल गई थीं कि हाथ का उपयोग न के बराबर था। मन ठीक काम कर रहा था, लेकिन ज़बान साथ नहीं दे रही थी। पैर शरीर का बोझ ढोने में असमर्थ थे। हर पल किसी-न-किसी पर आश्रित रहना ज़रूरी हो चुका था। अच्छी बात यह हुई कि सजने सँवरने का शौक़ वैसा ही बना रहा। कोई-न-कोई हमेशा तत्पर रहता था उनका श्रृंगार करने, बढ़िया कपड़े पहनाकर तैयार करने के लिए। शादी-ब्याह, तीज-त्योहार पर उन्हें न्योता भी आता और वह शौक़ से जाती थीं। मुसकराने में कोई दिक्क्त नहीं थी तो मुसकराकर सबका अभिवादन, चरण स्पर्श, स्वीकार भी करतीं। कोशिश करतीं पिछले दिनों की कुछ यादें बोलने दोहराने की। उनके साथ का कहीं कोई मिल जाए, दिख जाए तो मानो जी उठती थीं।

अपने किए का कोई अफ़सोस हो, उनके चेहरे पर कभी ऐसा भाव नहीं आया। आस कभी निराश नहीं हुई। वह सोचतीं, ख़ुश होतीं और कहने की कोशिश भी करतीं, लेकिन बोल नहीं पातीं। जुबान पर लकवा की मार थी। उनके चेहरे के भाव बताते थे, उनके मन के भाव। पूरे खानदान में हम सबसे धनाढ्य हैं। हमारी महलनुमा बड़ी कोठी है। हमारी लड़कियाँ राजरानी की तरह रहती हैं। हारी-बीमारी तो लगी रहती है। उम्र के बढ़ने के साथ तकलीफ़ें भी आती हैं। बावजूद हर कठिनाई के, जीवन तो है। अन्य सब भाइयों, उनके बच्चों और उनके बच्चों के खानदान की तुलना में हम सबसे अच्छे रहे। मेरी सभी बेटियों के पास बेशुमार धन-दौलत है। मेरे बहू-बेटे के आगे किसी की क्या बिसात? सभी भाई और उनके परिवार मेहनत करते रहे, फिर भी भी धन नहीं क़मा सके। संपत्ति जोड़ नहीं सके। मकान भी नहीं बना सके। टुटपुँजिए ही बने रहे।

हमारे घर में आपस में देने की होड़ लगी रहती है। किसने कितना

महँगा सामान दिया? किस अवसर पर किसने क्या पहना? एक बार पहना हुआ तो नहीं पहन लिया किसी ने? किसी को याद रह गया तो कितनी भद्द पिट जाएगी? सभी सगे-संबंधी वही दो-चार कपड़े हर शादी-ब्याह पर, हर उत्सव पर बार-बार पहन लेते हैं। उनका-हमारा क्या जोड़?

छोटे भाई के परिवार की पहुँच बहुत दूर तक थी। कभी लोग सोचते थे कि एक-न-एक दिन अवश्य इन सारे गिफ्ट्स का बदला सूद समेत इन्हें चुकाना पड़ेगा, लेकिन ऐसा कुछ नहीं हुआ। इनके बेटे-बहू ने ऐसे ऊँचे धनवान लोगों के साथ संपर्क बनाए, मित्रता रखी जिनकी पहुँच बहुत रसूख वाले लोगों तक थी और उनके बीच उठना-बैठना शुरू हो गया, जहाँ नाच-गाना, शराब, खाना पार्टी की रौनक होता था। इनसे परहेज़ करके उस ख़ास झुंड में बने रहना कैसे संभव था? बहू-बेटे को यह जीवन-शैली बहुत मन भाई। शराब पीकर झूमना, मस्ती में एक-दूसरे पर गिरना-पड़ना ख़ुशी देने लगा। उसी हिसाब से उपहार आने शुरू हो गए। तर्क भी पसंद आया। त्योहार पर देवी-देवताओं की प्रतिमा न लेना उनका अपमान होता। प्रतिमा सोने की हो या चाँदी की, लकड़ी की हो, मिट्टी की हो या काग़ज़ की, उन्हें लेने से आचरण सात्त्विक ही रहेगा। इस तर्क के साथ ढेरों उपहार लेने का सिलसिला कभी नहीं रुका।

मेमसाहब (माताजी) इन सब बातों को देखतीं, सोचतीं और समझतीं। अन्य रिश्तेदारों से तुलना करतीं और फूलकर कुप्पा हो जातीं। ऐसे में अपनी शारीरिक तकलीफ़ें उन्हें कभी तकलीफ़ें नहीं लगतीं थीं। न बीमारी पूछकर आती है, न हादसे बताकर होते हैं। होनी बलवान होती है। भयंकर भूकंप आया। देखते-देखते सब ख़त्म हो गया, मकान, छत, दीवारें, माल, असबाब, हीरा-जवाहरात गहने, अन्न, धन-धान्य। किंतु ये सब मात्र सामान हैं। साधन हैं। सब मिनटों में ढह गए। असली क्षति तो जीवन की हुई। उनके परिवार का एक भी सदस्य कहीं नहीं मिला। एक ही चपेट में सब मिट गए। उपहार, सामान, संपर्क, धूल सब धूसरित हो गए। बच गया केवल खंडहर।

□

अग्रवाल साहब

~•~

"लड़के वालों ने कहलवाया है कि उन्हें हमारा रिश्ता स्वीकार है" कहते हुए अग्रवाल साहब घर में घुसे। उनकी आवाज़ में उत्साह नहीं था, पर चैन की साँस थी। दो साल से वह परेशान हो चुके थे। जबसे लड़की बी.ए. में आई, घरवालों ने बार-बार याद दिलाया कि अपना धर्म समझो। हर रोज़ घर के बड़े-बूढ़े, माता-पिता, भाई-बहन इस मुद्दे को ज़रूर उठाते थे। दो-तीन साल तो लग ही जाएँगे रिश्ता करने में, अच्छा घर और वर ढूँढ़ने में। ढूँढ़ना शुरू कर दो। देर न करो। वह घरवालों को अपना हितैषी मानते थे। सब जान-पहचान वालों में ज़िक्र हो गया कि अग्रवाल साहब अपनी लड़की के लिए लड़का देख रहे हैं।

वो 'साहब' ज़रूर कहलाते थे, पर उनके घर में साहबियत वाले ठाठ-बाट नहीं थे। उसका सबसे बड़ा कारण था, उनकी नौकरी, तनख़्वाह और सादा रहन-सहन। साधारण नौकरी थी। सरकारी थी, इसलिए मासिक वेतन नियमित था। ऊपर की कमाई उनके सिद्धांतों के ख़िलाफ़ थी। सो, जो कुछ पैसा था, वेतन से ही था। खर्चे तो साधारण स्तर का जीवन जीने में भी होते हैं। उनका तो परिवार भी बड़ा था। माता-पिता, भाई-बहन, पत्नी और बच्चे। साथ में पढ़ाई-लिखाई, दवा-डॉक्टर, खाना-पीना, आना-जाना, रिश्तेदारी निभाना, लेन-देन, तीज-त्योहार, कपड़े-लत्ते और इनके अलावा भी कितने ही अन्य खर्च? शादी-ब्याह का बोझ उठाने की सामर्थ्य ही नहीं रही। दूसरा

बड़ा कारण था—लड़की स्वयं। साधारण घर की साधारण लड़की। न गोरी, न सुंदर, न लंबी, न छरहरी। पढ़ाई में भी बोर्ड की परीक्षा तीसरी श्रेणी में उत्तीर्ण कर सकने भर की योग्यता और क्षमता रखनेवाली लड़की। उतना बहुत है कि वह फ़ेल नहीं होती थी।

ऐसा नहीं है कि यह सब कोई मापदंड है, लड़की को पसंद-नापसंद करने का, पर देश तभी-तभी आज़ाद हुआ था। लोगों की मानसिकता और नज़रिए को बदलने में तो शताब्दियाँ लग जाती हैं। दहेज प्रथा के ख़िलाफ़ कभी-कभार थोड़ी-बहुत आवाज़ें उठ जाती थीं। उस पर अमल करनेवाले बहुत कम थे। यदि लड़की रईस घर की हो तो रिश्ता तय करने के निर्णय के समय लड़के वाले लड़की के उन्नीस-बीस रूप रंग को दर-गुज़र कर देते थे या फिर लड़की बहुत ख़ूबसूरत हो, गुणवंती हो लाजवंती हो, तो रिश्ता आसानी से होता था, बावजूद इसके कि वह साधारण परिवार में पली-बढ़ी थी। उनकी पुत्री में तो ऐसी कोई भी बात नहीं थी। वह साधारण परिवार की साधारण लड़की थी। वो ख़ुद भी इस तथ्य को जानते थे और लड़की भी जानती थी। उस पर उन्होंने कहा कि मेरे पास पैसा नहीं है। लेन-देन नहीं होगा, दहेज नहीं दिया जाएगा।

अब लड़का मिलता भी तो कहाँ से? शराबी, जुआरी लड़का स्वीकार नहीं था। सिगरेट-बीड़ी या अन्य कोई भी व्यसन लड़के में नहीं होना चाहिए। लड़का पढ़ा-लिखा हो। धन अर्जन करने की सामर्थ्य होनी वांछनीय है। अपनी गृहस्थी के प्रति ज़िम्मेदार हो और अपने माता-पिता, भाई-बहनों की ज़िम्मेदारी लेने की प्रवृत्ति होनी चाहिए।

देखते-देखते समय निकल गया। लड़की ने बी.ए. पास कर लिया। अब और भी ज़रूरी हो गया कि लड़के की शिक्षा कम-से-कम बी.ए. से तो अधिक हो, कमाऊ भी हो। उनके घर में मांस-मछली आदि न आती हो और सबसे ज़रूरी कि वह अपनी बिरादरी का हो। जहाँ भी बात चलाते, बात आगे ही न बढ़ती। देखते-देखते लड़की ग्रैजुएट होकर घर में बैठ गई। लड़की यदि आगे पढ़े तो शादी में और समस्या आ जाएगी और घर में बैठकर विवाह हो

जाए, उसकी इंतज़ार करते रहने में भी समस्या आएगी। धीरे-धीरे मन खिन्न और उदास होने लगेगा। जाने-अनजाने लोगों द्वारा दबा-छुपा ताना मारना या मज़ाक बनाना एक आम बात हो जाएगी। लड़की का नौकरी करना, ऐसा केवल विचार भी बहुत अनुचित और हीन माना जाता था।

हर दिन एक नई आशा से शुरू होता था और रात होते-होते वही आशा निराशा में बदलने लगती थी। अगले दिन की सुबह का इंतज़ार रात से ही होने लगता था। सभी लोग बहुत चिंतित रहते थे। और लड़की? लड़की या तो छुप-छुपकर रोती थी या मन-ही-मन अपने को कोसती रहती थी, क्योंकि अपने माता-पिता के लिए और अन्य सदस्यों के लिए मानो वह एक बोझ बनती जा रही थी। वह हर पूजा-पाठ, व्रत अनुष्ठान, मंदिर जाना, मंत्र जाप आदि आदि, जिसने जो बताया, सबकुछ करने को तैयार थी।

ऐसे में अग्रवाल साहब का यह सूचना देते हुए घर में घुसना कि लड़के वालों को यह रिश्ता स्वीकार है, एक अनहोनी सी लग रही थी। निराशा के सागर में डूबते लोगों को मानो बड़ी ऊँची लहर सागर तट पर पटक गई हो। कोई समझ ही नहीं पा रहा था कि ख़ुशी दिखाएँ या नहीं? सबकी साँसें मानो थम सी गई थीं। वहम जो बैठ गया था। ऐसे में कहीं किसी की नज़र न लग जाए, कहीं वो लोग मुकर न जाएँ, कहीं यह गलत खबर न हो। बड़ों ने कहा कि जल्दीबाजी न करो। किसी मध्यस्थ की मार्फ़त सब बातें पता लगा लेंगे, पर मन में शांति कहाँ रहती है? उथल-पुथल मचती रहती है। हर दिन सुबह से डाकिए की राह देखी जाने लगी। अब शायद चिट्ठी आए। आज शायद चिट्ठी आए, पर चिट्ठी नहीं आई। कुछ दिन ऐसे ही निकल गए। घर के बड़े परेशान रहने लगे। एक दिन घर के बड़ों ने कहा, "तुरंत ट्रेन पकड़ो और लड़के वालों के यहाँ जाकर शगुन दे आओ। अपने आप ही स्थिति साफ़ हो जाएगी।" यह योजना सबको ठीक लगी।

अग्रवाल साहब, उनके बहनोई और छोटे भाई—तीनों लोग लड़के वालों के दर पर मत्था टेकने गए। साथ में मिठाई, फल और नारियल ले गए। चलते-चलते राय हुई, माता-पिता ने नसीहत दी कि स्थिति देखते हुए जैसा

ज़रूरी लगे, वैसा करना। लड़के को 101 रुपयों का टीका भी कर देना। अग्रवाल साहब को यह सब ठीक तो नहीं लग रहा था, पर माता-पिता उनके घर के बड़े थे, उनसे अधिक अनुभवी थे, उनके हितैषी थे। उनके अपने थे। उनका कहा कभी नहीं टाला, अब कैसे टालते? उन दिनों 101 रुपयों की कीमत बहुत थी। 100 रुपए तोला सोना था, जो आज 40 हज़ार रुपए से भी ऊपर है। अग्रवाल साहब सरकारी कर्मचारी थे और लगभग 250 रुपए मासिक वेतन मिलता था, जो अच्छी तनख्वाह मानी जाती थी। सोचने लगे कि किसी तरह कतर-ब्योंत करके घर चला लेंगे और शादी बिल्कुल सादे तरीके से कर लेंगे। घर के आँगन में मढ़ा बाँधा जाएगा। मंडप की सजावट के लिए घर के सदस्य आम के पत्तों की लड़ियाँ बनाकर तोरण सजा देंगे। ज़रूरत पड़ेगी तो केले के पत्ते चारों खंभों के साथ बाँधकर उन्हें सजा देंगे या फिर बाँस के डंडों पर पन्नी, काग़ज़ चिपका देंगे। उसके ऊपर कुछ गोटा वगैरह लगा देंगे। ऐसा करने से ज़री-गोटे की झिलमिल से और अधिक रौनक भी लगने लगेगी। घर के लोगों का खाना घर की औरतें मिल-जुलकर सँभाल लेंगी। बाहर की दौड़-धूप पुरुष सदस्य कर लेंगे, पड़ोसी भी मदद करने को तैयार हैं। कुछ कुरसी गद्दे वगैरह आ जाएँगे। बैठने-सोने की तैयारी आसानी से हो जाएगी।

मन-ही-मन उन्होंने शादी की हर तैयारी पर मंथन शुरू कर दिया। सब लोग मिल-मिलाकर लड़की के लिए पाँच-सात जोड़े कपड़े और एक सोने की माला, चूड़ी, अंगूठी जुड़ा ही लेंगे। लड़के को भी कुछ तो देना ही होता है। अच्छी वाली हाथ घड़ी 100 रुपयों में आती है। अंगूठी में भी 50 से 100 रुपए तक लग जाएँगे। कम-से-कम एक जोड़ा कपड़ा यानी शर्ट-पैंट का इंतज़ाम करना होगा। लड़की की बिदाई के साथ लड़के का टीका भी होगा। उन्हें लगने लगा कि इतना सब करना उनकी सामर्थ्य के बाहर की बात है, विशेषकर तब, जब उनके बहन-बहनोई ने कहा कि लड़के के माता-पिता, दादा-दादी और अन्य बड़े जनों को भी भेंट देनी होगी, कपड़ा-रुपया-पैसा या केवल रुपया। साथ ही, बारात के ठहरने के लिए जनवासा, उन सबके नाश्ते

खाने का इंतज़ाम और उनकी विदाई में मिठाई-नमकीन भी बाँधी जाएगी। अब उन्हें लगने लगा कि उनके आगे कोई रास्ता ही नहीं था। या तो लड़की को घर में बैठाए रहते या फिर समाज के बनाए इन नियमों को मानते। साथ ही, घर के सभी लोगों ने भी उनकी मदद हेतु आश्वासन दिया था कि वे सब महीना भर पहले पहुँच जाएँगे, जिससे शादी की तैयारी में मदद कर सकें। शादी वाले घर में ढेरों काम होते हैं।

अचार डालना, मट्ठी सुहाल बनाना, पापड़-बड़ी बनाना, लड्डू-मिठाई बनाना, कपड़ों की तैयारी यानी साड़ी में गोटा-किरण लगाना, पेटीकोट-ब्लाउज की सिलाई। साथ ही, ढोलक के साथ, बन्ना-बन्नी, गाना बजाना। ख़ूब रौनक रहेगी। मंगल घड़ी आ रही थी। यदि सब इकट्ठे नहीं होंगे, नाच-गाना नहीं होगा तो शादी का मतलब ही क्या रहा?

रास्ते भर अग्रवाल साहब हँसते-बोलते लड़के वालों के घर पहुँचे। उनके बहनोई अपने को सर्वेसर्वा मानते थे। उन्हें आगे कर दिया गया। लड़के वाले बढ़-चढ़कर बातें करने लगे, "अरे! इतना खर्च करने की क्या ज़रूरत थी? इतनी मिठाई और फल ले आए! यह तो शादी जैसा खर्च हो गया। टीका तो सवा रुपए और नारियल से भी होता है, इतना बड़ा टीका मत करिए।" सब बड़े ख़ुश हुए, व्यर्थ ही इतनी पशोपेश में पड़े थे। न जाने क्या-क्या सोचने लगे थे? थोड़ी देर बैठे, इधर-उधर की बातें हुई, किंतु मतलब की कोई नहीं। शादी की तारीख के बारे में पूछना ज़रूरी था। लड़के वालों ने कहा कि शादी की तारीख वह पंडितजी से निकलवाकर खबर भिजवा देंगे।

तीनों सोच रहे थे कि शायद वे भी लड़की के लिए कुछ भेजें, किंतु पूछें कैसे? कुछ देर में लड़के की माँ ने सूचना दी कि आपको रोकना की ज़रूरत लग रही थी, सो, आप सब आए और रोक लिया, टीका कर के हमारे लड़के को। हमने तो बात पक्की कर के ही कहलवाया था। अब सगाई की तारीख तय कर लीजिए। शादी की तारीख तो पंडितजी से पूछने के पश्चात् ही बता सकेंगे। अग्रवाल साहब तो सन्नाटे में आ गए। यह सगाई की रस्म कहाँ से आ गई? बहनोई साहब बहुत रीति-रिवाज़ वाले थे। पत्रा-पत्री में भी बहुत पड़ते

थे। इस रिश्ते के ख़िलाफ़ तो वह शुरू से ही थे, लेकिन जब किसी भी तरह कहीं भी रिश्ता नहीं हो रहा था, तो काफ़ी पूजा-पाठ करवाया गया। उनकी निगरानी में ही सारी पूजा संपन्न हुई। उसके पश्चात् ही उन्होंने हामी भरी थी। कुछ देर सब एकदम चुप खड़े रहे। बहनोई साहब ने मुँह खोलकर बोलने में पहल की और बड़ी दीनता, नम्रता से कहा, "बहनजी, शादी के पहले तिलक की रस्म तो होगी ही। यूँ भी सगाई की रस्म तो लड़के वाले ही करते हैं। आप जब ठीक समझें, कर लीजिएगा।" लड़के की माँ बोली, "सभी रस्में आपको ही करनी हैं। आप अपनी लड़की ब्याह रहे हैं।"

बहनोई साहब बोले, "रोकना की रस्म तो हो गई है। अब नई प्रथा को क्या शुरू करना?" लड़के के पिता को तर्क ठीक लगा। फ़िज़ूलखर्ची को रोकने के लिए वह तैयार थे। लड़के की माँ का दिल तो माँ का होता है। घर में बहू आएगी, उनका राजकुमार दूल्हा बनेगा, घोड़ी चढ़ेगा, ख़ूब रौनक सजेगी। छह-आठ महीने बाद शादी की तारीख सबको सूट करेगी, लेकिन इतने दिनों तक मन के अरमानों को रोक सकना असंभव था। मन में तो आ रहा था कि आज ही हर सगे-संबंधी, अड़ोसी-पड़ोसी को न्योता दे आए। ढोल-नगाड़े बजने शुरू हो जाएँ। बोलीं, "सगाई की रस्म तो ज़रूरी है। हमारे बहू-बेटा, बेटी-दामाद, बच्चे—सब लोग इकट्ठे होंगे दशहरा-दीवाली पर। उस समय आप लोग सगाई कर दीजिएगा। आप सब नौकरी पेशा हैं, छुट्टी मिलनी मुश्किल होती है, बार-बार गाड़ी-भाड़ा का खर्चा भी होता है। किसी को भी भेज दीजिएगा सगाई के शगुन के साथ।" मरता क्या न करता? मानना ही पड़ा। वापस लौट आए।

घर में सब ऐसे इंतज़ार कर रहे थे मानो रणक्षेत्र से लौट रही फौज का इंतज़ार, जहाँ मालूम भी नूहीं कि फौज जीती या हारी? तीनों को आते देख कोई समझ ही नहीं पा रहा था कि ये तीनों मुँह लटकाए साथ ही मुसकराते क्यों आ रहे थे। कौन, किससे क्या पूछे? हाथ-मुँह धोकर नाश्ते-पानी के बाद अग्रवाल साहब की माँ ने सीधे ही पूछ लिया, "क्यों रे बड़कू! रिश्ता पक्का हुआ या नहीं?" "हाँ, अम्मा, रिश्ता पक्का है," अग्रवाल साहब बोले।

"अरे तो ऐसा थका-बुझा क्यों लागे है? क्या चाय-नाश्ते को न पूछा उन्होंने? फल-मिठाई तो ढेरों ले गया था। अरे बोल न! कुछ माँगा-मूँगी की क्या? अरे, समय की माँग को समझ। लड़के का टीका क्यों नहीं कर दिया? भतेरा समझाया था, पर तू तो हमेशा ज़िद पर ही बैठा रहवे है। अड़ गया तो बस अड़ गया। किसी की सुने ही न है। लड़की के हाथ पीले करने हैं तो हल्दी के लिए पैसा तो खर्चना ही पड़ेगा। चल, मैं दे दूँगी टीके का पैसा। तेरे पिताजी ने मकान के मरम्मत के लिए रखा है। इस बरस न सही, अगले बरस मरम्मत हो जाएगी। कोई गिरी नहीं जा रही दीवार। लड़की का ब्याह हो जाए, बस। इतना दिल छोटा न कर।" माँ थम ही नहीं रहीं थीं। बोले ही जा रही थीं। छोटे भाई ने कहा, "अम्मा, ऐसा कुछ नहीं है। सब ठीक से हो गया। फल-मिठाई दे दिया। भैया ने लड़के का टीका भी 101 रुपयों से कर दिया। वह तो बहुत कह रहे थे कि इतना क्यों खर्च किया?" "अरे तो मुँह पर इतनी उदासी क्यों है? सब अच्छा ही तो हुआ रामजी की कृपा से" माँ फिर बोलीं। अबकी बार बहनोई बोले, "माताजी, बात असल में यह है कि वो लोग शादी तिलक से पहले सगाई की रस्म करना चाहते हैं। घर के बाल-बच्चे इकट्ठे होंगे, उन्हें भी तो मिठाई खानी है" इस बात को सुनकर कुछ मिनट तो चुप्पी रही, फिर अग्रवाल साहब की बहन बोलीं, "ठीक है न। भरा-पूरा परिवार है। ख़ुशी का मौक़ा है। सभी को मिठाई मिलनी चाहिए। कोई बात नहीं। बड़कू और छोटू चले जाएँगे मिठाई लेकर।" अग्रवाल साहब ने कहा, "मैं अब दोबारा छुट्टी नहीं ले सकूँगा शादी तक और लड़के वालों ने कहा है कि किसी के भी हाथ शगुन भिजवा दें।"

घर में काफ़ी विचार-विमर्श के बाद तय हुआ कि केवल फल-मिठाई न भेजी जाए। लड़के के लिए एक जोड़ा, माँ के लिए साड़ी और पिता के लिए भी जोड़ा भेजा जाए। अब सवाल उठा कि यह सब लेकर जाएगा कौन? तय हुआ कि पड़ोस के ब्राह्मण, पंडितजी, जिनसे रोज़ की 'जय रामजी' की होती है, वह लेकर चले जाएँगे।

लड़के वालों ने तारीख निकलवाकर सूचना दी कि शादी जाड़ों में होगी

और सगाई तुलसी-शालिग्राम विवाह के दिन। सब तैयारियाँ कर ली गईं। पंडितजी को सारे सामान के साथ बड़े सम्मान सहित रवाना कर दिया गया। टोकरा भरकर फल, थाल भरकर मिठाई, उस पर गोटा लगा लाल कपड़ा ढककर और कलावे से बँधे परिधान। लदे-फदे पंडितजी पहुँचे लड़के वालों के घर। हाथ जोड़कर सबको प्रणाम किया और सारा सामान उन लोगों को दे दिया। लड़के की माँ तो बिफर पड़ीं, "ये क्या है? सगाई का शगुन इसे कहते हैं? इतने रिश्तेदार, मेहमान हमारे, सब क्या सोचेंगे? घर से कौन आया है तुम्हारे साथ, उसे बुला कर लाओ।"

पंडितजी बदहवास अग्रवाल साहब के बहनोई के घर लौटे और माजरा बताया। हक्के-बक्के हुए बहनोई एकदम उत्तेजित हो उठे। आक्रोश और चिंता के कारण चेहरा तमतमा गया, माथे पर सलवटें पड़ गईं। तुरंत ही अग्रवाल साहब के बड़े बेटे को कहलवाया, "खड़े-खड़े चले आओ। एक मिनट की देरी न हो। इमरजेंसी है।" बड़ा बेटा तभी-तभी उस शहर में तबादला होकर पहुँचा था। घर का बड़ा था, सबसे बड़ा बेटा था, घर से जुड़ा भी था और छोटे भाई-बहन से बहुत प्यार था। माता-पिता, दादा-दादी, चाचा-चाची, बुआ-फूफा—सब लोग और सबके परिवार उसे अपने ही लगते थे। दफ़्तर छोड़ हाँफता-दौड़ता अपनी साइकिल से आया, सारे रास्ते संकट मोचन हनुमान का नाम रटते-रटते। न जाने कौन सी विपदा आन पड़ी है? प्रभु, रक्षा करो। घर में सब कुशल हो। जैसे ही पहुँचा, द्वारे पर ही सब लोग मिल गए। बोले, "तुरंत ही बड़कू के समधियाने चले जाओ, सगाई की मिठाई फल लेकर और पता लगाओ वह लोग चाहते क्या हैं? पंडितजी को तो लौटा दिया।" बहन की शादी की बात और उस बहन के साथ कुछ ऐसी-वैसी बात! मन कैसे मानता? बहन प्यारी थी। बचपन से बड़े भाई होने का फर्ज निभाता ही रहा था। तुरंत साइकिल उठाई। पंडितजी पीछे बैठ गए और आनन-फानन में बहन की होनेवाली ससुराल पहुँच गए। हाथ जोड़कर सबको प्रणाम किया, पर घर के बाहर ही रुकना पड़ा। लड़के की माताजी गुस्सैल बिल्ली की जैसी बिफर पड़ीं। शब्दों के बाण यूँ छोड़े मानो उनका जन्म इसके लिए ही हुआ हो और

तरकश था कि खाली ही नहीं हो रहा था। कोई अदृश्य शक्ति उनके तरकश में बाण भरती ही जा रही थी। बोली, "इतने मेहमान रिश्तेदार इकट्ठे हुए हैं। कमाऊ लड़का है। एम.ए. पास है। नौकरी है उसके पास। चप्पलें चटकारता यहाँ-वहाँ भटक नहीं रहा रहा है। क्या हम गए-गुज़रे हैं, जो अपनी बहन का रिश्ता जोड़ने हमारे दर पर आ गए?"

क्षण भर रुकीं। फिर और ऊँची आवाज़ में सुनाने लगीं, "सगाई का शगुन इसको कहते हैं? समाज में नाक कटा दी। टुटपुँजियों के साथ हमें रिश्ता नहीं जोड़ना है।" बस बोलती ही गईं। बोलती ही गईं। इतना सुनाया, इतना कड़वा सुनाया कि अग्रवाल साहब के बड़े बेटे को लगा मानो वह वहीं अचेत होकर गिर जाएगा। इतनी निम्न कोटि की भाषा, ऐसे शब्द, ऐसी जली-कटी? अपने माता-पिता के लिए ऐसे अपशब्द? दादा-दादी को इतने ताने-उलाहने? और बहन के लिए रिश्ता लेकर इतने अहसान? दिल में आया कि भाग जाए। कह दे कि नहीं मंज़ूर यह रिश्ता। मेरी बहन मेरी है। जैसी भी है प्यारी है। दूसरा कोई योग्य वर मिल जाएगा, जहाँ उसकी इज़्ज़त होगी, उसके घरवालों की इज़्ज़त होगी, लेकिन वह ऐसा कुछ नहीं कर सका। उसके संस्कार ही ऐसे थे कि बड़ों के आगे मुँह न खोलो। उसे घर से यहाँ भेजा गया था केवल जानने के लिए कि लड़के वाले क्या चाहते हैं, यह पता लगाने के लिए। खड़ा सुनता रहा और दिल जलता रहा।

लड़के की माँ ने उसके हाथ में लिस्ट थमा दी और बोली, "तुरंत इंतज़ाम करो। कब तक हमारे मेहमान रुके रहेंगे?" वह बेचारा पंडितजी के साथ दौड़ता-भागता वापस पहुँचा या यूँ कहें कि अपनी साइकिल को दौड़ाता, ख़ूब तेज-तेज पैडल चलाता घर पहुँचा। उसकी बदहवास शक्ल और पंडितजी की उतरी सूरत देखकर अग्रवाल साहब के बहन-बहनोई हालात की नज़ाकत समझ गए। बोले, "तुम्हारे पिताजी को किसी भी हाल में इस बारे में कुछ भी पता नहीं चले। वह रिश्ता ही तोड़ देगा। वह ऐसा अपमान, इतनी खरी-खोटी किसी भी हाल में बरदाश्त नहीं करेगा।" लिस्ट देखकर बोले, "और इतना सारा खर्चा? कहाँ से और कैसे जुड़ाएगा? इस

सामान को जुड़ाने में तो पाँच हज़ार रुपए लग जाएँगे। ऐसा करते हैं कि अभी हम रुपए तुम्हें दे देते हैं, जल्दी ही तुम हमें हमारे रुपए लौटा देना, लेकिन ध्यान रहे कि किसी को इस बारे में कानोकान खबर न हो।" लड़का स्वाभिमानी था। अपने पिता की तकलीफ़ें अपने सिर लेना उसे अच्छी तरह से आता था। पिता के मन को ठेस लगे, यह उसे मंज़ूर नहीं था। उसने कहा कि वह रुपए-पैसों का इंतज़ाम ख़ुद कर लेगा।

दो साल पहले उसकी पढ़ाई पूरी हुई थी। वह इंजीनियर बन गया था और नौकरी भी लग गई थी। पहली तनख्वाह से लेकर आज तक वह एक-एक पैसा जोड़ रहा था, जिस से घर के हालात सुधर सकें। वह घर की ज़िम्मेदारियों में हाथ बँटा सके। बहुत कम में काम चला लेता था। 2 जोड़ी कपड़े ज़रूर खरीदे थे दफ़्तर के लिए। एक साइकिल खरीदी थी दफ़्तर जाने के लिए और एक पंखा खरीदा था कमरे के लिए, वह भी मकान मालिक के कहने पर। मकान मालकिन दूर की रिश्तेदारी में थीं। बोलीं, "पंखा नहीं लगा सके, खरीदकर लगा लो। पैसा हम दे देंगे।" यह बात दूसरी है कि कमरा छोड़ने पर न पंखा लौटाया न उसका पैसा ही दिया। अपना पैसा माँगने में संकोच की आवश्यकता नहीं थी, पर संकोच हुआ। दबी ज़बान से एक बार कहा भी, क्योंकि घर के लोग उससे बार-बार कह रहे थे कि अपना पंखा उनसे माँग लो। हमारे अपने घर में नहीं है, वहाँ लग जाएगा। वहाँ पंखा लगाने के लिए भी तो पैसा चाहिए। माँगने पर भी टालमटोल करती रहीं। बात ख़त्म हो गई। ऊपर से साइकिल भी रख ली। ज़्यादा अच्छा होना ही भारी पड़ गया। अग्रवाल साहब और उनकी पत्नी को इन बातों से बहुत दुःख हुआ था, क्योंकि उनके बेटे की कमाई से खरीदा पंखा उन्हें नहीं मिला, पराए लोग ले गए, जबकि उनके हालात ऐसे नहीं थे कि वे अपने घर के लिए कुछ खरीद सकते।

अग्रवाल साहब के बड़े बेटे ने जो कुछ बचाया था, आज तक इन दो सालों में सब ले लिया, फिर भी कमी रह गई। रुपया पूरा नहीं पड़ा। बची रकम सहकर्मी से उधार ले ली। लिस्ट का सारा सामान खरीदकर, अच्छी

तरह से सजाकर, दोस्त की गाड़ी में रखवाकर (क्योंकि साइकिल या रिक्शा में तो इतना सामान किसी भी तरह अटता ही नहीं) बहन की होनेवाली ससुराल में पहुँचा। झुक-झुककर उनके आगे सामान देने के लिए इतना झुका मानो अब माताजी को साष्टांग प्रणाम ही करना बाकी रह गया था।

अग्रवाल साहब अपनी ही दुनिया में मस्त थे। उन्हें खबर मिली कि सगाई ठीक से हो गई। उन्होंने कभी जानने की ज़रूरत ही नहीं समझी कि उनके बेटे को अपमान की बारिश और उग्र तूफान ने कितने थपेड़े मारे? उसकी सारी पूँजी सगाई रूपी हवन में स्वाहा हो गई। कड़वा घूँट पीकर, मन मसोसकर चुप्पी साधने के अलावा उसे कोई विकल्प नहीं सूझा। यह चुप्पी उसे बहुत भारी पड़ गई। इस मर्माहत अनुभव की टीस उसे अपनी आगे आनेवाली ज़िंदगी, अपनी वैवाहिक ज़िंदगी के लिए कितना कड़वा बना देगी, इसका अंदाज़ा भी किसी को नहीं हुआ, शायद उसे भी नहीं। जब बातों को बहुत ढका, दबा, ओढ़ा जाए तो वह पत्थर के कोयले की तरह बहुत मंद-मंद सुलगता रहता है। जिस दिन जलने लायक होता है, वह उसको जलाता है जो उसके बिल्कुल आस-पास हो यानी उसका अपना परिवार, उसकी पत्नी और बच्चे। वह अपमान भरी महफिल में, वह छींटाकशी, वह पीड़ा, वह वेदना और वह मौन, जब सुलगेगा, कभी कहीं किसी को तो ज़रूर जलाएगा और ठीक ऐसा ही हुआ। उसके अपने बच्चे और बच्चों की माँ पूरे जीवन इस कड़वाहट से उपजी कड़वाहट को झेलते रहे, सहते रहे और थोपे हुए दुःख को भोगते रहे।

अग्रवाल साहब शादी की तैयारियों में जुट गए। घर में पहली शादी थी। सभी इकट्ठे होंगे। सब के ठहरने, खाने के प्रबंध के लिए बहुत काम करने पड़ते हैं। पास में ही एक स्कूल था। अच्छी पहचान थी। उन दिनों छुट्टियाँ होंगी तो स्कूल बंद रहेगा। वैसे भी स्कूल का हॉल देने में अधिकारियों को कोई दिक्कत नहीं थी। कुरसी-मेज़ के इंतज़ाम की समस्या हल हो गई। स्कूल के रसोइयों को अतिरिक्त पैसा देकर, मदद के लिए उसके साथी हलवाई, उसके सहयोगी, शादी के लिए अपना माल-असबाब लेकर वहीं

रह सकेंगे। सामान खुले में भी नहीं पड़ा रहेगा और घर के पास होने से नज़र भी रखी जा सकेगी। कोई चोरी-चकारी का डर भी नहीं रहेगा। घर के आस-पास ही चूल्हा बनाकर, भारी-भारी बरतनों, पतीलों और कढ़ाव में घर भर का और बारात का इंतज़ाम हो जाएगा। देखते-देखते शादी का दिन आ गया। ख़ूब रौनक थी। घर के सभी सगे-संबंधी आ चुके थे। हफ़्ते भर से ख़ूब थाप पड़ रही थी ढोलक पर। देवी, बन्ना-बन्नी, सुहाग, हल्दी, मेहँदी के गाने, नाचना, मटकना, थिरकना, हल्दी-मेहँदी की रस्में, हँसी-मज़ाक, छेड़छाड़ पूरे कुनबे के दुःख-सुख की चर्चा। बड़ा ख़ुशगवार माहौल था। क्या बच्चे, क्या बड़े—सब लोग हँसते-मुसकराते रहते थे। बोलते रहते थे। ख़ूब शोर-शराबा था।

उन दिनों समय की रफ़्तार बहुत भिन्न थी। लोग कपड़ों के बारे में उतनी बातें नहीं करते थे जितनी रिश्तेदारी के मसलों की। रीति-रिवाज़ निभाना जीवन का अभिन्न अंग था। संबंधों और मेल-मिलाप की मर्यादा थी। कोई लिखित नियम नहीं थे, फिर भी नियम सबको पता थे। लड़का-लड़की न एक-दूसरे को जानते थे, न मिलते थे। साथ में घूमना तो बहुत दूर की बात थी। घर के अंदर भी अकेले में कभी बात नहीं करते थे। सबके सामने, सबकी मौजूदगी में ही बातें होती थीं। ब्यूटी पार्लर क्या होता है, किसी को कल्पना भी नहीं थी। उबटन वगैरह से ही शरीर निखर जाता था। घर की कोई महिला मेहँदी लगा देती थी। दुल्हन को घर के ही लोग तैयार करते थे। बहन, मौसी, मामी, बुआ, ताई, चाची या पड़ोस की महिला, जिसको सजाने का शौक़ हो या सजाना आता हो, और जब जिसको जितना समय मिले, उनमें से ही कोई लड़की को सजाने-सँवारने का दायित्व ले लेतीं थीं। सीधा-सादा श्रृंगार, नई गोटेदार साड़ी, ज़ेवर आलता, मेहँदी, चूड़ियाँ, काजल, बिंदिया, पाजेब, फूलों की वेणी-सज गई दुल्हन। नज़रें झुकाए, ढकी-ओढ़ी लड़की ही सुंदर और आकर्षक लगती थी।

अच्छी बड़ी बारात आई, ख़ूब मेहमान नवाज़ी हुई। ठीक-ठाक सभी रस्में हो गईं। बिदाई पर ख़ूब रोना-धोना हुआ। काहे को ब्याही बिदेश, पर

ब्याह तो होना ही था। रोना मानो एक रस्म ही बन चुकी हो। सब लोग रोने लगते हैं, एक को देख दूसरा, दूसरे को देख तीसरा, और कुछ ही देर में सबकी आँखें नीर बहाने लगती हैं। संभवतः कन्या को कोई डर होता है या अपनों से बिछुड़ने का दुःख या भविष्य में कब भेंट हो सकेगी या कोई अन्य ख़याल, आशंका या घबराहट। जो भी हो, सभी रुआँसे थे। लड़की के लिए उसका मायका—मैया का घर, अब उसका नहीं था। कन्यादान हो चुका था। दान के बाद देनेवालों का अधिकार समाप्त हो जाता है। नया घर ही अब उसका अपना होता है। शास्त्रों के नियम बहुत सोच विचार कर, तर्क-वितर्क के बाद ही बनाए गए थे और उनका अनुसरण परिवार में समाज में समन्वय बनाए रहता है।

लड़की शादी होकर विदा के पश्चात् अपनी ससुराल चली जाए, फिर उसे अपने जन्मदाता पिता के घर के मामलों में नहीं पड़ना चाहिए—न उसे न उसके पति को न उसके ससुराल वालों को। लड़की के मायके वालों को ज़रूरत हो, वो लोग उसे बुलाएँ, अवश्य जाना चाहिए, उनके लिए भरपूर भरसक करना चाहिए। उन्होंने उसे जन्म दिया है। पालन-पोषण किया है वरना उस घर के बेटे बहू ही अब उस घर को सँभालेंगे, यही जीवन की रीति-नीति तय की गई है।

शादी में थोड़ा-बहुत पैसा कम-ज़्यादा खर्च हो जाएगा, यह मानकर और उतनी गुंजाइश रखकर ही अग्रवाल साहेब शादी के इंतज़ाम में आगे चले थे। अग्रवाल साहब ख़ुश थे। सब ठीक से निबट गया। बजट भी कुछ कतर-ब्योंत करके धीरे-धीरे जोड़-जाड़कर सँभाल लेंगे, पर तय कर लिया कि लड़के की शादी में सारा पैसा लड़के से खर्च करवाएँगे और अपनी आदर्शवादिता छोड़कर लड़की वालों से वसूलेंगे। साथ ही, तय कर लिया कि अब अपनी लड़की को वह और कुछ नहीं देंगे, पर मनुष्य सोचता कुछ है और होता कुछ और है।

लड़की ब्याह के बाद ससुराल चली गई। जब भी मायके आती, पिता के लाख कहने समझाने पर भी उसकी माँ लड़की को कभी भी खाली

हाथ नहीं जाने देती। ऐसे ही समय गुज़रता रहा। लड़की माँगती, न माँगती, पर दामाद के नाम से ख़ूब माँगती। पिता कुछ भी बोल नहीं पाते। माता व्यावहारिक थीं। वे नहीं चाहतीं थीं कि लड़की को अपनी ससुराल में कुछ भी सुनना पड़े। तीज-त्योहार, शादी-ब्याह, बच्चे होने पर, ऐसे कई अवसर होते हैं, जब लड़की मायके से जाते समय ख़ूब सारा सामान लेकर अपने घर, अपनी ससुराल जाती है। कितनी भी कमी हो, हाथ तंग हो, फिर भी अपनी पुत्री को कोई भी पिता उसकी अपनी गृहस्थी में दुःखी नहीं देखना चाहता।

पिता देना भी चाहता है। पराई हो गई तो क्या, जन्मदाता तो वही है। लड़की से कोई भी मिलने जाए कभी भी, खाली हाथ नहीं जाता था। फल हो, मिठाई हो, कुछ नहीं तो बताशा ही सही, पर कुछ-न-कुछ ज़रूर लेकर जाता था। कुछ समय बीता, लड़की माँ बन गई। ख़ूब ख़ुशियाँ मनाई गईं, लेकिन बिना लेन-देन के कोई भी रस्में पूरी कैसे होंगी, सो रस्में निभाईं गईं। फ़र्क सिर्फ़ इतना था कि यहाँ लेन कहीं नहीं था, केवल देन ही देन था।

समय बीतता गया। अचानक अनहोनी हो गई। दुर्घटना कभी पहले से बताकर तो होती नहीं, बस हो जाती है। कोई भी बुरी घटना दुःख का कारण बन जाती है। सब सही रूप में करने पर भी जब कुछ गलत हो जाए तो सुनना तो पड़ता ही है। दोषारोपण मनुष्य की कमज़ोरी है। दुर्घटना घटी, लड़की ने अपनी संतान खो दी, संतान खोने का दर्द असीम होता है और सहन करना भारी पड़ता है। केवल माता-पिता के लिए ही नहीं, बल्कि पूरे परिवार के लिए, क्योंकि बच्चा हर सदस्य से किसी-न-किसी रूप में जुड़ा रहता है। सब हिल गए इस असह्य दुःख से, किंतु उसकी मृत्यु का ज़िम्मेदार ठहराया गया लड़की के मायके को, पिता को। सारा कुनबा और कुछ सदस्य विशेष रूप से, अपना सारा रोष उन्हें कोस-कोसकर उतारने लगे। ऐसी-ऐसी बातें सुनने को मिलतीं कि अग्रवाल साहब ने तय कर लिया जीते जी जितना संबंध रखना होगा, उतना भर रखेंगे। समाज को दिखाने के लिए जैसा व्यवहार और जितना ज़रूरी है उतना भर निभाएँगे, उससे अधिक नहीं। लड़की आए तो ठीक, न आए तो ठीक। दामाद से तो 36 का आँकड़ा बन ही चुका था,

लड़की के पिता होने के कारण। बहुत सब्र करते थे और कोशिश करते थे, कभी सामना न हो। यदि कभी सामना हो भी जाए तो वो मौन रहते थे। सब लोग समझते थे, पर कुछ नहीं कहते थे। सब जानते थे कि अगर बात बढ़ गई और लड़की बच्चे लेकर वापस आ गई तो मुसीबतों का झोली भर-भरकर सामना करना पड़ेगा।

ज़िंदगी क्या रूप दिखाएगी, किसी को नहीं मालूम। ऊपर वाले ने हमारे जीवन की रचना कैसे की है, कौन जानता है? हमेशा ही अनहोनी के लिए तैयार रहना पड़ता है। दामाद की नौकरी तो शादी के कुछ ही समय बाद छूट गई थी। फलस्वरूप, नई-नई मुसीबतें शुरू हो गईं। बच्चे तो भगवान् की देन हैं, आते ही जा रहे थे और यह अच्छा भी था। जो ख़ुशी बच्चा घर में आने से मिलती है और किससे मिलेगी? संसार में इससे बड़ा सुख और क्या हो सकता है? ख़ुशी एक बात है और उसकी परवरिश दूसरी बात। बच्चे के लालन-पालन का खर्च भी तो होता है। घरवालों ने मदद करने में कसर नहीं छोड़ी। हिम्मत भी बँधाई, खर्च कम करने की नसीहत भी दी। कुछ समय पश्चात् लड़की ने नौकरी भी कर ली।

घर सँभालना, बच्चे सँभालना, नौकरी सँभालना और बेकार बैठे रईसी के सपने और रईसी ज़िंदगी जीने के सपने दिन में देखनेवाले पति को भी सँभालना आसान नहीं था वरन् काफ़ी मुश्किल था। समय बीत रहा था। हालात को झेलने की जद्दोजहद, साथ ही पति और ससुराल वालों की सोच से प्रभावित होती लड़की काफ़ी तेजी से बदलने लगी। उन लोगों की सोच अपना ली, अपने मायके की हर सीख को दर-गुज़रकर बैठी।

अपना बच्चा खोने के बाद प्राय: माता-पिता संतुलन खो बैठते हैं और अपने अन्य बच्चों को इस कदर सर पर चढ़ाकर रखते हैं कि बच्चों का भविष्य ही बिगड़ जाता है। घरवालों को सब देखकर भी अनदेखा करना पड़ता था।

शादी के बाद लड़की आमंत्रण पर मायके आए तो ही उसका मान रहता है और इसलिए वह मान कहलाती है, किंतु जब उसका मुँह खुल

जाए माँगने के लिए और लालच दिखाई पड़े आचरण में तो मान ख़त्म होते देर नहीं लगती, शर्मा हुज़ूरी में, परिवार के लोग चुप रहें, मदद करें, एक अलग बात है, पर उसका आना किसी को भाता नहीं है। पीछे-पाछे चर्चा का विषय बन जाती है। कुछ ऐसा ही हुआ अग्रवाल साहब के साथ भी। लड़की दामाद की रोज़-रोज़ की माँगों से वह थक चुके थे। उसके बच्चों को देखते थे तो शर्मसार हो जाते थे। लड़की की बेटी जहाँ-तहाँ घूमने लगी। पढ़ाई के बहाने दूसरे शहरों में जाने लगी। एक दिन पता चला कि सर्जरी भी करानी पड़ी, न जाने क्या तकलीफ़ हो गई थी? उसकी शादी होनी न होनी एक सी रही। लड़के ने घर से निकाल दिया। ऊपर-ऊपर लोग कहते, बड़ा बुरा हुआ। आपस में मिलते तो कहते, उसके तो लक्षण ही ऐसे थे। आवारागर्दी से रोकनेवाला कोई नहीं था। उसके पिता सोचते थे कि वह बहुत रूपवती है, पर बिरादरी में उसका रूप किसी को भाया नहीं। लड़की का बेटा और चार कदम आगे निकला—मवालीपन और गुंडागर्दी में, कभी रिश्तेदारी में चोरी कर ले, कभी नकल टीपता पकड़ा जाए कभी दूसरे गलत कामों में माहिर होने की ट्रेनिंग लेता रहता। दोस्तों के साथ फिरते रहना ही उसका काम था।

अग्रवाल साहब कितना भी तय कर लें, अपने मन को मज़बूत नहीं कर पाते थे। बेटी के दुर्भाग्य को देखते तो कमज़ोर पड़ जाते। उसका साथ देने को सदा आ जाते थे। उसके बच्चे हर समय कुछ-न-कुछ माँगते और वह न नहीं करते। सोचते, किसी तरह उनकी बेटी की गृहस्थी न उजड़े, पर होई है वही जो राम रची राखा। दौहित्र भाग गया। शादी कर ली, घर बसा लिया अब ज़मीन-जायदाद का हिस्सा माँगने लगा। अग्रवाल साहब ने तय कर लिया था वह अपना धन, अपनी जायदाद, अपना मकान, अपना सामान, यहाँ तक कि अपने बरतन-भांडे भी अपनी बेटी और उसकी गृहस्थी में नहीं देंगे। वही बेटी, जिसके लिए उन्होंने, उनके बेटे ने, उनके माता-पिता ने और अन्य सगे-संबंधियों ने कितना कुछ किया था।

दुःख में डूबे अग्रवाल साहब ने दुनिया छोड़ दी।

लोभ में डूबी, मद में डूबी मदांध हो, अग्रवाल साहब की बेटी परिवार

के बड़े बूढ़ों से जा–जाकर हिस्सा माँगने लगी। इस कदर निम्न कोटि के आचरण पर उतर आई कि ज़िद पकड़ ली कि उसे बराबरी का हिस्सा चाहिए और वह लेकर रहेगी और लेकर रही। भूल गई कि अग्रवाल साहब की आत्मा कहीं भी हो, उसके इस कर्म से दुःखी, अशांत और पीड़ित रहेगी। शरीर बदलता है, आत्मा तो कभी नहीं मरती। पिता की हर सीख भुलाकर रिश्तों को इस कदर कड़वा कर दिया कि करेला, नीम और कड़वी से कड़वी दवा भी उसके आगे फीकी पड़ गई।

□□□